쳐 죽여도 시원찮을

쳐 죽여도 시원찮을

초판 1쇄 인쇄 2025년 7월 15일
초판 1쇄 발행 2025년 7월 18일
저　자 최임수
발행인 박지연
발행처 도서출판 도화
등　록 2013년 11월 19일 제2013-000124호
주　소 서울시 송파구 중대로34길 9-3
전　화 02) 3012-1030
팩　스 02) 3012-1031
전자우편 dohwa1030@daum.net
인　쇄 (주)유진보라
ISBN 979-11-92828-89-3 *03810
정가 15,000원

잘못 만들어진 책은 교환해 드립니다.
저자와 출판사의 허락 없이 책의 전부 또는 일부 내용을 사용할 수 없습니다.

도화道化, fool는
고정적인 질서에 대한 익살맞은 비판자,
고정화된 사고의 틀을 해체한다는 뜻입니다.

쳐 죽여도 시원찮을

최임수 소설

도화

차례

묵주 / 7

달의 바다 / 37

마틸다 / 63

쳐 죽여도 시원찮을 / 89

거울의 반역 / 115

슈가 대디 / 143

쓰디쓴 단맛 / 169

하늘 유목민 / 193

무늬와 색채 / 223

해설
중력의 비극과 숙명의 인간상 / 247

작가의 말

묵주

문득 여자는 뇌리에 새겨둔 영상을 떠올렸다. 부감으로 찍은 영상은 줌인 되면서 대상들이 오롯이 형상을 드러낸다. 독수리의 눈으로 사냥감을 쫓듯 내달리다가 지친 도요새의 유유자적으로 머무르기도 한다. 광고의 한 장면인지 프로그램의 일부인지 기억나지 않지만 그것은 아마도 드론의 눈으로 찍은 화면이었을 것이다.

시작은 그저 평범한 벼랑으로 시작된다. 화면이 당겨지면 갑자기 펼쳐 보이는 절벽과 그 아래로 아스라이 보이는 검푸른 바다. 절벽은 몇 군데를 제외하곤 병풍처럼 언덕을 에워싸고 있다. 드론은 별다른 의도를 드러내지 않고 절벽의 단면을 훑고 지나간다. 절벽의 중간쯤이었을까. 다른 절벽의 단면과 여실히 공간의 형태를 달리하는 부분이 있다. 가장자리의 돌출부로 인해 한 모서리는 그늘져 있다. 그늘은 아마도 빈 공간을 의미하는 게 틀림없다. 오래전 그 부분은 바다에 면해 있었을 것이다. 파리를 쫓는 쇠꼬리처럼 파도는 무연히 그곳을 때리고 때려 어둠으로 후벼 팠을 것이다. 화강암의 절리를 파고드는 소금물에 바위는 굳게 붙들고 있던 살점들을 떨구어냈을 것이다. 자연이 아니면 해낼 수 없는 지순한 행위. 그 동공은 마침내 오랜 세월을 겪으며 허공 위로 떠올려지고 아름다운 불가사의로 남았으리라.

여자는 폐포를 질식시킬 듯이 빨아들였던 담배 연기를 보이지 않는 영상 위로 천천히 뿜어냈다. 아무도 범접할 수 없는 곳. 그래서 누구로부터 어떤 간섭도 받지 않는 곳. 여자는 완벽함이란 단어를 떠올렸다. 많은 시간조차 필요치 않으며 설령 누군가가 발견했다 하더라도 이미 모든 것은 끝이 난 뒷일 터이다. 여자는 영상을 보여줬던 채널 번호를 알기 위해 TV를 켰다. 여행 전문 채널과 자연 다큐 채널 번호를 확인한 뒤 휴대폰 숫자를 누르기 시작했다.

여자의 말에 원장 수녀는 알 듯 모를 듯한 미소를 머금었다. 기나긴 수도 생활과 깊은 서원에 임한 사람만이 지을 수 있는 미소. 눈빛은 이미 여자의 몸을 투명한 것으로 만들었다. 루치아 자매님, 종신서원을 했나요. 여자는 그렇다고 대답했다. 여자의 또렷

한 음성에 원장 수녀는 움찔했다. 원장 수녀의 눈꺼풀이 기나긴 한숨과 함께 무겁게 떨어졌다. 이곳에서 가장 많이 듣는 말이에요. 루치아 자매님, 성소의 모든 역사는 우리 인간의 뜻이 아닙니다. 모든 것이 그분의 부르심입니다. 여자는 다시 한 번 스며들었던 것 또는 자신도 모르게 의미로 떠오른 것에 관해 말했다. 어느 날 문득 제게 찾아왔습니다. 너무 오래 묵상했다고 생각하지 않습니다. 의식이 흐려지지도 않았구요. 제 안에는 그분의 말씀으로 가득했고 그것은 곧 성령의 형태를 띠고 있었습니다. 네가 어디에 거하고 무엇을 하든 그것은 곧 내 안에 있음과 다르지 않다구요. 원장 수녀는 고개를 끄덕였다. 역사 이래로 많은 이에게 그것이 찾아왔습니다. 그러나 자매님처럼 의심이 제거된 확신에 자신을 내맡기지는 않았어요. 우리는 두 번 세 번 아니 수천 번이라도 인간의 것에 대한 의심을 가져야 합니다. 인간은 처음부터 불완전하기 때문입니다. 아무튼, 자매님 결심에 동의하지 않지만 그 역시 그분의 뜻이라고 생각합니다. 단 이번 결심으로 되돌아오는 길은 존재하지 않습니다. 여자는 조용히 목례하고 자리를 떴다.

여자는 수련관으로 돌아와 간단한 짐을 꾸렸다. 소문은 쓰나미의 속도로 수도원에 퍼졌다. 가장 먼저 달려온 이는 안나 수녀였다. 여자를 친자매처럼 챙겨주던 안나 수녀는 수도하는 사람답지 않게 감춰놓은 결기를 드러냈다. 그간의 교감과 한결같던 소망, 늘 한 자리에서 머물던 둘만의 내밀함, 그것을 감싸 안는 성령의 충만함은 어떻게 된 것이냐고 언성을 높였다. 여자와 안나 수녀는 묵상의 시간을 공유했다. 그리고 마침내 안나 수녀는 말했다. 루치아, 네가 지금 시험에 든 것 아닌지 모르겠다. 여자는 안나 수녀를 가만히 안았다. 여자는 세상의 처음과 끝을 본 것처럼 말했다. 안나 언니, 내 안에 젊음이 너무 많아. 묵상 속에서 그것이 내게 말해. 네겐 시작이 너무 많다고. 내가 가야 할 길이 변치 않을 거라는 믿음을 내게 강요하지 말아줘. 안나 수녀의 눈자위는 줄어들지 않았다. 일어나야 할 일은 일어나고야 만다는 것을 어디선가 주워들은 사람처럼 그 자리에서 서슴었다. 안나의 표정이 그랬다. 그분의 성소는 이처럼 변화를 용인하는 것일까.

  여자는 눈물을 흘리지 않았다. 익숙한 수도원 정문 문턱을 넘으며 뒤를 돌아보았다. 이층 원장 수녀 방 창문에 하나의 얼굴이 희붐하게 걸렸다. 안나 수녀는 대리석으로 조소된 성모상 앞까지 나와 주었다. 그녀는 얼굴에 홍조를 띠었다. 격하게 일어나는 감정을 주체하지 못할 때 보여주던 낯빛이었다. 여자는 코끝이 싸했다. 수도원 꼭대기까지 시야를 넓혔다. 담벼락에 담쟁이들이 미라처럼 말라가고 있었다. 여자는 중세의 어느 깊은 가을을 떠올렸다.

방송사의 직원들은 친절하지 않았다. 다짜고짜 왜 그러느냐는 반문에서부터 담당자가 누군지 알 수 없다는 대답은 그들만의 습벽처럼 들렸다. 겨우 연결한 미스터 친절 남조차 연결 버튼을 잘못 누르는 바람에 여러 번 다시 시작해야 했다. 담당자는 의외로 앳된 목소리의 여자였다. 그녀는 그곳을 찾는 이유를 물었다. 여자는 대답 대신 자신 외에 또 누가 찾는 사람이 있었는지 물었다. 그녀는 여자가 처음이라고 말했다. 그녀는 이유가 더 이상 나올 것 같지 않자 경북과 강원도 경계 부근의 해변이라고 말했다. 더 자세한 것은 다큐 제작사에게 알아보는 게 나을 거라고 귀띔했다.

드론을 조종한 다큐 제작사 엔지니어는 잠시 기억을 더듬었다. 아, 거기. 근데 거기는 왜요? 그냥 너무 아름다워서 근처에라도 가보고 싶어서요. 멋지죠, 그 동굴은 참 신기하게 생겼어요. 아마도 오래전에 바닷물에 깎여 해식동이었던 것이 융기해서 절벽을 이룬 것 같아요. 네, 제가 보기에도 그런 것 같아요. 엔지니어는 단어와 단어 사이를 엿가락처럼 늘였다. 삼척하고 울진 중간쯤이던가 그래요. 절벽에서 백 미터 떨어진 도로변에 횟집이 하나 있어요. 그 횟집 이름이 뭐였더라, 하여간 그 횟집만 찾으면 쉽게 찾을 수 있을 겁니다. 참고로 절벽 아래에는 내려가지 마세요. 밤에는 군인들이 경계 순찰을 도니까 총 맞을 수도 있어요 하하.

여자는 편의점에서 담배를 샀다. 교차로 횡단보도에서 푸른빛이 켜지길 기다리며 길게 연기를 뿜었다. 곁에 서 있던 중년의 남자가 여자를 돌아보며 눈살을 찌푸렸다. 거의 10년 만이었다. 기관지는 연기의 뜨거움과 향기를 기억했다. 수도자는 피우면 안 되나요. 신부님도 피우시잖아요. 서원과 계율을 받을 때 여자가 했던 말을 떠올렸다. 예비 수도자를 돕던 수녀의 표정과 입문자의 당돌함이 느껴워 여자는 피식 웃었다. 여자는 담배를 입에 물고 당당한 걸음으로 횡단보도로 나아갔다. 모든 사람들이 여자를 주시했다. 심지어 신호등 안의 푸른 실루엣 남자 형상까지도. 늦가을 햇살에 여자의 뽀얀 얼굴이 빛났다. 여자는 수도자가 아닌 세속적인 인간의 호흡으로 공기를 깊게 들이켰다. 도시의 먼지와 그 속에 녹아든 갖은 욕망과 음탕함이 폐 안쪽으로 빨려 들어왔다. 여자는 생각했다. 어쩌겠는가. 이제 겨우 서른을 훌쩍 넘겼는데. 여자는 지하철 계단 아래로 총총걸음을 내디뎠다.

지하철 승강장 입구를 잇는 통로는 낯익었다. 벽 쪽에 붙은 몇 개의 잡화점과 패스트푸드 음식점들이 여느 때처럼 행인을 불러들였다. 여자는 '누들'이라는 영어 간판이 커진 곳으로 들어갔다. 앳된 얼굴의 소녀가 뭘 시키겠느냐고 물었다. 여자는 이런 곳에서 일하려면 어떻게 해야 하는지 되물었다. 소녀는 입구에서 막 카드를 긁고 있는 중년 여인을 턱으로 가리켰다. 여자의 말을 들은 여인은 다소 늦었네, 한 달 후에 다시 오면 모를까, 했다. 뒤돌아서는 여인은 여자의 뒷맵시를 힐끔 훑겼다. 여인은 여자 뒤에 대고 저긴 사람이 필요할 거예요, 하고 일러주었다. 여인이 가리킨 곳에는 몇 개의 키오스크가 몇 미터 간격으로 서 있었다. 알바가 필요해요. 제일 먼저 눈에 띈 키오스크에서 여자가 말했다. 키오스크의 주인은 마치 기다렸다는 듯이 내일부터 할 수 있겠어요? 하고 말했다. 그렇게나 빨리요. 여주인은 여자를 아래위로 훑었다. 꼭 수녀원을 탈출한 사람같애. 할 수 있겠어요? 방금 수도원을 나왔습니다. 정 급하시면 내일부터 나올게요. 여주인은 한 방 맞았다는 듯이 멀거니 보다가 싯누런 이를 드러내며 웃었다. 교도소든 수도원이든 내일부터 시작해봐요, 농담과 어울리게 생기지 않은 아가씨. 여자는 주인과 휴대폰 번호를 주고받았다.

주변 정리부터 하기로 했다. 막상 그러려고 하니 정리라고 할 것도 없었다. 핏덩이를 내버려두고 집을 나간 엄마와 오 년 정도 술에 빠져 살다 간암으로 세상을 등진 아버지. 그들은 여자보다 먼저 정리를 끝낸 사람들이다. 한 사람은 다르지만. 어릴 적부터 자신을 키운 엄마 같은 할머니. 할머니는 여자에게 사람의 살 내

음이 어떤 것인가를 가르쳤다. 여자는 할머니로부터 묵상을, 또 오래도록 묵상하는 법을 배웠다. 묵상 속에서 들려오는 답이 진실이라는 것을 할머니는 낮은 목소리로 일러주었다. 묵상 속에서 들려오는 말씀은 하나도 그른 게 없어. 진리는 묵상을 통해 들리는 법이야. 할머니는 교회에서 울리는 파이프 오르간 소리를 들려주었다. 파이프 오르간 음을 처음 들은 여자는 그녀 본연의 가장 깊은 처소에 지워지지 않는 원초적 울림으로 아로새겨졌다. 건반을 떠난 음색은 사람들의 음습한 영혼을 향기가 짙은 마른 꽃다발로 건조 시킬 것 같았다. 바람이 일으켜 피워 올린 오르간 음은 지상의 바람과 천상의 숨결을 대신하는 것이라고 여자는 믿었다. 할머니는 딸 같은 손녀에게 속삭였다. 세상에는 무의미한 것은 하나도 없단다. 다만 사람들은 그걸 알지 못할 뿐이지. 너도 언젠가는 네 가치를 알게 될 거야. 저 음률이 차례대로 하나씩 가르쳐 줄지도 몰라.

수화기 속 할머니의 목소리는 시위를 떠나 과녁 근처에서 머뭇거리고 있는 화살처럼 힘을 잃어보였다. 아이는 잘 지내. 어쩜 나는 핏덩이들만 키우는 팔자인가 봐. 엄마를 찾지 않나요. 찾긴 네가 어릴 적 그랬던 것처럼 세상을 죄다 알아버린 것 같아, 이 어린 것이. 할머니의 음성이 해파리의 유영처럼 흐느적였다. 나는 지금까지도 너를 키우고 있다고 생각하고 있어. 누구보다 난 너를 잘 알아. 네 곁에는 이 할미가 있다는 걸 꼭 명심해야 해. 애

아빠를 잊어버리면 다른 세상이 열리면서 많은 일들이 시작될 거다. 네가 수도원을 떠나올 때 그랬다며. 네겐 시작이 너무 많다고. 잘 모르겠어요, 할머니. 벌써 제게 끝이 보이는 걸요. 할머니 음성이 숫구치듯 되살아났다. 그런 얘기하려면 여길 내려와. 내가 숨 끊어지는 걸 볼 때까지 같이 있어. 네가 많이 그립다.

여자의 가슴에 옹이 진 나무 그루터기 하나가 올라앉았다. 여자는 눈물이 나려고 했지만 슬프지는 않았다. 할머니에게 오랫동안 내려가지 못하게 될 것 같다고 가슴을 꾹꾹 누르며 말했다.

여자는 여성 전용 원룸텔 방 하나를 얻었다. '빌트인'이라고 써 붙였지만 작은 1인용 냉장고와 그다지 고급스럽지 않은 화장대, 그리고 브라운관식 구형 TV가 전부였다. 통장을 열어보았다. 잔액은 어서 일자리를 얻지 않으면 얼마 가지 못해 당신은 굶어 죽을 것이라고 경고할 정도의 액수가 찍혀 있었다. 여자는 가방을 열었다. 안나 수녀가 눈시울을 붉히며 찔러준 흰 봉투가 잡동사니 사이에서 몸을 구부리고 있었다. 순결, 청빈, 순명을 계율로 삼는 수도자의 삶을 떠올리게 할 만큼의 액수였다. 잠시 잊고 있던 그들의 핍진한 생활이 온몸으로 끼쳐들었다. 수치심이 머리를 깨부술 정도였다. 그분의 진노 어린 벌을 받을 거야. 여자가 중얼거렸다. 이미 순명을 깨뜨렸고 곧 순결도 잃을 것이다. 청빈은 선택사항이 아니라 예고된 형벌이리라. 여자는 정말 안나 수녀의 말대로 시험에 든 것일지도 모른다고 생각했다. 여자는 현재 쓸 수 있는 금액 모두를 더했다. 최소한의 하루 생활비를 산출해서 가진 돈을 나누었다. 일을 하지 못한다면 몇 달을 가지 못할 액수였다. 수도원 상징이 새겨진 노트에 지폐를 끼우고 빈 공간에 잔액을 적었다. 곧 다른 인생이 시작된다. 그 많은 시작 가운데 하나일 것이다. 두려운가. 누군가의 목소리처럼 들렸다. 여자는 숨을 멈추었다. 자신을 향해 조용히 고개를 저었다. 시작하는 사람은 두려움을 몰라야 해. 두려워한다면 그건 시작이 아니야. 여자는 쌀과 밑반찬 그리고 라면을 사기 위해 몸을 일으켰다.

다음 날 여자는 지하철 키오스크로 나갔다. 여주인은 일을 시작할 시각과 최저임금에 조금 웃도는 시간수당, 잡화 디스플레이 요령과 주의 사항을 문자로 보내주었다. 오전 아홉 시부터 오후 다섯 시까지 해 주면 좋겠어. 그 이후부터는 내가 할 거야. 잡화는 주로 여성용 가방과 신발 그리고 머플러가 주종을 이루었다. 지하철이 도착할 때마다 사람들이 쏟아졌다. 눈길 한 번 주지 않고 제 갈 길을 가는 사람. 고개조차 돌리지 않고 도끼눈으로 한번 흘기고 지나가는 사람. 박물관에 온 것처럼 세밀하게 잡화를 뜯어보는 사람. 손으로 만져보지 않으면 직성이 풀리지 않는 사람, 그것도 여자들. 사람의 형태를 이루었으되 존재하고자 하는 방식은 다양했다. 수도 생활을 할 때 겪었던 사람들의 행태는 바람 한 점 없는 호수의 물결과 같았다. 세속의 마당에서 사람들은 제 깜냥대로 욕구를 발산했다. 여자는 방향도 세기도 알 수 없는 바람을 담고 휘몰아치는 세속의 파도에 고단함과 노곤한 쾌감을 느꼈다. 여기도 그분의 성소일까. 여자는 스스로에게 물었다.

여자의 휴대폰에서 문자 도착 알림음이 계속 울렸다. 여자는 며칠 전 PC방에서 심부름센터 사이트를 통해 한나절 동안만 자신을 도와줄 도우미를 구한다고 글을 올렸다. 암벽등반 10년, 산악 구조 경력 5년. 한 남자의 문자가 눈에 들어왔다. 여자는 두 가지 조건 중에 한가지 만 충족해도 좋을 것이라고 했었다. 남자의 번호를 눌렀다. 여자는 현재 하는 일을 물었다. 공무원이면 공손히 사양하려고 했다. 한때 그랬죠. 사정이 있어 그만뒀습니다. 남자의 어투에서 각진 모서리가 만져졌다. 여자는 사유를 묻지 않았다. 대신 섭섭하지 않을 만큼 사례하겠습니다, 라고 말했다. 남자는 무슨 일을 하게 될지는 모르지만 시각과 장소만 문자로 남겨달라며 전화를 툭 끊었다. 통화 중에 검질기게 따지지 않는 것이 오히려 마음에 들었다.

여자는 남자에게 지불할 사례금을 제외하고 가진 돈 전부를 할머니 계좌로 쏟아 부었다. 아이를 도맡아 키우기에는 턱없이 적은 액수라고 생각했다. 할머니는 아이를 키우기 위해 동화의 나라에서 추방된 존재인지도 모른다. 여자는 샤를 마리 비도르의 오르간곡 '교향곡 제5번' CD를 샀다. 지역마다 하나씩 있는 재활용센터에 CD 플레이어가 있는지 물었다. 재활용품 수집가는 뜸을 들이다가 잊혀진 강아지 이름이 기억난 듯 컴팩트 CD 플레이어를 찾아냈다. 아직도 씨디를 듣는 사람이 있었어요? 그게 저예요. 음악이 재생되나요? 수집가는 이어폰을 넘쳐나는 트로트 메들리의 일부를 수화기를 통해 들려주었다.

여자는 비도르의 교향곡 중에서 2악장 '알레그로 칸타빌레'를 들었다. 비도르는 오르간으로 휘파람을 불고 있었다. 할머니가 들려준 그 음률이 아니었다. 앙증맞고 사랑스러운 선율로 미루어 비도르는 오르간과 연애질에 빠졌음에 틀림없다. 오르간 역시 교회를 맨발로 뛰쳐나와 성스러운 이미지에 세속의 포도당을 묻혔다. 마지막 악장 '토카타'를 들었다. 이어폰을 통해 울려 나는 '토카타'는 또 다른 경쾌한 장엄이었다. 반라의 사내가 채석기로 돌을 쪼는 춤을 추는 모습이 떠올랐다. 여자의 얇은 입술이 약간 벌어졌다. 이런 음에 젖어서 실행에 옮겨도 모자람이 없을 듯싶었다. 여자는 토카타 음률에 맞춰 몸을 흔들었다. 즐거움이 입안에 침으로 고였지만 흥분되지는 않았다.

달포를 정신없이 일에 빠져 있을 무렵 한 남자가 여자의 주위를 맴돌았다. 처음엔 키오스크의 잡화를 벽화 들여다보듯이 살피던 부류 가운데 하나였다. 가방을 뒤적이다 분홍색 여자 신발을 들었다 놓았다. 여자 친구에게 선물이라도 할 모양이다 싶으면 어느새 실크 나염 스카프에 손이 닿아있었다. 남자는 가격을 물을 때마다 여자의 얼굴을 낙타 혀로 핥듯이 훑었다. 잡화에도 질적 차이가 있듯이 인간에게도 은연중에 품질이 드러나는 법이다. 남자에게서 그다지 고급스러운 영혼이 느껴지지 않았다. 고작 실크 나염 스카프를 사간 게 전부였다. 여자는 석유 속의 휘발 성분처럼 재빨리 남자를 잊었다. 여느 손님처럼. 그러다 어느 날부터 가끔 눈에 띄었다. 입을 여는 정도가 그다지 아름답지 않을 거라고 자책하며 햄버거를 점심 끼니로 베어 무는 순간, 남자의 눈이 멀찌감치 거기에 있었다. 남자는 여자의 우스꽝스러운 몰골에도 눈길 하나 흩트리지 않았다. 여자도 남자의 눈길을 외면하지 않았다. 교수형을 1분 앞두고 집행인을 쏘아보는 시선으로 남자의 눈을 붙잡고 남은 햄버거를 위장으로 욱여넣었다. 입안이 비어갈 즈음 여자는 남자를 향해 손짓했다. 두 사람의 눈길이 질긴 끄나풀인 양 남자는 끌려오듯 여자에게 왔다. 제게 볼일이라도 있어요? 왜 제 주위를 맴도는 거죠? 여자가 수도원에서 신도들에게 그랬듯 보통 어조로 말했다. 남자가 낮게 속삭였다. 그냥 함께 말하고 싶어요 함께. 무슨 말을요. 무슨 얘기든. 그러다 사랑하고 싶어요. 얘기와 사랑 사이의 간극이 너무 넓어 큰 목장 하나라도 짓지 싶었다. 여자는 웃지 않았다. 남자에게 무시할 수 없는 진정성이 있었다. 가까이에서 보니 남자는 선과 악의 경계를 이루는 담장 위에 걸터앉아 머뭇거리는 인상이었다. 왜 하필 나죠. 며칠 동안 지켜봤어요. 당신은 나랑 닮은 데가 있어요. 우선 당신은 어디로부터 연락 올 데가 없다는 거예요. 휴대폰을 받는 걸 거의 보지 못했거든요. 그게 왜 댁과 닮은 거예요? 전 얼마 전 출소했어요. 그렇다고 흉악범은 아닙니다. 말하자면 당신도 어디로부터 나왔다는 인상을 받았어요. 아닌가요, 아니라면 이만 돌아갈게요. 그게 보여요? 네.

여자는 가방을 챙겼다. 반으로 접어 덮을 수 있는 담요와 카디건, 손전등 하나와 컴팩트 CD플레이어, 향초, 그리고 비도르의 오르간 음반을 가방에 넣었다. 발견될 때를 위해 몇 마디 부탁 사항과 현금을 함께 쌌다. 도우미에게 울진이든 삼척이든 편한 곳의 버스터미널에서 오후 2시쯤 만났으면 한다는 문자를 보냈다. 몇 초도 안 되어 울진 쪽이 좋겠는데요, 하는 답문이 왔다. 여자는 방을 나서기 전에 방안을 돌아보았다. 들어올 때와 비교해도 별반 달라진 게 없었다. 화장대 위에 큰 봉투를 확인하면서 여자는 문을 닫았다. 단테의 신곡에 나오는 지옥의 문을 떠올렸다. 골목 어귀를 빠져나오면서 고개를 돌려 자신의 원룸이 있던 5층 부근을 올려다보았다. '지상의 마지막 방 한 칸'이라는 소설 제목이 떠올랐다. 자신은 지상의 방 한 칸이 아니라 이로운 돌 하나 올려놓은 것이 없다는 것을 알았다. 지상의 방 한 칸에서 왜 아이와 살 수 없는가. 오랫동안 여자의 뇌리를 떠나지 않고 괴롭혀온 화두이기도 했다. 여자는 자신의 마음 사전을 샅샅이 뒤져 그에 대한 연관어를 찾으려 애썼지만 번번이 실패했음을 기억했다. 언어 없이 막연한 개념만으로 삶을 이어간다는 것은 여자의 문법이 아니었다. 아이는 먼 훗날 이해할 수도, 이해하지 못할 수도 있을 것이다. 마치 내가 내 의지와는 상관없이 할머니의 손에 내맡겨진 것에 관해 별다른 분별이 없듯이.

여자는 울진 행 고속버스에 올랐다. 울진은 여자에게 낯설고도 먼 곳이었다. 낯 설고도 먼 곳은 땅이 넓은 나라에만 있는 것이 아니었다. 자신의 파일에 내재 되어 있지 않은 곳이나 사람 그리고 풍물은 언제나 낯설고도 멀 것이었다. 버스가 공간을 두 갈래로 갈라놓으며 기이한 빛과 색조를 선사했다. 들녘의 풍광이 친밀하게 말을 걸어왔지만 여자는 안을 내어주지 않았다. 곁에 앉은 중년의 남자가 연시를 들이밀었어도 비현실감은 가시지 않았다. 남자는 자꾸 말을 걸었다. 남자를 창밖으로 내던져 버릴 수 있는 사람에게 천국의 열쇠를 쥐어주리라 약속했다. 울진에 다가갈 무렵 두 사람은 천국에 훨씬 못 미치는 곳에서 졸고 있었다. 남자의 머리 무게가 어깨에 실려 있는 바람에 여자는 자신도 졸았다는 사실을 알았다. 다들 이렇게 살면 되는 거겠지.

도우미 남자를 터미널 대합실에서 만났다. 카키색 배낭을 메고 짙은 선글라스를 낀 40대 후반의 남자는 겉보기에도 몸이 무쇠로 만들어진 것처럼 보였다. 남자는 여자를 보는 순간 까닭 없이 싯누런 이를 드러내고 웃었다. 여자는 남자에게 잊은 게 있다며 양해를 구했다. 여자는 매점에서 빵과 음료수 그리고 담배를 한 포 샀다. 여자는 남자와 택시를 탔다. 택시기사에게 외주 제작사 엔지니어가 일러준 대로 위치를 설명했다. 고개를 갸우뚱한 기사는 일단 가보자고 했다. 시내를 벗어나자 택시는 오른쪽으로 바다를 두고 내달렸다.

여자는 남자를 받아들였다. 받아들였다는 것은 여자 안에 남자의 거소를 마련해주었다는 것과 같았다. 남자가 마음에 들거나 들지 않은 것은 아니었다. 여자에겐 그녀만의 논리가 지배했다. 훗날 남자가 여자에게 물었다. 그럼 왜 날 받아들였지. 내게 왔으니까요. 네게 가는 모든 남자들은 다 받아들이는 건가. 그때는 누구였더라도 상관없었을 거예요. 감정 따위는 중요하지 않다는 뜻인가. 왜 없겠어요. 내 경우엔 판단보다 한 박자 늦어요.

여자는 남자를 받아들이자마자 마치 목표가 있는 사람처럼 굴었다. 첫 키스를 앞두고 여자는 남자에게 맹약을 내걸었다. 모년 모월 모일 저녁 열 시를 앞두고 당신에게 맹세합니다. 당신을 위해서라면 무엇이든 할 것입니다. 죽음까지도요. 오직 당신만을 사랑할 거예요. 내가 사랑하는 한… 우리는 헤어질 수 없습니다. 할 수 있겠어요? 남자의 침묵이 길어졌다. 남자가 입을 열었다. 만일 어긴다면. 여자가 슬픈 표정을 지으며 고개를 천천히 가로저었다. 나는 이곳에 없습니다. 그러지 않길 바랄 뿐입니다. 그날 남자와 첫 입맞춤은 일어나지 않았다. 더욱이 남자는 얼마 동안 여자에게 모습을 드러내지 않았다. 남자가 주위에 서성이지 않은 날에도 여자의 일상은 달라질 게 없었다. 여자가 한눈을 파는 사이 두 명이 한 조가 되어 가방을 훔쳐갔고 만원도 되지 않는 스카프를 환불해 주지 않는다고 112에 신고하는 여자도 있었다. 오십은 다 되었을 법한 남자의 난데없는 구애에 진땀을 흘리기도 했다.

 남자에 대한 기억이 구체성을 잃어갈 무렵 남자는 예의 그 시선을 달고 나타났다. 키오스크를 파한 후 앉은 선술집에서 남자는 자신의 얘기부터 꺼냈다. 마취과 의사였으며 의료사고로 사람을 죽였다고 했다. 안면 성형을 받은 여자 환자였는데 영영 깨어나지 못했다고 했다. 다툼의 여지는 있었으나 모든 걸 인정하고 감옥에 갔었다고 했다. 면허가 취소된 의사가 할 일이란 거리에서 포장마차밖에 할 일이 없었다고 했다. 가족은요. 이쪽 바닥에선 마취과 의사를 장돌뱅이라 불러요. 이리저리 불려 다니다 보니 연애할 시간조차 없었죠. 비록 짧은 기간이었지만 출소한 후 거울에서 내 얼굴을 들여다보았어요. 사회와 격리된 삶을 살아온 사람은 표정이 달라요. 그날, 바로 그날 당신의 얼굴을 보았어요. 당신도 나와 비슷한 처진 줄 알았습니다. 당신이 내게 약속해달라고 하던 날에야 비로소 당신이 나와는 정반대의 곳에서 나왔다는 걸 알게 되었습니다. 남자는 괴로운 표정을 지어 보였다. 여자는 가장 가까운 곳에서 자신으로 인해 괴로워하는 세속의 남자를 처음 보았다. 하마터면 여자는 성호를 그을 뻔했다. 지킬 수 있겠어요? 남자의 눈이 깊어졌다. 남자는 고개를 천천히 끄덕였다. 여자는 남자에게 불이 붙은 담배를 건넸다. 남자는 고개를 저었다. 피워 봐요. 수도원은 의식 투성이에요. 우리에게도 조촐한 의식 하나라도 있어야 하지 않겠어요. 담배 연기 탓인지 아니면 다른 이유인지 남자는 눈가에 물기를 보였다. 남자가 애처로우면서도 사랑스러웠다.

택시기사는 도무지 위치를 가늠하지 못했다. 횟집이 어디 한두 군데냐고 성화를 냈다. 여자가 미터 요금의 세 배를 지불하자 기사는 자신의 입을 후려칠 기세였다. 짐작을 눙쳐 어느 횟집 옆에서 여자는 남자와 내렸다. 도대체 어딜 가려는데요. 한참 걸어도 목적지가 나오지 않자 남자가 아이마냥 칭얼거렸다. 동해의 초가을 청량한 바람이 여자의 이마를 때렸다. 여자는 뇌리에서 한 가지 영상을 재생시켜 눈에 보이는 풍경과 대조했다. 더 나아가지 않아도 되었다. 아래를 살폈다. 어디에도 벼룻길은 없었다. 드론이 찍어 올렸을 법한 너덜겅이 해변까지 퍼렇게 내려앉았다. 파도가 흰 살집을 발라내어 바위에 계속 널고 있었다. 자갈로 이뤄진 해변 공간에 철조망이 해안선을 따라 이어졌다. 어두워지면 군인들이 온다고 했지. 여자는 엔지니어의 당부를 떠올렸다. 제 기억이 맞다면 이곳이 틀림없어요. 남자의 눈이 바보처럼 커졌다. 올라가는 게 아니라 내려가는 거였어요? 여자의 눈이 세상에서 가장 선한 빛으로 변했다. 여자는 남자를 가만히 올려보았다. 부탁할게요. 남자는 어색하게 여자를 외면했다. 허참, 알았수다. 어디 한 번 해봅시다.

남자는 바위에 볼트를 박아 퀵 드로우를 걸었다. 그 아래 매달린 카라비너에 자일을 감아 넣은 뒤 자신과 여자의 다리 사이에 고리 모양의 벨트를 끼웠다. 하네스 라는 장비입니다. 만에 하나 추락해도 어딘가 매달리면 확보는 시켜주죠. 여자는 가방을 끼고 남자의 등에 달라붙은 채 남자의 의도대로 몸을 맡겼다. 남자는 하강기를 이용해 절벽을 조금씩 내려갔다. 파도가 냉풍기처럼 찬 공기를 위로 뿜어 올렸다. 여자는 하네스를 끼고 지하의 왕국에 하데스를 만나러 간다고 생각했다.

절벽 중간 부분까지 이르러도 목표지점은 보이지 않았다. 찾는 곳이 대관절 어딥니까. 남자가 이젠 심통을 부렸다. 여자의 말문이 닫혔다. 남자의 근육질 등에서 진땀이 배어 나왔다. 여자는 뇌리에서 다시 스크린을 펼쳤다. 낭떠러지의 특징적인 부분을 기억하려고 애썼다. 돌부리 하나하나의 형색에 눈심지를 돋우었다. 주눅이 든 아이의 어조로 남자에게 오른쪽으로 옮겨가달라고 부탁했다. 하강기는 두 사람을 더 아래로 끌어 내렸다. 시야가 오히려 더 넓게 트여났다. 여자가 오른쪽 위로 눈길을 던질 무렵 재현된 영상과 겹쳐지는 부분이 있었다. 여자가 손가락을 뻗어 방향을 가리켰다. 남자는 낭떠러지를 게걸음으로 걷기 시작했다. 두 사람의 머리 위로 검은 공간 하나가 빼곡히 드러났다. 마지막으로 여자는 남자의 땀에 젖은 허리를 허벅지로 감싸 안았다.

여자가 내민 돈뭉치에 남자는 놀랐다. 더 드리고 싶지만 이것뿐입니다. 이해할 수 없다는 듯이 남자의 머리가 흔들렸다. 언제 다시 올까요. 아뇨, 오지 않아도 됩니다. 부릅뜬 남자의 코 뿌리에서 땀이 몇 방울 떨어졌다. 제가 알아서 올라갈게요. 남자는 여자를 텅 빈 눈으로 노려보았다. 여자는 여기까지 힘들여 도와줘서 고맙다고 말했다. 남자는 길게 가래를 뽑아 멀리 바다 쪽으로 뱉었다. 남자가 두 손바닥을 하늘 쪽으로 치켜들며 어찌 됐건 난 이만 가보겠습니다, 했다. 여자는 마치 타잔이 숲속으로 사라지는 모습을 지켜보는 제인처럼 남자를 올려다보았다. 썩은 동아줄을 타고 승천하는 동화 속의 소년처럼 남자의 엉덩이가 허공으로 사라졌다.

 그 많은 시작 가운데 여자는 하나를 선택했고 거기에 집중했다. 나중에 그 모든 시작이 하나의 시작으로 귀결되었다. 여자는 처음 사랑하는 것처럼 사랑했고 마지막 사랑하는 것처럼 남자를 사랑했다. 세속적인 남자가 질식할 수도 있는 가식적인 성스러움을 허물 벗듯 벗었다. 여자는 사랑의 이름으로 남자를 구속하지도 방임하지도 않았다. 여자는 사랑하는 법을 이미 알고 있었다. 과분하지도 모자라지도 않는 적절한 배려. 궁벽한 처소에서 묵언의 수도에만 전념했을 여자로서는 결코 발휘할 수 없는 여자의 처세를 드러냈다. 전직 의사는 더 이상 완벽할 수 없는 한 여자의 매력에 미쳐버릴 수도 없어 몸만 떨었다.
 어느 날 그는 여자에게 물었다. 어느 날 내가 당신에게서 사라진다면? 여자는 어깨를 으쓱하며 나도 사라지지 뭐, 했다. 남자는 여자의 그 말이 사랑의 불가역성을 드러내는 말인 줄은 꿈에도 몰랐다. 남자에게 여자의 말은 5월의 꽃향기와 같다. 달콤하지만 곧 기억을 잃어버린다. 여자의 맹약은 남자에 의해서 색이 바랜다. 흔히 여자는 자신의 약조로 인해 스스로 바보가 되었다는 사실을 남자의 증언으로부터 구한다. 그러기까지 사랑은 얼마나 무감각한가.

남자는 자신의 전문인 마취에서 깨어나는 법을 배워야 했다. 마취에서 깨어나 여자가 약속한 항목을 곰국을 끓이듯 달여 음미해 보아야 했다. 여자의 시작은 일관되게 감미로웠고 그처럼 뜨거웠다. 여자로 인해 그는 모든 남자들이 주절거렸을 법한 부러움을 쓰레기통으로 던져버렸다.

여자를 안았을 때 심지어 남자는 세상 모든 사랑의 종말을 알리는 조종 소리를 들었다. 반쯤 감긴 여자의 눈이 그를 올려다보고 있었다. 성스러움과 퇴폐의 세속성이 뒤엉겨 남자의 정욕에 담금질을 했다. 몸의 세포들마다 닫힌 단자의 뚜껑을 열어젖히고 휩싸고 도는 곡조를 못 이겨 이교도의 춤을 추었다. 하늘과 땅의 갖은 환락들이 무릎을 꿇고 유서를 휘갈겼다. 여자는 원하는 대로 휘어졌고 굴곡질 때마다 화가들의 탄성을 불러들이는 음영을 연출했다. 여자는 남자를 향해 후회를 허락하지 않는 사랑의 장전을 썼다. 사랑의 화염이 타오른 뒤 재 위에 선 피닉스 자태를 보며 여자는 남자의 맨 가슴 위에 얼굴을 대고 이젠 이루었어요, 라고 말했다.

39개월이 지난 어느 날, 여자는 새 생명의 전주곡을 알렸다. 남자의 턱 아래로 곤혹스러운 그림자가 스쳐 지나갔다. 포장마차로 생계를 이어가는 전직 마취 의사와 수도원을 탈출한 전직 수녀가 아이와 함께 단란한 가정을 이룬다는 시나리오는 남자에게 가능한 발상이 아니었다. 아이가 삶에 걸림돌은 아니었다. 문제는 남자 자신에게 있었다. 벼랑 끝에 손 하나만 걸쳐두고 힘이 빠져나가는 남자에게 여자가 내민 손은 목숨 하나 건지는 수단에 지나지 않았다. 비록 자신이 먼저 구원을 요청했지만 그것은 발등의 급한 불을 끄기 위함이었다. 여자의 불행은 남자의 이런 삶의 불가역성에 있었다. 여자는 이미 알고 있었다는 듯이 담담히 말했다. 모든 짐은 제가 지고 갑니다. 두 사람이 지는 것보단 나을 거예요. 설령 그렇다 하더라도 우리에겐 변한 건 없습니다. 여자는 순간 나에게 변한 것이 없다고 말했어야 했다고 후회했다. '우리'라고 말한 것은 남자에게 일종의 경고인 셈이었다. 남자는 경고를 받아들이지 않았다. 여자가 배에서 태동을 느낄 무렵 남자는 떠나고 없었다. 여자는 남자에게 청했던 약속 가운데 세 번째 조항을 떠올렸다. 우리가 사랑하는 한 헤어질 수 없습니다. 여자는 사랑의 불연속성을 믿지 않았다. 남자의 부재와 사랑의 불연속성을 동시에 이해하기 위해 여자는 묵상에 들었다. 스스로 오래전 이단시되었던 그노시스트가 되어 답을 기다렸다.

여자는 한동안 가장 질박하고도 치열한 삶에 뛰어들었다. 스스로 내린 약조에 저항하기 위해서였다. 아이의 눈은 세상 어느 보석보다 맑고 투명했으며 무엇보다 여자를 웃게 했다. 아이의 눈을 들여다보는 것 외에는 늘 건조한 나날이었다. 간구해야할 대상이 없는 세상을 살아가기 위해 여자는 안간힘을 다했다. 자동차가 쉴 새 없이 지나가는 통유리의 까페에서 발랄라이카의 트

레몰로를 들으며 할머니의 오르간 소리를 잊었다. 사랑의 부재는 신의 형태로 만물의 어느 곳에도 깃들어 여자를 괴롭혔다. 다시 찾아간 키오스크에서 남자와 닮은 사람을 좇아가다 값나가는 물건을 통째로 잃어버리기 일쑤였다. 더 이상 나오지 말라는 키오스크 주인 말을 뒤로 들으며 사랑은 이토록 아름답고 잔인한 것인가 생각했다.

그리고 언제부터인가 사랑의 부재는 소망하는 대상의 형태로 꿈에서든 생시에서든 여자의 주위를 맴돌기 시작했다. 거기에는 늘 그가 있었다. 여자가 무슨 말을 해도 빤히 눈을 뜬 채로 바라보는 남자에게 여자는 막 수도원을 빠져나온 그때처럼 속삭이듯 말했다. 모년 모월 모일 저녁 열 시를 앞두고 당신에게 맹세합니다. 당신을 위해서라면 무엇이든 할 것입니다. 죽음까지도요. 오직 당신만을 사랑할 거예요. 내가 사랑하는 한… 우리는 헤어질 수 없습니다. 할 수 있겠어요?

초가을 저녁 동굴은 고즈넉했다. 저만치 아랫녘에서 파도가 해안의 바위에 부딪히는 소리만 간간이 들려왔다. 여자는 바닥에 솟은 돌부리를 피해 편편한 자리를 찾아 담요를 깔았다. 동굴 아래쪽 벽감과 닮은 곳에 향초를 피웠다. 오래지 않아 동굴 안은 재스민 향으로 가득 찼다. 가방을 헐었다. 몇 개의 빵과 물, 노트와 필기구, 휴대폰, 작은 손전등, CD플레이어와 그 속에 든 비도르 오르간 교향곡 CD, 담배 한 포, 그리고 몇 장의 생리대. 여자는 안나 수녀에게 원룸의 주소와 더불어 간략한 부탁과 인사를 보냈다. 그런 연후 휴대폰에서 배터리를 분리했다. 이로써 완벽하게 외부와는 단절되었다. 여자는 카디건을 어깨에 걸치고 빵을 씹었다. 지상에서의 마지막 빵의 달콤한 향내가 목젖 너머로 피어올랐다. 삶이 늘 유혹하던 그런 향기. 이어폰을 귀에 꽂고 플레이 단자를 눌렀다. 오르간 음향은 여자를 전자기장처럼 에워쌌다. 온몸의 장기와 액체들이 서로 어루만지고 위무하면서 얼마 전까지 세속에 속했던 여자를 위로하고 달랬다. 여자는 일순 정화되어가는 것을 느꼈다.

여자는 사흘 전부터 담요 위에 누워 있었다. 빵과 물은 이미 오래전에 바닥이 났다. 의식이 조금씩 흐려지기 시작했다. 동굴에 들어온 지 거의 보름 가까이 되었을 것이다. 닷새 전부터 물 이외에 입으로 들어갈 것이 없었다. 여자의 머리맡에는 몇 가지 부탁 사항을 적은 쪽지와 지폐를 묶어놓았다.

여자는 담배를 피워 물며 남자와의 세월을 떠올렸다. 새벽까지 이어졌던 포장마차의 불빛 아래에서 흩날리던 쓸쓸한 남자의 몇 가닥 머리카락. 가끔 이유를 밝히지 않은 채 폭음에 젖어 통곡

하던 남자의 목 뒷덜미. 여자의 안에 들어와 세상에서 가장 행복한 표정을 지어 뵈던 한 남자의 얼굴. 그리고 뜨거운 입술. 여자는 또 떠올렸다. 헛되지 않은 모든 여자의 시간들을. 온전히 여자에게 속했고 완벽하게 지배했으며 시간 한 점 한 점이 피와 같이 짙은 붉음이었음을. 여자는 아이를 떠올렸다. 속죄의 눈물은 오로지 아이를 위한 것이었다. 자신이 엄마를 용서했듯이 아이도 훗날 여자를 용서할 것이라고 믿었다. 여자는 담배 연기를 내뿜으며 동굴이 쪼개질 듯이 큰 소리로 울부짖었다. 그리고 잠시 혼절했다. 여자가 깨어났을 때 주위는 한 치 앞도 보이지 않는 암흑이었다. 천지간의 분별은 바닥을 더듬어 손전등을 찾아 켰을 때에야 이루어졌다. 여자는 시간이 얼마 남지 않았음을 어렴풋하게 헤아렸다. 머리맡의 노트를 당겨 여자는 손전등 불빛 아래에서 빈 공간을 열었다. 여자는 마지막 안간힘을 다해 무엇인가 써 내려가기 시작했다.

사랑하는 당신.

감히 당신이라고 부르렵니다. 사랑, 정말 좋았습니다. 얼마나 좋은지 이제 나는 숨조차 쉬지 않기로 합니다. 세상의 모든 것을 뛰어넘어 그것은 치명적인 매혹이었으므로 나는 그럴 것입니다. 저를 너무 책망하진 마세요. 당신과의 사랑 속에서 나는 매번 죽음과 가까워지는 것을 뼈로 느꼈습니다. 아니 이대로 세상이 끝나버렸으면 했습니다. 당신이 처음으로 내게 들어왔을 때 나는 모든 것을 알았습니다. 아침에 솟는 태양, 서쪽으로 번지던 범훈, 더 이상 여릴 수도 없는 꽃잎, 늦여름의 습기 가신 바람, 늘 새롭게 나부끼던 별빛, 그리고 당신의 입술. 이 모든 것이 사랑을 위해 존재하는 것이라는 사실 말입니다. 곧이어 나는 어느 누구도 도달하지 못할 등성이에 서 있었습니다. 사랑하는 당신이 이끌었기 때문입니다. 내겐 그것이 전부였던 것 같습니다. 세속과 성스러움의 분별이 사라지는 순간, 모두 타버려 아무 것도 발견할 수가 없었습니다.

사랑하는 당신.

당신에게 청한 약속 가운데 죽음이 갈라놓을 때까지 함께하지 못하므로 나는 이제 영원을 향해 나아갑니다. 한 걸음씩. 천천히. 아주 천천히. 비록 몸은 스러지나 그것으로 진정 스러지는 것이 아닙니다. 나는 처음부터 이 세계에 속해 있지도 않았고 다른 세계에도 속해 있지 않았던 것 같습니다. 나는 존재도 아니고 본질도 아닙니다. 다만 나는 가장 사랑하는 이의 영혼에 속합니다. 그가 바로 당신입니다.

구접하게 살아남아 다른 사랑을 꿈꾸기에는 내 사랑이 너무 완벽합니다. 그리고 부디 나에 대한 기억을 지워주세요. 그래야만 나 홀로 내 유일한 사랑을 간직할 수 있으니까요.

사랑하는 당신.

얼마나 시간이 흘렀는지는 아무도 모른다. 들리는 것이라고는 바다의 살점 떨궈내는 소리와 아무런 메시지도 없는 바람만이 기웃거리던 벼랑 중간 부근에 자일 하나가 내려왔다. 두 번 다시 오지 않은 돈벌이를 달게 기억하는 한 사내가 자일에 매달려 전차에 부딪힌 표정으로 동굴 안으로 눈길을 던졌다. 사내는 고개를 한 번 갸웃하고는 아무 일 없었다는 듯이 벼랑 위로 올라갔다. 동굴 바닥에는 아무것도 없었다. 반쯤 묻힌 묵주 하나 외에는.

달의 바다

달이 떴다. 한 바다 가득히. 달은 잘게 부서지지 않는다. 물은 달의 흡인력에 끌려가지 않으려고 진득해진다. 인당수에 몸을 던질 한 소녀의 발걸음처럼 물은 난바다로 질질 끌려간다. 포구로 돌아오는 배들은 마력을 더 올릴 것이다. 조타륜을 잡은 선장들은 알고 있다. 아무리 속도를 올려도 배는 앞으로 잘 나아가지 않는다는 것을. 아무리 착시라고 일러주어도 소용이 없다는 것을. 그리고 사람들은 안다. 달이 저렇게 여물었을 때는 모두들 온전하지 못하다는 것을.

용주는 보료 위에서 오랫동안 시간을 견딘 아버지를 뒤로 하고 신발을 꿴다. 아버지 곁에 약초 달인 물과 두 종류의 약봉지를 두었다. 하나는 병질을 완화하는 약, 하나는 아버지가 원하는 약. 약에는 두 종류가 있다. 몸에 이로운 약, 해로운 약. 아버지는 두

가지를 다 가졌으니 더 바랄 것이 없겠다. 밤에 전마선은 안 된다고 한사코 손사래를 치던 아버지는 힘에 부치자 물끄러미 눈길로 배웅했다.

포구 출입관리소에서 박 순경이 휴대폰으로 연통했다. 다섯이라고 했다. 어두워지면 전마선이 닻줄을 푸는 것은 불법이라는 것을 피차 알고 있는 사실이다. 문 벌금만 해도 족히 전마선 한 척 값은 될 것이다. 버릴 수도 품을 수도 없는 용주의 나 몰라라 식에 관리소에서 마지못해 한 가지 꾀를 냈다. 자라 섬까지 뱃길이 불과 20분 남짓이므로 낚시꾼들을 바위 너럭에 올려놓을 때까지 탐조 라이트로 전마선을 쏘아붙이기로. 적어도 출입관리소의 허가 아래 운항한 것이므로 더 이상 그녀에게 불법이란 혐의를 씌울 수는 없었다. 아버지에 대한 심려는 오히려 관리소 경찰들의 몫이었다. 네가 감방 가면 아버지는 누가 돌보겠냐. 견장에 나무 잎사귀를 네 개 단 소장이 혀를 끌끌 차며 내뱉았다.

용주는 전마선이 묶여 있는 방파제 끝 부근을 향해 나아간다. 접안 구조물과 방파제를 겸하고 있는 난간에 한 여자가 앉아 있다. 난간에 다리 하나는 세워 앉고 나머지는 아래로 떨구고 있다. 여자의 허벅지 옆에는 소주병과 안줏거리가 놓여 있다. 여자는 세운 무릎 위에 두 팔을 얹고 턱을 괴고 있다. 뒤쪽 도로 너머 횟집 불빛에 여자의 귀밑머리가 깃털보다 가벼이 날린다. 용주가 여자의 등 뒤로 지나갈 즈음 여자는 뒤통수에 눈이라도 달린 것처럼 말을 건넨다. 아버진 좀 어떠셔. 용주는 눈길도 주지 않고 여자의 말을 받는다. 네 원대로 오늘 내일 하셔. 여자는 쓸쓸히 난바다를 향해 눈길을 주며 중얼거리듯 말한다. 노인네 겉보기는 명줄 길게 생겼던데. 괜찮을 거야 목숨 하나 지대로 끊었으니 그 값으로 버틸 거야. 여자의 말에 용주는 가던 걸음을 멈추고 여자를 쏘아본다. 한참 여자에게 눈길을 주자 여자는 시선이 따가운 듯이 용주의 눈길을 되쏘아 받는다. 그 무렵 해안도로로 불길을 던져주는 횟집의 여주인은 두 여자의 조우를 의미 있게 주시한다. 여주인은 무슨 일이라도 벌어지면 언제라도 뛰어나갈 태세다. 촉이 좋은 주방의 남자 주인은 회를 뜨다 말고 여주인과 도로 너머 두 여자의 동태를 곁눈질로 살핀다. 용주와 여자가 아무 일 없다는 듯이 거리가 멀어지자 횟집 주인 부부는 서로 바라보며 고개를 끄덕인다. 여주인의 혀끝에서 쯔쯧 하는 소리가 새어 나온다.

낚시꾼들의 면면은 눈에 익은 남정네들이다. 용주가 그들에게 다가가자 한 몸처럼 탄성으로 그녀를 반긴다. 그중 한 사내가 용주에게 손을 내밀기도 했으나 용주는 무관심 안에 머문다. 사내들의 눈에 달빛을 받은 젊은 여인의 자태는 소름 돋도록 푸르디푸르다. 자라섬에서 1박 할 건가요. 사내들은 일제히 예, 하고 구령을 붙인다. 용주는 방파제 끝에 붙들려 있는 전마선 쪽으로 일행을 이끈다. 멀찌감치 박 순경이 그들의 동태를 살피고 있다. 낚시꾼 일행이 전마선에 오르자 용주는 전마선 꽁무니에 붙은 모터를 가동한다. 20마력짜리 모터는 주인의 손길에 흔쾌히 응답하며 시원한 소음을 뿜는다. 이미 탐조등이 켜져 가까운 물 위로 커다란 타원이 춤을 춘다. 전마선이 선수를 난바다를 향해 돌리자 탐조등은 무대 위의 주연을 비추듯 일행들을 향해 광선의 무더기를 던진다. 무대 위에서 스폿 라이트를 받은 양 낚시꾼들은 제각기 춤사위를 부린다. 흥에 겨워 일어서려는 사내에게 용주는 바다보다 깊은 결기로 주의를 준다. 선홍색 구명조끼들이 일제히 동작을 멈춘다. 조타키를 잡고 선미에 앉은 용주의 머리카락이 난파선의 깃발처럼 나부낀다. 용주의 머리 안은 아버지에 대한 염려로 넘쳐난다.

아버지가 만기를 몇 달 남기고 출소한 날 용주의 우려는 현실이 되었다. 의무관의 말로는 더 이상 형기를 마칠 수 없답니다. 가석방 심사위원회에서 결정한 일입니다. 눈썹이 짙은 교도관이 아버지의 신병을 넘겨주며 물기 없는 어조로 말했다. 아버지는 마지막 면회 이후로 몸피가 더 가늘어져 있었다. 교도소 마지막 철문이 열리는 소리는 다른 세계로 이끄는 문지기의 저주어린 고함 같았다.

돌아오는 버스 안에서 아버지는 유리창을 쇠붙이로 긁는 듯한 신음소리를 냈다. 어떻게 할 거냐. 노루잠에서 깨어난 아버지는 예의 신음 소리와 닮은 목소리로 말했다. 며칠 전 짐 싸고 내려와 있어요. 어차피 아버지 구완이라도 해드려야잖아요. 내 걱정 할 것 없다. 난 네가 더 걱정이다. 무슨 걱정요. …아니다. 용주는 떠올리면 온 몸의 신경을 쥐어뜯듯이 들쑤셔대는 아픈 기억을 애써 떨쳐냈다. 신은 인간이 감내할 수 있을 정도의 고통만을 준다는 말은 거짓이었다. 그 자리에는 신도 고통도 악마도 심지어 용주 자신마저도 없었다. 감각은 모두 휘발되어버리고 하얗게 빈 공간만이 채워진 시야. 한 번도 아닌 두 번씩이나. 그 이후부터였던가. 그녀는 하나 둘씩 자신으로부터 무엇인가 내다버리기 시작했다. 맨 처음 그녀는 희망을 버렸다. 이어서 공포에 대한 두려움을. 지금까지 자신을 지탱해온 신념을, 철학을, 본능적인 애착을, 그리고 인간이 지녀야 할 윤리마저도. 마침내 그녀는 휑하니 비어졌다.

탐조등은 낚시꾼들이 전마선에서부터 부려질 때까지 따라와

준다. 용주의 버럭 소리에 기가 죽은 사내들이 낚싯대 가방을 둘러매고 잠길여를 딛고 바위너설로 올라선다. 탐조등은 마치 배웅을 끝냈다는 듯이 몇 번 파도 위에서 사래를 치더니 어둠에 묻힌다.

용주는 전마선의 닻을 내리고 바위에 줄을 묶는다. 낚시꾼들은 이미 지정해 놓은 자리마냥 자신들의 포인트로 찾아 나선다. 우뚝 솟은 남근처럼 생긴 갯바위를 선호하는 사람. 솟은 너럭 갯바위 틈에 여인의 가랑이 사이처럼 생긴 포인트를 찾는 사내. 남자들은 현실의 팍팍한 리얼리즘을 포인트가 가져다주는 환상성에 허풍스럽게 기댄다.

일행 중 한 명이 갯바위 너머 소나무 숲 터에 텐트를 친다. 간혹 그들과 밤을 지샌 적도 있었다. 그들이 잡아 올린 성성한 횟감과 몇 순배 돌아가는 술, 그리고 그들 삶의 녹록치 않은 사연들이 자라섬을 왁자하게 채웠다.

용주는 그들에게 얼음공주로 통했다. 별이 한꺼번에 쏟아져 내릴 듯한 외딴 섬에서 사내들은 너나없이 해방감에 들떴다. 거기다 자신들을 실어다 준 반반한 여인이 어떤 종류의 농지거리에도 대범하게 대거리를 해주자 사내들의 이성은 이미 지상을 떠나 한없이 유체의 형태로 이탈되고 있었다. 사내들은 여인의 노래를 듣기 위해 서슴없이 지갑을 열었다. 한사코 사양하는 그녀의 주머니에 나들이의 유쾌함을 처음 맛보는 사람들처럼 팁을 뿌렸다. 용주는 노래를 불렀다. 단 하나의 노래를. 그리고는 얼음공주처럼 싸늘히 냉각되어버렸다. 그들은 더 이상 그녀에게 재청하지 않았다. 얼마 전 술김에 그녀에게 치근덕거리며 노래를 시켰다가 전마선을 영영 탈 수 없을 뻔했던 일을 그들 모두는 기억했다.

이슥한 밤이다. 자라섬 너머 포구는 길 따라 늘어선 코발트 가로등 외엔 불이라곤 몇몇 횟집 간판 불빛뿐이다. 달은 11시 방향에서 2시 방향 부근으로 물러나 있다. 낚시꾼들은 모처럼 나온 나들이 탓인지 아니면 술기운 탓인지 몇 개의 텐트에 나뉘어 곯아떨어져 있다. 사내들의 코 고는 소리가 자라섬을 몇 번이고 들었다 놓는다.

용주는 눈 감아도 익숙한 섬 가장자리를 돌아 걷는다. 걸음을 내디딜 때마다 소나무 숲 사이를 파고드는 파도 소리, 솔잎 향기, 여름 한낮을 식히기 위해 냉기를 보듬는 바람을 온몸으로 맞는다.

바다.

용주에게 바다는 오욕의 근원이고 한스러움의 뿌리다. 외할아버지의 빚 때문에 팔려온 엄마는 바다를 내려다볼 때마다 어금니를 자근자근 깨물었다. 용주를 가지고서도 엄마는 늘 바다를 등질 생각만 했다. 엄마에게 바다는 늘 화사한 수영복 너머 뒤 배경으로 펼쳐진 풍경에 지나지 않았다. 언제일지는 모르지만 포구에 처음 도착한 날부터 엄마는 바다를 벗어날 꿈만 꾸었다. 용케도 포구로부터 멀리 벗어나 시외버스 터미널이나 역에서 깊은 숨을 내려놓을 즈음에 아버지는 엄마의 앞에 유령처럼 서 있었다. 그때 아버지는 엄마의 눈에서 사막을 보았다고 했다. 그날 저녁 닥친 아버지의 폭력. 실신할 때까지 사람에게 폭력을 퍼 부을 수 있다는 것을 엄마는 그때 처음 알았다. 엄마는 남자들이 바다를 닮아서라고 늘 생각했다. 산사람은 산을 닮고 꽃 사람은 꽃을 닮는다. 엄마는 말했다. 저 짠 물은 내게 속하지 않는다고. 한사코 배 타기를 거부하며 집안에만 박혀 있는 엄마에게 아버지는 어구를 손질하며 혼자 말처럼 중얼거렸다. 이 사람아, 바다 족속이라고 다 거칠어빠진 거 아녀. 겉에만 보고 왜 안을 안 보느냔 말이여. 아무리 센 바람이 몰아쳐도 그 안은 늪처럼 깊고 웅숭한 거.

엄마는 마침내 바다를 등졌다. 용주가 중학교를 마칠 무렵이었다. 포구 사람들은 용주 아버지가 알면서도 엄마를 잡지 않았다고 수군댔다. 용주에게 남겨진 건 급히 써내려간 메모 한 장이 전부였다. 네겐 큰 죄인이다. 모정보다 더한 게 어디 있겠니. 그럼에도 이럴 수밖에 없는 나를 용서해다오. 용주는 엄마의 메모를 되뇌며 바다를 향해 뚜벅뚜벅 걸어갔다.

간조 무렵이다. 바다는 달을 더욱 잘게 쪼개며 야위어간다. 멀리 달아났던 물은 달의 체취를 품고 다시 돌아온다. 돌아온 물은 기다리고 있던 물에게 달의 근황을 전한다. 다른 날에는 너도 곧 불려갈 거라고. 용주는 달에게 붙들려 가듯이 가버린 엄마를 생각한다. 눈에 사막을 담은 엄마가 남긴 마지막 메모를 기억하며 그날처럼 뚜벅뚜벅 걷는다.

물가 근처 갯바위 너럭 위에 작은 불빛 하나가 어른거린다. 머리에 헤드램프를 쓰고 낚시꾼 일행 중 한 사람이 대를 드리우고 있다. 등 뒤로 하얗게 달빛이 부서져 내리는 모습이 어울리지 않게도 아름답다. 왜 안 주무시고 아직까지 계세요. 낚시 줄 끝에 이어진 찌를 살피던 사내는 용주의 출현에 반색한다. 바다 공기가 좋은 탓인지 술을 먹어도 취하지도 않고 잠도 오지 않고. 어머, 벌써 몇 마리 잡았네요. 허허 요 녀석들도 나처럼 밤잠이 없나 봐. 반쯤 물에 잠긴 어망에는 돔 종류와 우럭 몇 마리가 퍼덕인다. 그녀는 사내보다 약간 높은 너럭 위에 걸터앉는다. 용주의 용자가 드래곤 용인가. 용주는 그렇다고 대꾸한다. 그럼 드래곤 보트? 아뇨 드래곤 마스터. 용왕의 주인이 되라고 용주라고 지었다나요. 아, 그럼 용궁의 여왕 쯤 되겠네. 사내는 소주병을 들어 한 모금 들이키고는 용주에게 건넨다. 용주도 한 모금 들이킨다. 왜 달뜨는 밤이면 조사들은 그렇게 모두 몸살을 앓죠. 그녀는 진심으로 궁금해서 묻는다. 사내는 별 다른 대꾸가 없다. 물어본 사람이 머쓱해질 즈음에 그가 시조를 읊듯이 뱉는다. 달과 바다에 녹아들고 싶어서지. 바다만 있어도 좋은데 거기에 달까지 있어봐. 신선놀음이 따로 없지. 더군다나 달 밝은 밤에는 입질이 왜 그렇게 좋은지. 특히 간조 때 말이야. 용주는 고개를 끄덕인다.

고기들도 달빛에 취해서일 거예요 아마도. 사내는 듣기 좋은 음색으로 웃는다. 웃음소리는 갯바위에 부딪혀 잘게 부서지는 파도와 부드럽게 뒤섞인다.

사내는 시키지도 않은 뭍의 삶을 털어놓는다. 자신에게 스며들지 않은 아내, 결핍을 겪지 않은 아이들의 경박한 말대꾸, 믿었던 수십 년 지기 친구의 배신, 치매에 놓여 있으면서도 끝 간 데 없이 이어지는 모정을 들먹이는 대목에 이르러서는 사내가 대책 없이 흐느끼기 시작한다. 파도 소리와 달빛과 들썩이는 사내의 어깨가 어처구니없게도 어울린다. 용주는 사내의 어깨를 감싼다. 사내는 기다렸다는 듯이 그녀의 품을 파고들어 꺽꺽대며 목청을 돋운다. 이 예기치 않은 설익은 풍경에 마뜩하지 않으나 상황에 내몰려 너무 멀리 나아간다는 느낌과 함께 이제는 막을 내려야한다는 생각에 머물 즈음 바라는 뜻의 반대편으로 일이 벌어진다. 사내의 손과 얼굴이 용주와 다른 생각 쪽으로 나아가고 있다는 것을 어느 순간 알아챈다. 필요 이상으로 숨소리가 고저의 진폭을 키우고 서늘한 밤바다의 기운마저 달굴 만큼 더워지는 체온에 그녀는 헛헛한 웃음을 뱉는다. 아저씨, 이건 아닌데요. 아랑곳없이 이어지는 사내의 말에 용주는 살기 품은 뼛성이 솟구친다. 얼마면 되겠어. 포구 노래방 여자 말로는 서울서 온전하게 살진 않았다고 하던데. 용주는 하마터면 사내를 밀어 바다에 빠뜨릴 뻔한다. 그것과는 상관없이 사내의 완력은 문명 세계의 가장 저열

한 형태로 그녀의 몸 부위에 뿌려진다. 사내의 악취 밴 입술이 용주의 입술 부근에서 치근거리고 허락한 적이 없는 손길이 그녀의 시티구니를 파고들 즈음에 모든 움직임은 박제된 사슴의 뿔처럼 굳는다. 부릅뜬 사내의 눈에서 초점이 지워지고 입술을 떠받치고 있던 턱이 힘없이 아래로 내려간다. 사내의 목에 들이민 달빛을 받아 번득이는 금속의 반사광. 사내는 그것이 무엇을 의미하는지 언뜻 알아챘다. 그 여자에게 무슨 얘길 들었는지는 모르지만 이건 아녜요. 부끄러운 짓은 많이 했어도 추악하게 생각한 적은 없어요. 없었던 일로 해 드릴게요. 용주는 석고 반죽을 뒤집어 쓴 것처럼 굳어 있는 사내를 떠나 전마선이 있는 곳으로 휘청거리며 걷는다. 문득 설움 같기도 하고 분노 같기도 한 기운이 가슴 부근에서 빗장뼈 위로 솟구친다.

전마선은 한 조각 나뭇잎처럼 떠다닌다. 모터를 켜지도 않고 묶은 줄만 풀었더니 배는 난바다로 향해 둥둥 나아간다. 용주는 전마선 위에 몸을 뉜다. 새벽 밤바다, 그것도 작은 목선에서 드러누워 밤하늘을 올려다본 적이 있었던가. 아마도 처음이지 싶다. 달빛에 가려진 허공 너머로 영원의 시간을 품고 별들이 반짝인다. 모든 살아있는 것들은 명멸한다. 바다의 살결을 뭍으로 밀어올리던 바람은 줄기라도 하는지 기척도 없다. 이대로 영원히 바다의 흐름에 몸을 내맡기고 싶다. 의식은 불분명해지고 현실인지 꿈속인지 알 길 없는 경계에서 떠올리기조차 역겨운 한 기억이 피어오른다.

그때에도 용주는 이대로 영영 잠에서 깨어나지 않기를 바랐다. 중학교 수업을 파하고 돌아온 용주는 성장판이 돋는지 무릎 언저리가 저리고 아팠다. 그날따라 퍼내듯 쏟아져 나오는 생리는 아랫배를 중심으로 무지근하게 통증을 지폈다. 봄날의 야릇한 열기와 머리카락 한 올 한 올 마다 치밀어 오르는 예민한 감각이 현기증을 동반하면서 의지는 아래로만 무겁게 내려앉았다. 바다로 떠난 아버지가 남긴 난분분한 흔적을 치울 여력도 없는 몸을 용주는 비닐 방바닥으로 널브러지듯이 내던졌다. 얼마나 지났던가. 꿈인지 생시인지 바람결에 귀에 익은 목소리가 들렸다. 아버지의 둘도 없이 막역한 친구 용배 아저씨였다. 흐릿한 의식 속에서도 바다로 나간 걸 누구보다 잘 아는 양반이 아버지를 왜 찾는지 의뭉스러웠다. 용배 아저씨는 아버지에게 전할 말을 하려고 왔다면서 몇 마디 더 주워섬겼지만 알아듣지 못하고 용주는 무심결에 네, 하고 대답만 했다. 아저씨의 멀어지는 발걸음 소리를 들으며 용주는 더 깊고 낮은 바닥으로 침잠해 내려갔다. 그리고 그게 시작이었다. 준비되지 않은 사람에게 시작은 가혹한 형벌을 예고했다. 보이는 것이라고는 거대한 불도마뱀 같은 형상이 시야를 어지럽혔다. 어둑신한 주위를 헤집어 봐도 손길에 와 닿는 것이 없었다. 온몸을 누르고 있는 것은 사진으로나마 본 듯한 장승과도 닮아 있었다. 안간힘을 다해 소리를 내보았지만 목 언저리에도 둔중한 압박 아래 놓여 있었다. 용주는 자신에게 어떤 일이 일어나고 있는지를 가늠할 순간 본능적으로 용오름 닮은 기억으로 악다구니를 쳤다. 드센 발악으로 장승과 얼핏 틈이 생긴 사이에 용주는 목청이 갈라지도록 비명을 질렀다. 곧이어 들이닥친 거대한 손바닥, 기절 직전까지 막혀오던 숨, 그 순간에도 익숙하게 들려오던 음성. 그리고 끝이었다.

 평화가 무엇인지 절감하는 시간이다. 바닷물이 떠받치는 부력은 뭍의 생명체에게 원초적 기억을 제공한다. 모두는 알고 있다. 태초의 모든 생명들은 이런 유영이 존재의 근원이었음을. 바다에서는 많은 생명들이 나고 죽는다. 수백만 년 전의 인간의 뿌리도 바다에서 나고 죽기를 거듭했을 것이다. 용주는 생각한다. 왜 다시 바다로 돌아온 걸까. 엄마처럼 눈에 사막을 담고 바다를 떠난 자신이 왜 악몽이 서린 바다로 다시 돌아온 것인지. 얼마 남지 않은 아버지의 삶을 보듬기 위한 이유도 있을 것이다. 그러나 그게 전부는 아니라고 그녀는 믿는다. 그런 믿음이 납덩이처럼 굳어져 안으로 눙쳐지면서 용주는 자신의 몸이 부력을 이겨내며 점점 아래로 침잠하는 것을 느낀다. 전마선의 나무 바닥이 바스러지고 이내 물에 잠기면서 그녀는 깊은 바다 아래로 천천히 내려간다. 주위에 수많은 고기떼와 하늘거리며 손짓하는 해초들. 끝 간 데 없이 깊은 심연으로 내려가면서 용주는 스스로 자유롭다. 문득 아버지의 음성이 메아리처럼 울려 퍼진다. 그래서 네 이름이 용주아녀. 넌 용궁의 주인이여. 멀리서 배 엔진 소리가 다가온다. 어두웠던 주변이 환하게 밝아진다. 낚시꾼들을 실어갈 때 비추던 탐조등 불빛이 전마선을 빨아들일 듯이 내리꽂힌다. 탐조등 너머 어둠 속에서 휴대 확성기 소리가 용주의 평화를 짓이긴다. 전마선, 배 안에 누구 있습니까. 그녀는 손을 든다. 탐조등 불빛에 내민 손이 창백하다 못해 비현실적으로 보인다. 용주씨 여기서 뭐 합니까. 엔진 고장났습니까. 우리가 도와드려요. 용주는 천천히 손사래를 친다. 그녀는 보란 듯이 고물 쪽으로 다가가서 엔진을 돌린다. 엔진은 사래든 목에서 기침이 터져 나오듯 가동을 한다.

 전마선을 정박시키고 줄로 결박한 뒤 부두로 올라서자 박 순경이 다가와서 용주를 살핀다. 표류당한 줄 알았어요. 어떻게 된 겁니까. 설마 다른 생각을 한 건 아니지요. 용주는 지그시 웃음기를 보이며 고개를 젓는다. 낚시 손님들은 해 뜨면 데려올 거예요. 가볍게 목례를 하고 용주는 돌아선다. 사람 좋은 박 순경은 피곤할 텐데 어서 돌아가서 눈 좀 붙이지 한다.

 용주는 집을 향하다 말고 가던 길을 뒤돌아선다. 코발트 가로등만 일렬로 켜진 부두 길을 그녀는 마치 발이 없는 사람처럼 걷는다. 멀리 노래방 네온사인이 가장자리에 작은 전구를 달고 줄

줄이 반짝인다. 이층 유리 너머 미러볼이 돌아가는 것이 보인다. 이렇게 늦은 시각까지 술꾼들은 노래를 한다. 이곳 포구의 사람들은 독한 양주를 맹물 마시듯 들이킨다.

이층 노래방 문을 열고 용주는 누군가를 찾는다. 주인 여자는 여기 없으면 또 물가에 나가 있을 거라고 말한다. 주인 여자의 말은 정확하다. 힘을 잃은 코발트 가로등 불빛이 사람의 등짝인 정도로만 알려준다. 바다에는 멀어진 달의 잔해들이 꺼져가는 잉걸불처럼 꼬물거린다. 용주는 처음으로 용기를 낸다. 곁에 유령처럼 다가가 앉아도 여자는 눈길 한 번 주지 않는다. 여자는 오랫동안 늘 그렇게 해왔던 것처럼 술을 마시고 있다. 오늘은 일 안 해? 여자는 말이 없다. 이곳 포구의 노래방은 도회지와는 달리 한 곳에 전속해 있어야 한다. 출퇴근은 하지만 하루 일당을 월급으로 받는다. 다른 여자는 알 수 없지만 명희는 서툰 짓은 하지 않는다. 술꾼들이 수작을 건네기 시작하면 이내 자리를 뜬다. 그래서인지 명희의 성정을 아는 손님들은 아예 다른 생각을 하지 않는다. 간혹 많이 취한 뜨내기손님이 말썽을 부릴라치면 그녀는 곧바로 112 단축 번호를 누른다. 순찰차의 경광등 불빛이 포구를 휘젓는 날이면 그것은 명희가 단축 번호를 누른 날이다.

처음 보는 놈이 와선 자꾸 더듬기에 나왔어. 명희는 담배 빨아들이는 시간이 길다. 한 개비를 두어 번 만에 모두 태워버리는 게 신기하다. 용주와 명희는 한참이고 말이 없다. 그 사이 명희는 소주를 두어 번 들이킨다. 우리가 풀어야 할 그 무엇이 있을까. 명희가 노래를 많이 해서 탁해진 음성으로 말한다. 손님들에게 내가 서울에서 몸 장사나 하다 왔다고 했다며. 그랬대? 명희는 소리 없이 웃는다. 미친년이 별소릴 다 했네. 그날은 내가 많이 취했을 거야. 미안해. 나도 남자 품으로 먹고 사는 주젠데. 용주는 가슴 저 깊은 곳에 거대한 바위 하나가 버티고 있는 것을 느낀다. 돌이켜보면 한 사람 외엔 아무 잘못이 없다. 둘은 어쩔 수 없이 풍랑 속에서 요동치는 배에 타고 있었을 뿐이다. 표류하기는 했지만 다행히도 배는 난파되지 않았다. 아직도 원망이 많아? 언젠가는 꼭 물어보고 싶은 말이었다. 돌아오는 명희의 어조가 의외로 산뜻하다. 누구? 아니. 다 지난 일이야. 오늘 내일 하시잖아. 나도 이해해. 내가 네 아버지였어도 그랬을 거야. 어린애를 그렇게 만든 인간을 어떻게 용서해. 아무리 막역한 친구라도. 그래도 저 바다가 날 건디게 했어. 오늘같이 달의 품으로 끌려가는 바다를 바라보고 있으면 우리 아버지라는 사람이 참 불쌍하구나 하는 생각이 들어. 하필이면 왜 그 어린애에게 들끓어 올랐을까. 친구에게 맞아 죽으면서도 왜 용서를 구하지 않았을까. 용주는 명희의 옆모습을 본다. 비슷한 또래의 나이지만 자신보다 더 늙어 보인다.

 그날 이후 명희 가족은 길 위로 한 줌의 콩을 내던진 것처럼 뿔뿔이 흩어졌다. 그녀의 어머니는 용주 엄마보다 더 큰 사막을 눈에 담고 포구를 떠났다. 남동생은 참치잡이 원양 어선을 타러 스페인령 어느 섬으로 떠나 다시는 돌아오지 않았다.

명희가 스마트폰을 꺼내 사진 몇 장을 보여준다. 남자 키보다 더 큰 참치가 거꾸로 매달려 있다. 지가 잡은 거래. 엄지를 치켜세운 동생은 활짝 웃고 있다. 얼굴에는 한때 겪었던 비극의 흔적은 찾아볼 수 없다. 용주는 명희의 손을 만진다. 뿌리치지 않는 손을 가만히 그러쥔다.

초등학교 시절 기억나니. 무엇 때문에 우리가 그토록 미워했는지 지금 생각해도 알 수가 없다. 명희가 담배 연기를 날숨보다 더 길게 내뿜는다. 전교생이라고 해봐야 수십 명 남짓한 바닷가 초등학교. 두 여자아이는 세상의 모든 경쟁심, 모든 우월감, 모든 질시, 모든 꿈, 그리고 어쩔 수 없는 우정을 공유했다. 몇 분 안 계시는 교사들도 이 나이답지 않게 명석하고 자기 방식대로 오만한 두 동기 여학생의 미래에 주목했다. 그 일만 일어나지 않았다면 둘은 포구에서 멀리 떨어진 서울의 유명 캠퍼스에서 비둘기 목 빛의 웃음을 날리고 있었을 것이다. 그러나 둘을 스치고 지나간 시간은 다른 세상을 열어 놓았다. 그것은 일종의 전쟁 같은 방식이었다. 서울에서 돌아온 날부터 명희는 조폭의 행동 대원처럼 들이닥쳐 병석에 누운 아버지의 멱살을 쥐고 흔들었다. 사람 목숨보다 네 딸년의 처녀성이 더 중요했냐고 악다구니를 부리면서. 말리는 용주에게 날아든 건 주먹이었다. 그녀의 폭력은 다중의 의미를 담고 있었다. 충격적인 아버지의 부재, 비누 거품처럼 꺼져버린 소망과 꿈. 무엇보다 당사자가 오랫동안 시간을 공유해 온 바로 그 사람들이라는 것. 명희는 집안을 풍비박산 냈다. 아버지는 고개를 외로 꼰 채 주검처럼 누워 있었다. 소란이 끝나고 난 집은 폐가의 형상이었다. 아버지는 명희가 수십 번 아니 수백 번을 찾아와도 그냥 내버려 두라고 말했다.

참 이상한 일이야. 저 바다를 넋 놓고 바라보고 있으면 날더러 들어오라고 손짓하는 것 같았어. 그래서 하루는 바다에 들어갔지. 아무 생각이 없었어. 무릎까지 차오르고 이내 가슴까지 닿았을 때 알 수 없는 힘이 날 가로막는 거야. 아무리 들어가려 애를 써도 더 이상은 날 허락하지 않더라구. 용주는 명희의 코맹맹이 소리를 듣는다. 그러쥔 손에 힘이 들어간다. 젖은 음성으로 명희는 여기서 계속 살 거냐고 묻는다. 용주는 고개를 젓는다. 아버지만 이곳에 모시고 외지의 엄마한테 갈 거라고 말한다. 어쩌면 자신이 먼저 떠날지도 모른다고 명희가 받는다. 떠날 때 꼭 다시 한번 더 만나 주겠냐고 묻는다. 용주는 명희 곁을 떠난다. 명희의 담배 불빛은 칠흑의 모래사장 위에서 점 하나로 타오른다.

용주는 동녘 바다 부근이 희붐하게 트여나는 것을 보면서 집을 향해 걷는다. 아버지가 교도소에 수감된 뒤 그녀 역시 눈에 사막을 담고 포구를 떠났다. 품속에 옛 여인들처럼 은장도 하나를 품고서. 어린 마음에 자신은 이름 때문에 용왕으로부터 저주를 받았다고 믿었다. 용왕이 보낸 장승목이 자신을 짓밟았다고 여겼다. 한 번 짓밟힌 몸은 다시 되돌릴 수 없었다. 용주는 그 몸을 스스로 짓밟고 또 짓밟았다. 어디서 읽었는지 모르지만 사람은 누구나 세 개의 자신이 있다고 했다. 현실의 나. 남이 알고 있는 나. 참모습의 나. 참다운 내 모습을 제외하고 두 개의 내가 의기투합했다. 그것이 편해 보였다. 편한 대로 시궁창이든 나락이든 일그러진 깡통처럼 나뒹굴었다. 어느 날 참다운 내가 또 다른 나에게 말했다. 정말 바다를 잊은 게 맞냐고. 너무 오래 방치해 둔 것 같아 용주는 참다운 나의 바람을 들어주기로 했다. 멀찌감치 포구가 내려다보이는 갯바위에서 망부석처럼 바다를 눈이 시리게 바라보았다. 대낮인데도 하늘에 귀퉁이가 깎인 달이 떠 있었다. 시간이 흐르자 바다는 달을 향해 줄달음치기 시작했다. 용주의 눈에는 달 역시 바다를 향해 달려오고 있었다. 바다는 드넓은 품을 활짝 열고 달은 환하게 벌어지는 미소로 바다를 향해 손을 벌렸다. 용주는 무연히 하나의 깨달음과 만났다. 우주 만물은 어쩌면 그리움으로 이루어졌을지도 모른다는.

용주가 방안에 들어서자 아버지는 퀭한 눈으로 올려다본다. 그녀는 약봉지를 들어본다. 몸에 이로운 약과 몸에 해로운 약. 그대로다. 처방받은 모르핀이 그대로다. 언제부터인가 아버지는 모르핀이 쓸모가 없다고 했다. 아버지는 용주의 손목에 매달리며 눈물로 호소했다. 통각을 멎게 해주는 약. 처음엔 말도 안 되는 소리 하지 말라고 퉁바리를 놓았다. 어느 날 인간이 감내할 수 있는 통각의 경계에 이른 아버지는 이름 모를 어느 짐승의 소리를 냈다. 그리고 한동안 개신거림과 신음을 끊었다. 용주는 불에 덴 것처럼 아버지를 뒤쳤다. 귀를 아버지의 얼굴에 가져갔다. 아버지가 꺼져가듯이 말했다. 부탁이다. 용주는 한참이나 얼싸안고 목청을 꺾었다. 그리고 고집을 꺾었다. 이후 아버지 곁에 두 가지 종류의 약이 놓였다. 몸에 이로운 약과 몸에 해로운 약.

아버지는 문득 바다가 보고 싶다고 말한다. 평생 봐온 바다를 뭐가 보고 싶냐고 쏘아붙인다. 그녀는 이미 아버지를 부축해서 일으켜 세우고 있는 자신을 발견한다.

겨드랑이를 낀 아버지가 삭정이처럼 가볍다. 오백 미터도 채 되지 않은 길을 둘은 거의 한 시간이나 걸려 갯바위와 모래가 경계를 이루는 곳까지 다다른다. 모래에 엉덩이를 묻은 아버지는 용주의 어깨에 머리를 기댄다. 용주야. 네. 바다가 성난 날과 애기처럼 잠든 날 중에 어느 쪽이 많냐. 그야 조용한 날이 많죠. 그래, 나는 아마도 그날 성난 바다 쪽을 택했나 보다. 그 많은 숨죽인 바다를 저버렸나 보다. 내가 바다고 바다가 나이기 때문이지. 우린 바다가 좋고 싫고가 없는 거여. 감방에서 후회는 않았지만 친구의 명복을 빌고 또 빌었다. 곧 그 친구를 만나게 되겠지. 만나서 물어볼 거다. 너도 그날 성난 바다였냐 고.

박 순경에게서 연락이 왔다. 오늘은 일곱이라고. 용주는 오늘부터 영업을 접을 것이고 그동안 배려해준 것을 죽을 때까지 잊지 않겠다고 말한다. 박 순경은 놀라움과 예견된 일의 갑작스러움을 외마디 탄성으로 대신한다. 그녀는 탐조등 없이 마지막으로 전마선을 탈 것이며 오늘 이후 배 처리를 잘 부탁한다며 인사를 마친다.

용주는 보자기에 싼 아버지의 유골 항아리를 전마선에 싣고 모터에 시동을 건다. 엔진 소리는 아버지의 기침 소리와 닮아 몇 번 쿨럭인다. 그녀는 키를 잡고 난바다를 향해 나아간다.

얼마 전 자라섬에서 돌아왔을 때 아버지 몸의 마지막 온기가 그녀를 맞이했다. 몸에 이로운 약과 몸에 해로운 약, 그대로. 아버지는 승리한 자의 자태였다. 바다에게서 배운 순리 그대로 몸 전체의 종양 군에게 자신을 내어 주고 터벅터벅 어디론가 떠나고 없었다. 용주는 울지 않았다. 그녀는 아버지의 여식이었으므로.

달이 또 여물어 있다. 바다는 달을 향해 여전히 연모의 줄달음으로 몰려간다. 용주는 달을 향한 바다의 그리움에 얹힌다. 그리움은 바이러스처럼 그녀의 몸에 번진다. 그녀는 몸 전체가 그리움의 덩어리가 된다. 아버지의 골분은 추락하는 법을 모르고 새처럼 훠이훠이 날아간다. 윤회가 있다면 아버지는 다시 바닷가에서 태어날 것임에 틀림없다.

　용주는 떠나기 전 자신을 만나달라고 한 명희의 말을 떠올린다. 그녀는 노래방에 딸린 건물의 명희 방으로 찾아간다. 오후 세 시가 다 되어가도 밤새도록 일을 했다면 지금까지 자고 있을지도 모른다. 휴대폰으로 그녀를 깨울 요량으로 신호를 보낸다. 기다렸다는 듯이 두어 번 신호 끝에 명희가 연결 음을 끊는다. 명희는 횟집 근처의 어느 까페를 들먹인다. 곧 따라나서겠다면서.

　까페는 철 지난 바닷가처럼 휑하니 비어 있다. 바다가 내려다보이는 창가 쪽에 자리를 잡는다. 불과 몇 분 사이에 명희가 들어온다. 용주가 어색함을 떨치려고 말문을 연다. 가기 전에 자길 보고 가라는 말이 생각나서. 명희는 아버지를 잘 모시고 왔냐고 묻는다. 응, 당신의 원초적인 고향으로. 용주는 명희가 아버지의 빈소에 나타나지 않은 것을 기억한다. 생각을 읽기라도 한 듯 명희는, 아직 철들려면 멀었나봐 여전히 뒤끝을 붙잡고 있으니, 한다. 용주는 쉬운 일이 아닐 거라고 생각하며 만나고 가라고 한 이유를 묻는다. 명희는 무연히 바다로 시선을 던진다. 얼마 동안 침묵 끝에 입을 연다. 시선은 바다에 묶어둔 채. 병원 응급실에서 숨을 거두시면서 내게 마지막 부탁을 하셨어. 네게 전해주라면서. 명희는 편지 형식의 오래된 봉투 하나를 용주에게 전한다. 나는 어린 마음에 그러고 싶지 않았어. 그래서 지금까지 들고 있었던 거야. 미동조차 없는 명희의 얼굴에서 물기가 번진다. 당시 뜯어보려다가 그만두었는데 지금 생각하면 잘 했다는 생각이 들어. 이제 이것으로 내 뒤끝과 작별할게. 여긴 다시 안 올 거야? 용주는 편지를 들다 말고 깜짝 의표를 찔린 표정을 한다. 마지막 말이 전하는 울림이 살가움으로 와 닿는다. 네, 네가 오라고 하면 올게. 명희가 젖은 눈으로 웃는다. 그리곤 눈을 흘기며 중얼거린다. 나쁜 기집애. 곧 명희는 일어선다. 보고 싶지는 않을 거야. 왠지 알지? 명희는 이내 까페에서 사라진다.

    오늘 나가 어린 자네한테 무슨 짓을 한 것이여. 아무리 미치고 환장해도 그렇제. 시방 손이 부들부들 떨려 글을 쓸 수가 없으니 당최. 자네 아버지하고 월매나 오랫동안 형제처럼 지내왔는디… 나가 쥐길 놈이여. 앞으로 너를 어떻게 본단 말인가. 어려서부터 친구였던 우리 명희는 또 어떻고… 이건 용서가 안되부러. 나는 죽어도 싸. 더이상 바다 사람이 못되재. 바다를 욕맥여 버렸으니. 바다에 빠져 뒤져 번져도 나 스스로가 용서가 안돼이.
    용주 양. 지금 자네 아버지가 날 찾는구먼. 명희 편에 이것이라도 전해달라고 이 죄인이 남겨두네. 후일 기회가 된다면 자네 앞에 무릎이라도 꿇을꺼.

달이 뜬다. 한 바다 가득히. 한참 여문 달이다. 바다가 달을 향해 줄달음친다. 달은 바다에 몸을 풀어 놓는다. 바다와 달이 처음 생겼을 때부터 바다와 달이 닳아 없어질 때까지.

마틸다

모든 사내가 사랑스러워.

돈이 떨어져 13시간 동안이나 굶은 담배의 첫 모금 맛과 함께 문득 그걸 깨달아. 아직 벌어지지 않은 앞 대문니 사이로 뛰쳐나가지도 않는 침을 입가로 질질 흘리며 생각하면 어떤 때는 귀여워 죽겠어. 어쨌거나 세상 사내들은 내게 제법 많은 것을 가져다 주니까. 엄마 아빠가 죽었다 깨어나도 해주지 못할 것을 그들은 거저 주었으니까.

내 나이 열 하고도 셋. 이미 세상을 다 살아버린 느낌이야. 그래도 코발트 가로등 불빛보다 더 큰 해가 하늘에서 헛발질을 일삼을 때 나를 아는 사람들이 한 마디씩 던지는 말을 제외하곤 세상이 그다지 나쁘지 않아. 연아, 너 왜 학교 안 가니. 젠장, 이보다 더 지겨운 말은 없을 거야. 도대체 나와 학교라는 머리 쥐나게 하는 세상과 무슨 상관이 있다는 거야. 학교라는 데는 비가 너무 오거나 큰바람이 겁나게 몰아칠 때 동네 사람들 피신시킬 때를 제외하곤 도대체 쓸모라곤 없는 곳이거든. 거기선 내게 수돗물 외에 밥 한 공기 주지도 않았어. 그런 델 내가 왜 가야 하느냔 말이야. 나는 학교만 아니라면 어디든 좋아. 전철의 가랑이 속이 다 들여다보이는 다리 아래도 좋고 짓다 만 무허가 건물의 어두운 공간도 맛 들이기 나름이지. 나는 그런 데서 주로 내가 필요한 것들을 얻어. 귀여운 내 사내들로부터.

그러고 보니 내겐 집이란 게 없어. 집이 없다는 것은 잘 곳이 없다는 말로 통한다지. 하지만 그건 걔네들 생각일 뿐이지 나는 별로 걱정을 하지 않아. 왜냐면 이 드넓은 세상이 다 내가 잘 집이기 때문이지. 자, 이쯤이면 가족이 어떻게 되냐고 묻고 싶겠지. 물론 나 역시 하늘에서 갑자기 떨어진 애가 아니니까 가족이 있지만 지금은 아니야. 엄마는 아빠가 다리를 다쳐 일용직에서 실직한 지 3년이 지나니까 인내심을 휴지처럼 구겨 거리에 내팽개치더군. 하긴 그건 엄마 탓도 아니지 뭐. 사흘 굶어 도둑 안 되는 인간 없다잖아. 어디서 그런 말 배웠냐고 묻지 마. 뭐 그 정도야 상식이지. 요즘 사람들 우리 또래 애들을 너무 몰라. 그게 서글프기도 하지만 뭐 어쩔 수 없지.

아무튼 엄마는 집을 나가버렸어. 들리는 말로는 어디 노래방인가 뭔가 하는 데서 시간 치기 일하고 있다고 해. 적당히 아랫도리 재미도 보면서 말이야. 아무도 엄마를 비난하지 못해. 그러지 않으면 뭘 하겠어.

아빠? 아빠는 집이 철거되기 한 달 전에 차력하는 남자가 불을 내뿜듯이 피를 뿜으며 숨쉬기를 멈췄지. 아빠의 배는 맹꽁이의 배와 흡사했어. 남자도 임신을 하나. 나는 잠시 그런 생각을 했어. 나는 아빠의 움직임이 멎을 때까지 벽에 등을 붙이고 다리를 뻗은 채 잎사귀를 못 씹은 새끼 기린처럼 아빠를 우두커니 내려다보았어. 이상하게도 슬프지가 않았어. 눈물은 길을 가다 처음 보는 사람한테 까닭 없이 뒤통수라도 맞았을 때나 나오는 거야. 사람도 짐승처럼 저렇게 처참한 몰골로 죽는구나, 했어. 나는 어떻게 할 방도를 몰랐지. 그것으로 끝이었어. 그 뒤로 아빠가 어떻게 되었는지 알 길이 없어. 내게 듣기 싫은 말만 골라 하는 동네 사람들 중 한 명이 지나가는 말로 썩은 내가 동네를 삼켜버릴 지경이었다고 해. 구청 공무원 아저씨들이 아빠를 무연고 묘지에 임시로 묻었다고 하자, 아니야 화장해서 시립 납골당에 안치했어, 하고 다른 사람이 말했어. 어떤 방식이든 나에겐 상관없었지.

사실 따지고 보면 아빠는 내 첫 남자야. 내가 아홉 살 되던 해 아빠는 내 처녀를 가져갔어. 내게 무슨 일이 벌어지고 있는지 멍청하게도 나는 모르고 있었지. 조금만 더 일찍 PC방을 알았더라면, 그래서 P2P 방식으로 갖가지 성인 동영상을 다운 받아서 보았더라면 아빠에게 악다구니라도 내질렀을 거야. 아빠는 지금 딸에게 무슨 짓을 하고 있는지 알아? 바로 성 착취 야동을 찍고 있는 거라구. 하긴 이렇게 외쳤어도 꿈쩍도 않을 아빠이긴 하지만. 더욱 견딜 수 없는 것은 아빠의 입에서 나는 냄새였어. 생선 썩는 냄새보다 더 지독했거든. 아빠는 왜 그런 더러운 입으로 내가 숨도 못 쉬도록 내 입을 막았는지 몰라. 지금은 알지만 그때는 아빠가 나를 죽이려 한다는 생각에 치를 떨었지. 당시를 떠올리면 빌어먹을, 엄마 뱃속에라도 다시 기어들어 가고 싶어.

어땠는지 알아. 갑자기 천장이 부옇게 흐려졌었어. 담배 연기 같기도 하고 하늘에서 내려온 구름 같기도 한. 좌우간 내 시야는 분명하지 못했어. 쇠창살을 뜯고 몇 마리 비둘기 종류의 새들이 푸드덕거리고 방으로 뛰어들더군. 새들은 붉은 부리로 제 깃털을 피가 나도록 뜯어냈어. 깃털은 내 얼굴 위로 목화 꽃송이처럼 떨어져 내렸고. 그 무렵 세상의 어느 부분이 떨어져 나가고 있었어. 할 수 있는 일이라곤 어금니를 무는 일뿐이었지. 그래도 아픔보다 내 비명은 훨씬 더 자비로운 편이었지. 눈을 감았는지 희멀겋게 떴는지 기억하지는 못해.

얼마나 지났을까. 누군가가 내 몸에다 알콜을 쏟아 부었다는 느낌이 들더라구. 몸을 일으키려고 했지만 도무지 말을 듣지 않았어. 삭정이 같은 반쪽을 일으켜 다리 쪽의 풍경을 힐끗거리고는 나는 이내 뒤로 나동그라졌어. 강이 아니라 그것은 바다였지 싶어. 검게 그을린 붉은 바다. 바다에선 퍼덕거리는 물고기 냄새가 났어. 그리고 나는 그대로 뻗어버렸지.

눈을 뜨니 병실이었어. 간호사 언니는 내 아랫도리를 보고는 고개를 돌려버렸어. 의사 아저씨는 누가 이런 짓을 했냐고 혀를 끌끌 차더군. 나는 병원으로 데려다준 이웃집 아줌마의 눈치만 살폈지. 아줌마는 눈을 자끈동 감고는 고개를 절레절레 흔들었어. 어린 생각에도 정말 대책 없었어.

아빠는 그 일로 경찰에 붙잡혀갔어. 이웃집 아줌마가 신고해서였지. 나는 아빠를 가둬서는 안 된다고 경찰 아저씨들에게 그 악스럽게 굴었어. 아버지가 없으면 나는 당장 굶어 죽을 거라고 경찰서 바닥에 나뒹굴었어. 경찰 아저씨는 내 말에 모두 걸레 씹은 표정이었지. 이러지도 저러지도 못하는 아저씨들은 숱이 적은 머리만 긁어대더군. 신고한 아줌마의 미간도 좁아 들었어. 허허 이거 나 원, 이런 경우 어떻게 해야 하나. 형사 아저씨는 프린터로 뽑은 아빠의 진술서를 힘없이 책상에 탁 내리쳤지. 어이 김 형사, 검찰 지휘 받아 처리해. 골치 아픈 건 그게 제일 속 편해. 저쪽 책상에 앉은 김 형사보다 나이가 더 많아 보이는 경찰이 말했어. 어쨌든 그 일로 아빠가 구속되는 일은 면했지. 집행유예라는 어려운 말로 풀어준 것 같아. 지금이야 어림없지만 그때는 그랬어. 얼핏 보아 단순한 것 같으면서도 꽤나 복잡한 사건이었던 모양이야. 아빠는 가해자이면서 미성년자인 나의 친권자이기도 했던 게 감옥에 가지 않은 이유였던 것 같아. 그게 세상 이치였어. 우습지. 물론 신고한 이웃집 아줌마에게 아빠를 풀어달라고, 동네 사람들의 탄원서인가 뭔가를 써달라고 내가 조른 것도 큰 힘이 되었더랬어.

경찰에서 풀려난 아빠는 내 몸에 손을 대지 않는 대신 술병을 놓지 않았어. 물론 엄마가 집을 나간 뒤부터 조금씩 술병을 들이키긴 했어. 그 뒤론 지금까지 하루라도 거르는 날이 없었어. 어떤 날은 밥 대신 술로 끼니를 대신했지. 불쌍한 우리 아빠. 내가 할 수 있는 일이라곤 그런 아빠를 벽에 기대어 세상에서 가장 편한 자세로 바라보고만 있는 거였어. 짙게 쌍꺼풀이 진 아빠는 술기운에 고개를 주억거리다가 내 눈길과 마주치기라도 하면 커허헝, 하는 이상한 괴성과 함께 술병을 치켜세웠지. 연아, 내가 죽일 놈이야. 이 아빠는 말이다, 빨리 죽어야 한다. 나는 아무 대꾸도 하지 않았어. 아빠를 빨리 죽일 것인지 아닌지는 하느님만이 할 일이었거든. 그러나 내가 그 날짜를 세어보기도 전에 하느님은 재빨리 아빠를 데리고 갔어. 빌어먹을 하느님. 내가 PC방을 드나들기 시작한 것도 바로 그 무렵이었을 거야.

마틸다 69

내가 어른들이 바라는 것과는 다른 모습으로 변모한 것이 모두 세상 탓이라고 생각하지 않아. 사실 따지고 보면 나는 세상에 대해서 별로 원하는 것이 없는 거 같아. 바라는 것이 이루어지지 않았을 때 재빨리 체념해버리면 된다는 것을 알고 나서 내 눈빛은 맑아졌어. 겨울 하늘 위로 잇닿은 연줄처럼 끊어지지 않고 내 열세 살 삶은 앞으로 팽팽하게 이어질 것이라고 믿었지. 나는 많지도 적지도 않은 나이였던 거야. 그 나이에 뭘 알겠느냐고 비웃는다면 나는 그를 향해 가장 긴 손가락을 치켜세울지도 몰라. 내게 아무것도 가르쳐 준 것이 없는 인간들은 내게 욕할 자격이 없어.

나는 오늘도 내게 욕할 자격이 충분한 사람들을 만나러 가. 나는 머리도 새로이 붉은 빛이 돌게 염색을 했고 화장도 어른스럽게 했어. 이런 걸 두고 뭐라더라, 일취…월장이라고 하던가. 모두 PC방에서 배운 것들이지 뭐. 늘 걸치는 분홍색 덕다운 점퍼는 추위로부터 나를 보호해 줄 거구.

고마운 해는 때를 잊지 않고 서쪽 산 너머로 고개를 꺾지. 나에게 가장 슬픈 시각이던 땅거미진 하늘이 이제는 편안한 시간으로 바뀌게 되는 것은 축복이야. 내가 보고 또 보는 영화의 모든 주인공들 덕분이지. 주인공들은 해가 지면 행동을 개시하거든. 특히 여자 주인공들 말이야. 그중에서 마틸다, 그래 마틸다야. 내가 비디오방에서 본 수많은 영화들 중에서 나를 흡족하게 한 것은 역시 '레옹'이었지. 주인공 레옹 아저씨의 꺼칠한 수염, 아무렇게나 눌러쓴 뜨개 모자. 둥근 테 선글라스. 창자를 뒤흔들고 나오는 것 같은 낮은 음성. 나는 그 영화를 족히 스무 번은 봤을 거야. 그즈음 나는 이미 '마틸다'가 되어가고 있었어. 거울을 보며 그 아이를 떠올리며 표정을 짓고 또 지었지. 그녀의 몸과 마음 전부를 짓누르는 듯한 단발 생머리. 그건 내가 건너야 할 첫 걸림돌이었어. 하지만 시간이 해결해 주었지. 물론 나의 귀여운 사내들 가운데 하나가, 돈 대신 생머리 가발을 사달라는 나를 이해하겠다는 투로 고개를 끄덕였지만 그가 뭘 알겠어. 난 단시일 내로 '마틸다'가 되어버린 거야. 특히 그 애의 차갑고도 흐트러지지 않는 슬픈 얼굴을 내 기본 표정으로 삼았지. 기본이라는 것은 거기에도 변화를 주겠다는 뜻이야. 늘 마틸다로 살아간다면 난 사내들을 만나지 못할 게 분명해. 그들은 변화무쌍하지 않은 무덤덤한 아이들을 제일 꺼려하니까.

물기 빠진 플라타너스 잎사귀가 불행한 표정으로 떨어지고 있어. 나는 누군가를 기다리고 있지. 담당 형사 아저씨에게는 비밀로 한 곳이야. 미성년자인 나를 풀어주며 형사 아저씨는 내가 자주 가는 곳을 틀림없이 알려줘야 한다고 으름장을 놓았어. 순진

한 형사 아저씨. 내가 제 밥그릇을 차버릴 만큼 멍청한 줄 아세요. 그렇게 쏘아주고 싶었어. 그래도 아저씨는 나 때문에 미성년자 성폭행범을 셀 수 없이 잡아들였지. 나를 잡아먹을 듯 쏘아보는 사내들 앞에서 나는 태연히 내 고객들이 한 짓을 그대로 재현해 보였고. 그리고는 미안해, 아저씨 하고 울음을 터뜨렸지. 나의 완벽한 연기에 취재 온 기자 아저씨와 청소년 선도 어쩌고 하는 데에 있는 아줌마들이 한숨을 길게 내뿜었어. 아마 어쩌면 세상이 어쩌려고 이 모양이냐고 탄식했을지도 몰라. 나는 속으로 그들을 향해 계속 감자를 먹였지. 그땐 신났었어 정말.

마침내 저쪽 어디에서 어둠을 빨아들이며 한 남자가 다가와. 털갈이하지 않은 하이에나처럼. 다리 위론 청량리행 전철이 맥빠진 속력으로 천천히 지나가고. 나는 태연히 다른 곳을 보며 신발 바닥으로 땅에다 새벽질을 하듯 흙을 문질러. 별로 생각이 한 곳에 머물지 않을 때 나오는 내 버릇이야.

마틸다. 남자가 암호를 외치듯 말하지.

용털아범? 나 역시 암호에 화답하듯 말하고. 아이디라는 게 그렇게 쓸모가 있더군. 좋은 세상이란 이렇게 다양한 이름이 통하는 걸 거야.

그는 어둠을 다시 토해내기라도 하듯 깊은 눈길로 나를 쏘아보지. 나는 짐짓 늑대 앞의 토끼처럼 애처로운 표정으로 꾸며.

정말 나왔네. 누구 보는 사람 없었지.

나는 고개를 끄덕여. 사내는 알 듯 모를 듯 귀엽게 웃음을 흘려. 무엇이 그렇게 즐거운지 나는 몰라. 하긴 기분 나쁠 것도 없지 뭐. 용털 아범은 내게 정말 스무 살이냐고 물어봐.

스무 살이 아니면 보내주게요. 내 당돌한 대거리에 용털 아범은 썩은 호박 껍데기 같은 미소를 지어. 세상 끝에 다다른 사람들만 짓는 그런 싸구려 웃음.

너 진드기 같은 건 달고 다니지 않지.

나는 잠시 무슨 뜻인지 알지 못해 시선이 허공에 휘날리다 곧 웃음을 지어내. 내 생각에 이 사내는 진드기를 불량기 많은 오빠나 경찰 끄나풀 정도로 말하는 것 같아. 불량한 오빠라면 우리 뒤를 밟아 현장을 덮친 뒤 미성년자 성추행범으로 몰아 돈을 뜯기 위해 협박할 건 뻔하지. 경찰이라면 나를 미끼로 미성년자 성추행범 검거 실적을 올릴 것이고.

나는 내 고객이면서 귀여운 원조족인 용털아범에 눈을 매달아. 쉰은 족히 돼 보이는 얼굴에 비루먹은 동물의 표정이 걸려 있어. 나는 예의 질문 공세를 펴.

아저씨는 두렵지 않아요?

뭐가.

신상이 공개되는 거.

용털아범은 세상이 지겨워 죽겠다는 표정을 지어. 그러고는 태연히 말해.

두려워.

나는 할 말을 잊고 말아. 그리고 어벙한 표정으로 그를 올려다 봐.

세상 모든 게 두려워. 아침에 눈 뜨는 것도 두렵고 통장 들여다 보는 것도, 차를 타는 것도, 아내와 다투는 것도 두렵지. 이렇게 만사가 두려우니 이제는 무뎌질 때도 됐는데도 말이야.

정확한 뜻은 모르지만 문득 나는 용털아범이란 사내가 갑자기 가여워져. 나는 길을 걸으며 그의 손을 잡아. 그는 놀란 듯 나를 내려다보지만 내 시선은 딴 곳에 가 있어.

우리는 정해진 곳으로 결국 들어가지. 나를 알아보는 프론트 아저씨는 싱긋 눈웃음을 지어 봬. 203호. 우리는 2층 이상은 올라가지 않아. 고객들이 싫어하니까. 다급할 때 뛰어내릴 수 있는 높이라야 안심이 된대. 고객의 심기를 거역하는 비즈니스는 없는 법이지. 나는 익숙한 동작으로 옷을 벗으며 생각해. 모든 사내들이 두려움에 떨고 있어. 남자들뿐 아니라 세상 만물이 무서움에 떨고 있어. 공원의 비둘기는 무서움 때문에 작은 머리를 부산하게 움직이며 빨간 눈을 한 곳에 잠시 던져두지 못해. 구름은 태양이 무서워 제각기 모양으로 뭉치고 흩어지며 나무들은 바람도 불지 않는데 으스스 제 몸을 떨어대. 지구라는 푸른 행성은 제 몸을 뒤척여 어둠을 빚어내 등어리 어느 부분엔가 무서움을 키워. 밤하늘의 별들. 왜 그들은 한시도 가만히 불을 밝히지 못할까. 그들도 깜깜한 하늘 어디에선가 무서움에 허덕이고 있을 테지. 이윽고 용털아범은 씻지도 않은 식은 몸을 밀고 들어오지. 내 동공이 커지고 빨래판 같은 입천장이 드러나도록 나는 고개를 위로 꺾어. 두려움은 잠시 내 미간 사이에 머물다 이내 허공으로 흩어져.

몇 방울 안 되는 점액을 쏟아낸 용털아범은 담배를 피워 물며 말하지.

마틸다가 누구야.

나야.

아이디가 아니구.

내가 마틸다야. 어느새 반말로 변한 내 말투에 기막혀하며,

아이디잖아 그건.

아이디가 나구 내가 마틸다야.

용털아범은 담배를 신경질적으로 비벼 꺼. 말장난하냐 인마, 하고 쏘아주고 싶은 모양이야. 하지만 그도 영화를 많이 봤는지 내게 팔베개를 만들어줘. 희멀건 석회질 토양 위에 검붉은 돌부리처럼 돋아난 젖꼭지를 올려다보며 문득 나는 레옹의 한 장면이 떠올라. 비디오 방에서 정말이지 지겹도록 반복해서 본 영화 레옹. 천장에서 내려다보면 영화를 찍고 있다는 느낌이 들어 나는 무연히 고개를 돌려. 나는 마틸다이구, 당신은 레옹. 그렇게 속삭

여. 영화와 현실 사이는 멀고도 멀지만.

　며칠이 지나 경찰서 여성 소년계의 내 담당 형사로부터 휴대폰으로 전화가 왔어. 휴대폰 화면을 보면 단박에 알지. '내 이름은 레옹이에요' 하며 털북숭이 사내가 방긋방긋 웃으며 까불어. 내가 귀여운 이모티콘으로 꾸며놓았지. 처음엔 강력계에 있었는데 조폭 행동대들하고 싸우다 회 뜨는 칼로 옆구리 한 방 먹은 다음 여성 소년계로 왔대. 아저씨 첫인상이 꼭 레옹에 나오는 그 아저씨 닮았다고 하니까 씨익 웃었어. 아저씨도 그다지 싫지는 않았던 모양이야. 그런데 나중에 알고 보니 이 아저씨 영화를 보지 않았더군. 영화 본 지가 아줌마랑 데이트할 때 한 번 보고는 그걸로 끝이었대. 그런데 왜 내 말에 웃었는지 몰라. 나중에 하도 레옹, 레옹, 사람들이 노래하니까 자신과 닮은 고양이가 있나 보다 했다나. 참 웃기는 아저씨야. 그 유명한 영화를 아직도 안 봤다니. 아무튼 내 담당이니까 가보지 않을 수 없었지.
　어이구 마틸다 왔구나. 레옹 어디 갔냐.
　입구에서 처음 만난 강력계 아저씨는 늘 이렇게 너스레를 떨어. 경찰서라는 곳은 늘 터미널처럼 사람들로 북적거려. PC 단말기 앞에는 익숙한 풍경이 펼쳐지고 있어. 머리를 조아리고 있는 사람들. 그 옆에서 손가락질을 해대는 사람들. 서로 멱살을 쥐고

발돋움질하는 사이에서 뜯어말리느라 정신이 없는 의경 오빠들. 단말기를 두드리다 말고 조아린 머리 위로 몇 번이고 손바닥을 치켜드는 형사 아저씨들. 그것은 한 무대에서 펼쳐지는 여러 장면의 연극 무대와도 같아. 차라리 내가 본 영화 속의 풍경이라고 해두지. 정말 지루하고 재미없어. 그래서 나는 가끔 발랄한 생각을 해봐. 형사계, 조사계의 지저분한 책상 사이를 누비면서 '사운드 오브 뮤직'에 나오는 줄리 앤드류스 아줌마와 아이들이 춤을 추며 노래한다고 상상해봐. 처음엔 이 무슨 해괴망칙한 시튜에이션이냐고 표정을 일그러뜨릴 형사 아저씨들도 나중엔 손과 손을 맞잡고 줄지어 책상 사이를 누빌 거야. 그들은 흩뿌릴 오색 종이 조각이 없으면 더러운 범죄기록으로 얼룩진 조사 서류라도 허공에 던져 올릴 거야. 기쁨에 넘쳐서. 이내 알루미늄 컵이 날아오르고, 피의자를 위해 시켜온 곰탕 질그릇도 솟아오르고, 범인의 뒤통수를 갈기던 형사 수첩도 희멀건 내장을 드러내며 하늘로 뛰어오를 거야. 줄리 아줌마의 선창에 답하며 피의자 오빠는 어쩌면 멋들어진 브레이크 댄스라도 출지도 몰라. 선창, 후창, 답창이 이어지면서 어느새 그들은 합창으로 피날레를 향해 달음질칠 거야. 경찰서는 이미 뮤지컬 무대로 변모해버린 지 오래지. 그리고 마침내 피의자 식사를 배달하는 살집 좋은 아줌마의 '가랑이 찢어 주저앉기'로 열광의 풍광은 끝이나. 모두들 환호에 뒤덮이지. '쇼만큼 즐거운 인생은 없다.' 너무 오래된 영화라 내용은 별루 끌리는 데가 없었지만 제목 하나는 맘에 들었어. 왜 경찰서 안은 쇼처럼 살지 않는지 몰라.

 연아, 인사해라. 오늘부터 네 후견인이 돼주실 김 목사 내외분이시다.

 후견인. 그게 뭐야. 어디서 많이 들어본 말인데 알 수 없었어. 가방끈이 워낙 짧으니까. 레옹 아저씨 뒤에 아니나 다를까 마음 좋게 생긴 부부가 나를 바라보고 있었어. 눈이 초승달을 만들고 있었는데 그러기도 쉽지 않게 생겨 먹었어.

 반갑다. 연이라고? 네 얘긴 형사님으로부터 많이 들었다. 오늘부턴 우리가 널 보살펴주마.

 오 마이 갓. 그러고 보니 내게 팔자에도 없는 양부모가 생긴 셈이란 말이야? 이 무슨 황당한 경우야. 내게 의사를 물어보지도 않고. 레옹 아저씨는 이래서 간혹 날 미치게 한다니까.

 후견인, 난 그런 거 필요 없거든요. 레옹 아저씨 이러면 나 레옹 아저씨 안 볼 거예요.

 영화 속의 마틸다처럼 나는 단발머리를 휘날리며 멋지게 뒤돌아섰어. 어른들의 보폭으로 성큼성큼 걸어 나가는 나를 레옹 아저씨는 멀찌감치 거리를 두고 따라와. 이쯤이면 우리에게 마침내 감독의 '레디 고' 사인이 떨어졌다고 봐야 해. 나는 슬픈 표정을 짓고 레옹은 난감한 얼굴로 내 뒤통수를 노려봐. 아차, 오늘은 화분을 가지고 나오지 않았어. 아냐, 그것은 진짜 영화 속의 일이지

현실은 갈색곰 인형이지. 곰 인형은 내 기분을 알고 이미 축 늘어진 시늉을 해.

연아, 나랑 얘기 좀 하자.

아저씨, 자꾸 연아, 연아 하지 마요. 내 이름은 마틸다란 말이에요. 레옹 아저씨도 알잖아요.

그래, 미안하다 마틸다.

노련한 감독은 아직 컷 소리를 지르지 않았어. 우리는 마침내 빵집에 들어가 자리를 잡았어. 카메라는 빵집 통유리 문을 통해 비스듬히 앵글이 돌아가고 있고.

마틸다, 아무리 생각해도 널 이대로 두어서는 안 될 것 같아.

레옹 아저씨, 그런 걱정 안 해도 돼요. 보시다시피 난 잘해 나가고 있잖아요. 나의 이 당찬 말에 아저씨는 한숨을 내쉬어. 영화 속의 진짜 레옹처럼.

너 용털아범 알지.

나는 레옹 아저씨의 이 말에 까무러칠 뻔했어. 아니, 레옹 아저씨가 용털아범을 어떻게. 아저씨는 고개를 끄덕여.

네겐 미안한 일이지만 어쩔 수가 없었다. 다른 부서에서 꼬리를 붙였던 모양이야. 일이 자꾸 이렇게 되니 나로서도 어쩔 수가 없다.

아, 그래서 나에게 후견인을 붙이겠다. 젠장 맞을. 독 안에 든 쥐였군. 그들은 나를 한시도 가만 내버려두지 않았던 거야. 멍청이 마틸다는 그걸 까맣게 모르고 있었고. 이 정도면 진짜 마틸다처럼 두 손을 들어야 해. 하긴 그 때문에 영화는 더욱 성공적이었지. 나는 꽤 오랜 시간 고민 끝에 선언하듯 말해.

좋아요, 아저씨. 단, 조건이 있어요.

말해.

후견인이 생긴 이상 더는 내게 꼬리 달지 않기.

레옹 아저씨의 얼굴에 오만가지 형상이 다 지나가.

그건 내 소관이 아니야. 서장님께 일단 건의해보지. 하지만 그것도 네가 하기에 달렸어.

어른들은 늘 이런 식이야. '네가 하기에 달렸어.' 이건 숫제 협상을 하지 말자는 것과 꼭 같아. 이런 화법에 얼마나 많은 아이들 삶을 절망에 빠뜨렸는지 어른들은 알기나 할까. 어쨌든 난 그 어쭙잖은 후견인을 받아들이기로 한 거야. 나는 이제 내 삶의 다른 국면으로 접어들고 있는 셈이지. 하지만 뭐 어쩌겠어. 소는 뿔로 받게 돼 있고 말은 뒷발질을 하게 돼 있잖아.

나는 풀죽은 마틸다의 기본 표정으로 레옹 아저씨와 헤어졌어. 한풀 꺾인 내 모습이 어둠 속에서 멀어져갈 즈음 감독의 컷 소리가 들릴 듯 말 듯 울리더군.

단연코 말하지만 나는 내 인생을 적극적으로 지배해왔다고 믿고 있어. 그것이 옳든 그르든 내 삶보다 한발 먼저 내 행동과 의지가 나아가고 있다는 걸 의미하는 거겠지. 어른들 방식으로 말했지만 쉽게 말해 나는 내 삶에 떠밀려 살진 않았고 또 살지 않겠다는 거야. 그건 쉽게 변하지 않는 원칙 같은 거지. 원칙은 인생을 깨달아갈수록 더 느는 법이야. 길지 않은 삶을 살아오면서 세상이 가르친 만큼만 학습하는 거지. 거기엔 이런 것도 포함해. 어떤 얄팍한 동정에도 물렁해지지 않기. 거대한 공룡도 단번에 쓰러뜨릴 만한 독기를 품기. 내가 저지른 행동이나 혹은 내가 당한 어떤 일 때문에 눈물 흘리지 않기. 내가 본 또 한 편의 영화에서 내 또래의 주인공 레올로는 내게 가르쳤어. '나는 꿈을 꾼다. 꿈을 꾸고 있는 한, 나는 지금의 내가 아니다.' 내겐 꿈 따위는 없지만 내 삶에 원칙 같은 것이 있는 한, 나는 지금의 내가 아닌 거야. 물론 나를 에워싸고 있는 세상에 대해서도 생각해야만 해. 어떨 땐 원칙은 그런 곳에서 흔들려. 이를테면 후견인 목사님 부부의 존재와 그분들이 마련해준 새로운 거처. 비록 소녀 가장의 집이었지만 내겐 다른 세계를 보여주는 따뜻한 영상과도 같았어. 소녀 가장은 여든이 훌쩍 넘은 할머니와 살고 있었는데 나를 친동생처럼 대해 주었어. 어떻게 부족한 사람들일수록 마음이 그렇게 넉넉한지 알 수 없는 일이야. 그건 내겐 놀라운 사실이었어. 여태껏 나는 궁핍하고 가난한 사람들이 주로 나처럼 나쁜 짓을 일삼는 줄로만 생각했거든. 세상의 다른 부분이 있다는 걸 안다는 건 어느 누구에게나 해당되는 어리석음의 증거이기도 했지.

소녀 가장의 할머니는 내가 뼈를 갈아서 갚아도 다 하지 못하는 사랑을 짧은 시간 동안 베풀었어. 나는 그들을 죽을 때까지 잊을 수 없을 거야.

그리고 또 한 사람, 내 사랑 레옹. 좀 뭣하지만 나는 갑자기 사랑에 빠져 버렸어. 느낌은 모래밭에 물이 스미듯 그렇게 예고 없이 빠져드는 거야. 자꾸 보채면 나는 다 털어놓을 수밖에 없어. 내가 얼마나 빨리 웃자랐는지는 알지? 코웃음쳐도 할 수 없어. 실상은 보잘것없지만.

우리는 가끔 성마른 감독의 목소리를 귀로 삭이며 얘기를 나누었어. 우리 둘은 너무 가까이도 그렇다고 너무 멀어져서도 안 된다는 감독의 주문에 이를 갈면서도 한동안 각자 본분에 충실해야 했지. 이를테면 오랫동안 보지 못해 서운해 있던 차에 우리는 어느 아이스크림 가게에서 만났어.

연이야, 아니 마틸다. 잘 지내고 있지?

그럼요, 레옹 아저씨 실망시키는 데에도 왕짜증이 났거든요.

그래, 후견인 사모님을 통해서 네 근황은 잘 듣고 있다. 하지만 결정을 내리기에는 아직 시간이 일러. 생각에 거치적거리는 일은 없니?

웬 결정. 물고기를 바다에 푸느냐 아직 양식장에 가둬놓느냐

하는 결정? 나는 레옹 아저씨의 의중을 알아. 내 오랜 고객들과의 비즈니스를 청산하는 일에 방해되는 것은 없냐는 뜻인 걸 잘 알아. 나는 선뜻 내 안의 풍경을 말했지. 수채화처럼 맑고 깨끗하다고. 붓끝에 매달려 나오는 물상들이 그렇게 예쁠 수가 없다고. 레옹 아저씨가 늘 좋은 붓과 파레트, 그리고 물감들을 준비해주지 않느냐고. 가증스러운 말이었지만 달리 다른 표현이 없었어. 그러고는 의식 없이 아이스크림을 물었어. 순간 레옹 아저씨의 손등이 내 볼에 와 닿아 있는 거야. 그런데 이게 무슨 일이지. 얼음같이 찬 아이스크림이 순간 따뜻한 솜사탕으로 내 입에 녹아드는 거 있지. 나는 내 감각을 믿을 수 없었어. 아니 어떻게 차디찬 얼음 알갱이가 머리를 풀어헤치고 더운 내 입김을 헤치고 목 안으로 날아들 수 있는지. 나는 울컥 내게 일어나는 가장 생소한 경험을 맛보았어. 감독은 분명 'NG'를 선언하고 불호령을 날렸겠지. 나는 영화 '레옹'의 마지막 장면을 떠올렸어. 분명하지는 않지만 나는 마틸다의 생각을 읽을 수 있었어. 나는 레옹 아저씨에게 영화 속의 마틸다와는 달리 내 속내를 말하고 싶어졌어.

 아저씨, 아빠가 보고 싶어요.

 바보 같은 나는 그렇게 말하고 말았어.

 그래, 연이야. 넌 마틸다보다 연이라는 예쁜 이름이 더 잘 어울려.

 아뇨. 그건 아저씨 생각과 달라요. 난 여전히 마틸다거든요.

그래도 레옹은 웃지 않았어. 망할. 나는 아빠 대신 레옹을 말해야 했어. 레옹과 같이 있고 싶다고 말했어야 했어.

우리는 헤어지면서 다음에 또 만날 기약 같은 건 하지 않았어. 그건 어디까지나 감독의 몫이니까. 다만 언제이고 다시 만날 것이라는 건 알고 있었어. 비록 다시는 못 만난다고 할지라도 그것 역시 우리 뜻과는 상관없잖아.

나는 그날 비로소 레옹 앞에 '사랑'이라는 수식어가 붙어야 한다는 사실을 깨달았어. 내 사랑 레옹은 마치 영화의 마지막 장면처럼 내게 악수를 청하고는 가발이 벗겨진 내 머리를 쓰다듬어 주었어. 그것은 어쩌면 내게 가장 성스럽고 위대한 의식이었을지도 몰라. 웬만하면 울먹거릴 법도 했지만 나는 그러지 않았어. 나는 더없이 쿨한 마틸다였던 거지. 그런데 돌아서서 몇 걸음 옮기면서 무심코 분홍빛 점퍼에 손을 찔렀지. 문득 만져지는 게 있었어. 아아, 내 사랑 레옹. 그는 내게 얼마간의 바른 생활을 위한 보증, 그게 뭔지 알거야. 신사임당 몇 분을 찔러 넣어줬던 거야. 나는 치밀어 오르는 느낌을 누를 수 없었어. 그리고 이내 뒤를 돌아보았지. 내 사랑 레옹은 역시 주인공답게 재빨리 자취를 감추고 사라졌어.

그래서 내 삶이 달라졌다는 게 아냐. 다시 말하지만 난 연이가 아니고 마틸다잖아. 쿨한 마틸다는 여간해선 달라지지 않아. 그래도 얼마간은 바른 생활 소녀로 살았지. 하긴 그래 봐야 PC방과 비디오 방 그리고 편의점을 오가는 정도지. 목사님 부인은 내가 학교로 돌아갔으면 한다고 말하는데 나는 별다른 반응을 보이지 않았어. 사모님은 나처럼 끈질긴 스타일은 아니거든. 제풀에 지치면 더는 얘기 안 할 거라고 믿었는데 의외로 그게 빨리 닥치더군.

나는요 학교보다 사회에서 몇 배나 더 많이 배웠거든요. 그게 더 쓸모가 있어요. 쓸쓸해진 사모님은 입술을 가늘게 늘이셨어. 웃음기 같기도 하고 배신감을 다스리는 것 같기도 하고 아니면 다짐을 굳히는 것 같기도 했어. 나는 알고 있었어. 내 처지와 형편이 얼마나 다른가를. 그들과 얼마나 어울리지 못하는가를. 그래서 그들의 마음을 받아낼 그릇은 이미 깨져버린 지 오래라는 것을.

마틸다가 결코 착한 아이가 아니었다는 것을 알려줄 날은 머지않아 왔어. 신사임당 아줌마가 나를 버렸던 거야. 그날은 내가 비로소 여자가 된 날이기도 해. 첫 생리치곤 제법 많았어. 언젠가 방안에서 본 것처럼. 나는 내가 여자라는 걸 누구에겐가 알리고 싶어 몸살이 날 지경이었어. 예전에는 없던 관자놀이 부근의 야릇한 미열도 느꼈어. 영화 속의 여자 주인공들은 그 사실을 세상에서 가장 사랑하는 사람에게 알리던 장면이 떠올랐어. 어딘지 몸이 붕 뜨는 듯한 느낌. 발가락 끝이 간질간질하며 재채기라도 하고 싶은 느낌이라고 말하며 여주인공들은 눈을 지그시 감았었지. 나는 가슴이 뛰었어. 나는 PC방에 앉아 전원을 넣기 전에 처음으로 먼저 전화를 했지. 레옹 아저씨에게 꼭 하고 싶은 말이 있었어. 휴대폰 속의 여자는 자꾸 메시지를 남겨달라고 안달이었어. 내가 필요할 땐 없는 아저씨. 영화 속의 레옹도 그랬어.

하는 수 없이 나는 내 홈피를 열었어. 때 지난 메일들이 잔뜩 쌓여 있었어. 철갑상어. 두동가리. 얼짱이. 처음 보는 아이디들이 나를 노려보고 있더군. 나는 그들 중 하나에게 메신저로 쪽지를 날렸어. 오늘 처음 여자로 태어났어. 네가 날 여자로 만들어줘. 마치 기다렸다는 듯이 답장이 금방 왔어. 어디로 가면 돼?

나는 점점 의식이 흐려지고 있어. 강한 충격이 있었거든. 나는 곧 정신을 잃을 거야. 아니 어쩌면 숨이 멎을지도 몰라. 조금 전에 있었던 일을 되돌리는 것은 이미 불가능해. 어쩌겠어. 나는 그래 봐야 열세 살인걸. 그 나이에 무슨 세상을 알겠어. 그래도 기억은 해야 해.

스무 살이나 되었을까, 아무튼 그쯤 되는 오빠였어. 모텔 방에 들어오자마자 닭을 쫓더군. 나는 먼저 손을 내밀었지. 가쁜 숨을 가누지 못해 헐떡이는 목소리로, 끝나고 나서 어쩌고 했어. 여태껏 비즈니스를 그렇게 해오지는 않았다고 했지. 그 아이는 이미 정신을 팔아먹었더군. 내가 고객을 잘못 골랐다는 생각이 얼핏 들었어. 하지만 때는 늦었지. 거부하는 몸짓은 그에겐 웃기는 일로 보였던 게지. 나는 그동안 보았던 영화 속의 모든 욕지거리를 쏟아부었어. 어땠는지 알아. 그 아이는 꽤나 충격을 받았나 봐. 잠시 정적이 찾아온 거야. 무서운 순간이었어. 태평양의 어느 바닷속에 있다는 해연보다도 더 깊고 어두운 고요. 그 숨길을 옥죄는 듯한 고요가 칼끝이 되어 나를 천천히 찔렀어. 아이의 웃음기에 곧이어 세상의 모든 빛을 거둬 가버리는 충격이 머리를 덮쳤어. 몸이 가벼울 수밖에 없는 나는 천천히 그리고 완만하게 침대 옆 바닥으로 휘어졌어. 감독이라면 이 장면은 고속 촬영으로 극적 효과를 냈을 법해. 이어서 일어난 일은 말 안 해도 짐작하겠지. 선불 무시한 몸 날치기. 그 와중에도 나는 얼핏 기억해. …너 처녀니, 라고 묻는 말. 그게 기억에 남는 걸 보니 그 아이의 몸짓이 절정으로 치달은 때였던 것 같아. 몰아대는 우김질과 익숙한 열기에 나는 잠깐 정신이 든 것 같아. 그때를 놓칠 순 없지. 내가 말했어. 오빠, 내가 누군지 알아? 나는… 마틸다야. 마틸다는 비즈니스가 정확해. 순간 그 아이는 미쳐 날뛰었지. 귀를 움켜쥐고는 방안을 들짐승처럼 휘젓고 돌아다녔어. 정말 가관이었지. 그러다 다시 날아든 감내하지 못할 머리 격통. 나는 마침내 영화 속으로 들어가고 있었어. 응고된 눈매와 널브러진 작은 내 몸피. 그리고 내 입안에는 붉은 핏덩이로 응결된 작은 살점 하나가 남았고.

모텔의 천장에 붙은 거울을 통해 한 아이가 스러져가는 숨길을 붙잡고 붉은 도화지 위에 널브러져 있는 게 보여. 그게 마치 세상의 마지막 풍경을 말해주고 있는 것 같아 쓸쓸해. 하지만 나는 슬퍼하지는 않아. 그건 내 주제가 아니거든. 영화 속의 주인공들은 알 거야. 내가 그들을 바라보고 있을 때 그들은 잠시 대사를 멎고 화면 밖의 나를 향해 말했어. 연이야, 이 세상은 영화가 아니란다. 하지만 영화는 네게 꿈과 힘을 줄 거야. '천국의 아이들'에 나오는 알리, '시네마 천국'의 토토, 그리고 누구보다도 '레옹'의 마틸다가 내게 그렇게 말했어.

나는 일어날 거야. 나는 어떤 경우에도 떠밀려 살진 않아. 그게 내 원칙이거든. 갑자기 레옹이 보고 싶어. 그리고 짜장면이 먹고 싶어. 나는 어쩔 수 없이 열세 살이니까. 나는… 마틸다니까.

쳐 죽여도 시원찮을

영화도 인생처럼 끝이 난다. 객석에서 관객들이 팝콘이 부풀듯이 일어나고 화면에는 엔딩 크레딧이 올라간다. 영상이 꺼지면 영화관은 해골의 눈처럼 비워진다. 영화관 뒤쪽 입구에서 관객이 자리를 뜨기만을 다소곳이 기다리던 청소원들이 수다를 떨며 들어온다. 중년 청소원은 영화관의 암전에 익숙하다. 그녀의 홍채는 공작의 꼬리처럼 활짝 펴진다. 그녀는 객석 중앙에 사람 형태가 있는 것을 놓치지 않는다.

관객 중에는 그런 사람이 있기 마련이다. 영화가 끝난 줄도 모르고 깊은 잠에 떨어진 부류도 있고 술에 취해 시르죽은 이도 있다. 여기가 무슨 지네들 안방인 줄 아나. 청소원의 속내는 언표로 이어지지 못한다. 대개 부산한 소리가 들리면 잠에 빠졌던 관객은 화들짝 놀라 죄라도 지은 사람처럼 허둥지둥 자리를 뜨기 마련이지만 이번에는 다르다. 청소원이 곁에 다가가도 그는 미동도 없이 자리를 지키고 있다.

"손님, 영화가 끝났어요." 그는 잠에 빠진 것도, 다리가 불편한 장애인도 아니다. 눈을 멀뚱히 뜨고 있다. 두 계단 아래의 객석을 서늘한 양서류의 눈으로 응시하고 있다. 그럴 리가 없겠지만 다른 동료들에게서 들은 얘기가 있다. 단말마의 비명도 없이 숨을 쉬지 않는. 오래 전 파고다 극장에서의 시인 기형도처럼. 미동도 없는 그의 존재로 인해 청소원들의 움직임은 물기 날아간 석고로 굳어진다.

청소원의 인내가 바닥에 이를 즈음에야 그는 자리에서 천천히 일어난다. 일어나는 사람의 자태를 통해 지구의 중력이 얼마나 대단한지 그녀들은 실감한다. 관객이 영화관을 빠져나갈 때까지 그녀들은 공원의 조각상 자세로 그 자리에 서 있다.

그는 폭력적으로 밝아진 바깥에 저항하듯 홍채의 크기를 최소한으로 줄인다. 누군가가 팔이라도 비튼 것처럼 그의 표정이 일그러진다.

그의 뇌리는 아직도 영화의 어느 장면에 머물러 있다. 1987년. 쿠데타로 정권을 탈취한 군인 통치가 끝나갈 무렵 박종철이라는 학생이 남영동 모처에서 물고문 끝에 사망한 사건을 영화화한 팩

선이다. 그는 영화의 시퀀스를 복기하듯 머리 안의 영상을 뒤로 돌린다. 영화의 작품성이나 배우들의 연기 따위에는 관심이 없다. 경찰 몇 명이 대학생 한 명을 욕조에 눌러 물고문하는 장면에서 기억 소환이 느려진다. 대학생이 욕조에 머리를 담근 채 발버둥 치는 장면이 전두엽에서 영상으로 재현된다.

그는 지하철에 오른다. 손잡이에 거의 매달리다시피 서 있다. 빈자리가 났어도 앉을 생각이 없다. 무엇엔가 사로잡혀 주위의 변화에 아랑곳하지 않는다. 그에게 말을 걸어도 그는 들을 수도 이해할 수도 없을 것이다. 그를 잠식하고 있는 것이 무엇이든 그는 그것으로부터 달아날 수가 없다. 그는 영화와는 별개로 모종의 어려운 결심을 해야 한다고 생각한다. 일생에 한 번 있을까 말까 하는 결정을 중요하다는 수사법으로 말하기에는 그에게 닥칠 미래가 불분명하다. 미래야 어떻게 되든 그에겐 상관없다. 아니 상관없어야 한다.

그가 도착한 곳은 대학의 연구실이다. 연구실 문에는 심리학과장 아래 인지 행동 과학 연구소 소장 박인덕이라는 명패가 붙어 있다. 그가 문을 열고 들어서자 입구의 김경선 조교가 일어나 살갑게 인사한다. 연락 온 곳이 없었냐고 그는 조교에게 묻는다. 그녀는 인문학장실로부터 다음 학기 강의 계획서를 제출하라는 연락 외에는 없었다고 답한다. "김 조교, 수고스럽겠지만 이 방 짐 정리 좀 도와줘." 의미를 파악하지 못한 조교는 "교수님, 연구실을 옮기시려구요?" 하고 되묻는다. "아니, 이 짓을 끝장내려구." 김 조교는 이게 보여줄 수 있는 가장 큰 눈이라는 듯이 눈꺼풀을 밀어 올린다. "교수님, 그게 무슨 말씀인지…" "그렇게 만 알고 있어, 더 알려고 하지 말고." 김 조교는 사냥이 취미인 영국 귀족 거실 벽에 붙은 박제된 사슴의 얼굴을 하고 있다. 그녀는 박 교수가 누구보다 강의와 연구에 혼신의 열성을 보인 교수라고 기억한다. 특히 그의 연구 논문은 국내 인지 심리학계에서도 정평이 났고 전 세계 대학의 박사 논문 인용 횟수도 타의 추종을 불허할 만큼 많았다. 해외 유수 대학의 인지심리학회에서 개최하는 세미나와 연구발표회의 중요 패널로 위촉받는 빈도 역시 강의에 지장을 줄 정도였다. 그런 그가 종결 의미의 마침표를 찍는다니. 김 조교는 애써 평정을 되찾아 애교 섞은 어조로 말한다. "혹시 교수님 더 좋은 데로 가시는 건가요?" 그는 운동장 가장자리에서 손가락을 물고 서 있는 아이의 표정을 짓는다. 글쎄다. 지금 보다 더 좋은 자리란 없을 것이다. 모든 것을 내려놓아야 할 시점에 이르렀을 때가 가장 좋은 자리일 것이라고 그는 생각한다. 속 시원한 대답이 돌아오지 않자 김 조교는 뾰족하게 되어 자리에 가 앉는다.

그는 연구실 책상에서 사직서를 작성한다. 일신상의 이유로…사직의 변에 항용 쓰이는 만능 문구다.

인문대학 학장실은 본관 끝 모퉁이에 있다. 오늘처럼 학장실 가는 길이 멀다고 여겨본 적이 없다. 그는 학과장 회의 때마다 그를 치켜세웠던 학장의 말을 떠올린다. 박 교수는 우리 대학의 중추적이고도 보배 같은 존재입니다. 이 대학 전 교수가 저울 반대편에 올라서도 박 교수의 무게를 따라올 수 없을 겁니다 하하. 당시 그의 얼굴 홍조는 민망함이 지펴놓은 열기 때문만은 아니었다. 뼛속 깊이 아당이 녹아든 다른 학과장의 추임새로 자발스러움을 눅이는 부싯돌 같은 효과를 스스로 느껴서였다.

"이, 이게 뭔가요 박 교수." 뜨악한 학장의 표정을 예상하지 못한 그가 아니다. 그 뜨악함을 무마시킬 나름 괜찮은 변명거리를 찾아야 하는 게 급선무다. 학장은 현실의 급격한 변화에 방비가 되어 있지 않다. 이런 유형은 필요 이상의 설명과 군더더기를 남발해도 좀처럼 유들유들해지지 않는다.

학장은 봉투를 열고 안의 내용물을 읽는다. 선사시대 유적에서 금이빨 두개골을 발굴한 고고학자의 망연자실이 얼굴에 번져난다. "해명이 필요한 시점이네요, 박 교수." "내용 그대롭니다. 허락해주시길 바랍니다." 박제된 사슴은 곳곳에 많다. 이번엔 늙은 사슴 박제의 두상이다. "어디서 제의라도 받았어요?" "아닙니다. 이곳이 분에 넘치는 마지막 자립니다." 학장은 다행히 뒤 목을 잡고 쓰러질 인물은 아니다. "박 교수, 내게 서운한 점이 있어요? 말해요. 내 고칠 테니. 아님 우리 대학 학사 운영이 맘에 안 들어요?" "아닙니다. 그냥… 쉬고 싶어서요. 그럼." 해명 받지 못한 사람은 억울하다. 납득하지 못한 학장은 너무 오래 학사 행정에 관여했다는 생각이 든다. 서운함을 넘어서 괘씸하다는 생각이 치밀었지만 그를 붙잡을 기회마저 놓친다.

연구실에 돌아오니 김 조교가 챙겨놓은 짐 박스가 책상 위에 놓여 있다. 단출하다 못해 빈약한 짐에 마음 홀가분하다. 여전히 영문을 모르겠다는 얼굴로 그를 올려다보고 있는 김 조교를 뒤로 두고 그는 연구실을 떠난다. 캠퍼스를 벗어날 때까지 그는 한 번도 뒤돌아보지 않는다.

15년이 다 된 승용차에 짐을 싣고 이른 시각에 귀가한 그에게 아내는 김 조교와 유사한 표정을 짓는다. 내막을 알 길 없는 아내의 얼굴엔 아직 불안감이 없다. 다만 유례없는 남편의 대낮 귀가가 낯설 따름이다. 어디 몸이 불편한 것은 아닌지. 그래서 잠시 휴가라도 낸 것은 아닌지. 그는 아내에게 냉수 한 잔을 부탁한다. 아내는 마술사의 다음 묘기를 기다리는 아이의 눈으로 그를 바라본다. 냉장고 안의 냉수는 늘 위장을 깨끗이 세척시켜 주는 것 같다. 부부는 한동안 말이 없다. 그는 아내와 눈을 마주치지 않는다. 그런 상태에서 말을 해야 나을 것 같다.

"사직서를 내고 오는 길이야." 예상을 뛰어넘는 일에 부닥쳤을 때 사람들은 가끔 미동조차 하지 않는다. 대신 사유에 뇌 기능의 일부를 맡긴다. 그의 아내는 그다지 깊지 않은 사유의 우물에 뛰어든다. 태풍의 진원지처럼 생겨난 조바심은 어떤 변화의 조짐을 읽어내야 한다고 자신을 다그친다. "기회가 된다면 얘기해줄 게. 아이들에겐 당분간 비밀로 해줘. 그리고 이 집과 내 퇴직금, 교원 연금 모두 당신 앞으로 해 놓았어." 아내의 사유의 우물은 바닥이 싱크홀로 무너져 내려 지구의 맨틀까지 깊어진다. "내가 알면 안 되는 이유야?" 아내는 팔짱을 낀다. "꼭 그런 건 아니지만 그래 줬으면 좋겠어." 그는 자리에서 일어나 서재로 향한다. 등 뒤로 아내의 휴대폰이 울린다. 아내의 말씨가 나지막이 공손해진다. 상대방에게 학교에서 무슨 일이 있었는지 묻는다. 아내는 원하는 대답을 구하지 못한 것처럼 보인다. 아내의 통화가 길어진다.

서재의 의자에 파묻혀 있는 그에게 아내가 통화 내용을 건넨다. "알아야 할 이유가 충분히 생겼어. 누구에게도 말하지 못하는 그 이유란 게 대체 뭐야?" 이번엔 그의 사유가 깊어질 차례다.

돌이켜 보면 이런 경우는 처음이다. 결혼 생활을 포함한 그의 삶은 보통 인간의 유형을 벗어난 적이 없었다. 학자로서의 연구 업적이나 학교에서의 대외적인 인간관계에서도 별다른 흠결이 없었다고 스스로 자부한다. 정치적으로도 진영 논리와 일정 거리를 유지하면서 지식인의 자세를 견고히 유지해 왔다. 그러니 그를 알고 있는 사람들에게 그의 결행은 충격 이상이었을 거라는 짐작을 한다. "학장님이 꼭 이유를 알려달라고 그러셨어. 그때까지 사표는 수리하지 않을 거라고 하시면서." 그는 눈을 감고 있다. 그는 자신의 결심을 복기해본다. 아무래도 이미 루비콘 강을 건너간 셈이다. 아내를 비롯한 다른 사람들에게 말할 게 아니라고 스스로에게 타이른다. 이해시킬 수도 설득할 수도 없을 것이기 때문이다. 아내에게, 아이들을 포함한 모든 이에게 그는 미안한 마음이 든다.

세 살 아래인 아내와는 하지 못할 말이 없었다. 심지어 외국 학회 세미나 출장갔을 때 외국 대학의 여교수로부터 도발적인 유혹 받았던 일까지 스스럼없이 털어놓던 그였다. 절호의 찬스였네. 이국적인 정서와 잘 버무려 추억거리 하나 만들지 그랬어. 당시 아내는 진심으로 말하는 것처럼 보였다. 그의 학문 바라지를 위해 디자인 외국 유학마저 포기한 그녀였다. "당신에겐 정말 미안해. 말할 수 없는 내 사정을 이해해 줘." 아내의 시선이 냉동실에 넣은 푸딩처럼 응고된다. 그녀는 이것이 그의 고집이 아니라 일종의 신념이라는 것을 가까스로 알아챈다. 더 이상 채근해봐야 소득이 없을 거라는 것도. 다만 이후 그의 행적이 궁금하다. 그는 얼마 동안 서울을 떠나 지방의 조용한 곳에서 쉬고 싶다고 말한다. 휴대폰도 두고 갈 테니 당분간 찾지 말 것을 당부한다. 아내는 그의 결행을 이기지 못한다.

그는 여행용 가방과 배낭 하나에 간단히 짐을 꾸린다. 주인을 맞은 낡은 차는 곁눈질로 주인의 동태를 살핀다. 그는 낡은 자신의 차 뒤에 서서 트렁크를 열다 말고 캐리어 손잡이를 낚아챈다. 캐리어 바퀴가 아스콘 바닥을 구르는 소리는 광시곡을 끝내려는 오케스트라의 팀파니 소리처럼 들린다. 끝내야 할 시점이 온 게 아닐까. 가장 빈약한 에필로그로. 멀리서 아내는 그의 행적을 눈으로 좇고만 있다. "아이들에겐 얘기 잘해줘." "생각이 바뀌면 언제든지 돌아와, 기다릴게." 조금 전 마지막으로 그들이 주고받은 말이다.

그는 당시의 기억을 어렵지 않게 소환한다. 광주라는 도시를 피로 물들이고 정권을 탈취한 보안사 출신의 군인이 통치하던 무렵이었을 것이다. 미국에서 박사 학위를 받은 뒤 막 이 대학에 전임 강사로 강단에 첫발을 내디디기 바로 전 무렵이었다. 미국 유학 시절 국내의 급박한 정치 환경 변화에도 아랑곳없이 박사 논문에만 매달렸던 그는 지식인으로서의 자괴감이나 내적인 일렁임에도 눈을 감을 수밖에 없었다. 국내엔 생소한 행동 인지 과학 분야를 처음 들여놓아야 한다는 사명감이 그의 미국 일상을 지배했다. 어떻게 보면 그의 지식은 호헌 철폐라든가 나라의 민주화와는 거리를 둔 알량한 소시민 수준의 체제 순응형이라 할 수 있었다. 고등학교 동창 가운데 군대를 다녀온 몇몇 대학 친구들은 이미 안기부라는 악명 높은 인권 유린 기관의 수배를 받고 있었다. 미국 내 한인 커뮤니티에서 발행하는 국내 소식을 통해 그는 우국지사가 될 수 있는 가장 쉬운 길을 발견했다. 그는 자신의 내부에서 용암 끓는 소리를 들었고 그럴 때마다 죄 없는 어금니만 자근자근 깨물었다.

어쩌다 대학 동창들이 안기부에 체포되어 모진 고문과 더불어 죽음의 문턱까지 갔다는 소식을 들었을 때 까닭 모를 부끄러움에 젖었던 것도 부인할 수 없다. 그러나 그뿐이었다. 족히 4인치가 넘는 두께의 원서를 채운, 관념과 추상이 넘쳐나는 외국 문자들 사이에서 비명을 지르기에 급급했다. 자괴감의 유효기간은 짧았고 부끄러움은 도수 높은 양주의 '천사의 몫'처럼 빨리 휘발되어 날아갔다.

그리고 마침내 그 일이 있었다. 전임으로 자리 잡고 난 뒤 몇 개월이 지났을까. 어느 날 학장의 호출이 있었다. 학장실 카우치에는 일면식도 없는 사내 둘과 학장이 마주 앉아 있었다. "어서 와요. 내 박 교수에게 좋은 분들 소개하려고 불렀어요." 오십 대 중후반과 사십 대 중반 연배의 사내들이 일어섰다. 그들은 악수를 나누고 자리에 앉았다. 이미 명함을 나눴는지 학장이 그들의 명함을 그에게 건넸다. 명함에는 대명 실업 전무와 부장이라는 직함이 찍혀 있었다. "이 분들이 박 교수에게 멋진 프로젝트를 하나 선사할 거예요. 설명 한 번 들어보세요." 대개 산학 협업이라는 명목으로 기업에서 교수나 연구진들에게 프로젝트를 의뢰하면 대학은 연구비를 절감하고 교수는 더 많은 연구비를 얻을 수 있으므로 장려되는 학사 업무 중 하나였다. 특히 이과나 공과 대학에 그런 기회가 많아 문과 교수들의 부러움을 샀지만 인문과 쪽으로 프로젝트가 의뢰되는 경우는 거의 없어 그는 내심 의아했다. 전무 직함을 가진 사내가 그에게 봉투에서 폴더를 꺼내 그에게 내밀었다. 폴더에는 '외부 자극에 반응하는 인간 행동 및 심리분석 연구 프로젝트'라고 씌어 있었다. "학장님이 이 프로젝트에 가장 적합한 분이 박 교수님이라고 하셨습니다." 그는 몇 페이지의 프로젝트 기획안을 찬찬히 들여다보았다. 의뢰된 연구는 그다지 어려운 게 아니었다. 약간의 실험과 프로세스 분석, 그로 인한 결과 도출 정도로 요약되었는데 마지막 페이지에 적시된 프로젝트 비용에 눈길이 닿자 그는 자신의 눈을 의심했다. 상상을 초월한 액수여서 그는 숫자 하나가 잘못 붙은 게 아닌지 의심스러울 정도였다. "연구비가 너무 과하게 계상된 게 아닙니까?" 그는 학자의 양심으로 솔직히 말했다. "그 정도면 충분하리라 믿습니다." 전무라는 사내가 돈이면 지구도 사버릴 수 있을 듯이 호기롭게 말했다.

그의 망막 위로 엄연한 현실이 개념으로 표기되어 전광판 문자처럼 재빨리 지나갔다. 이공계에 비해 전무하다시피 한 인문 프로젝트의 실상. 사립대학 전임 강사의 빠듯한 봉급. 아이들 유학은커녕 사교육마저 주저하게 하는 현실.

그의 허울뿐인 학자의 공명심이 거액의 프로젝트 앞에서 꼴사납게 쪼그라들었다. 게다가 학장은 이공계 학장도 부러워할 거대 프로젝트를 따냈다는 자부심이 월계관을 쓴 금메달리스트처럼 얼굴에 번져났다. 모든 것을 고려해서 판단하기에는 너무 젊다는 생각이 들었다. 그는 지뢰밭을 걸으면서도 지뢰를 밟지 않으리라는 확신에 자신의 미래를 걸 참이었다. 그는 주저 없이 프로젝트 계약서에 서명했다. 계약서를 받아 든 전무 직함의 사내는 젊은 시절 중동에서 첫 프로젝트 공사 수주를 따낸 정주영 회장 같은 표정을 지었다.

인지 행동 연구 실험실은 각각 두 명의 박사과정과 석사과정 학생으로 꾸려졌다. 실험군의 인적 자원은 심리학과 학부생으로 채웠다. 외국으로부터 각종 시뮬레이터를 발주하고 그것에 반응하는 데이터 분석기도 주문했다. 그가 도출해내야 하는 실험의 결과물은 인간에게 여러 단계의 물리적, 심리적 자극을 가했을 때 당사자가 반응하는 감각적, 심리적 반응을 시간과 장소, 성별과 나이 등 여러 조건을 함수로 상관관계를 분석한 데이터였다. 그는 이것을 간단한 수학적 공식으로 표시했다. 마음의 내용을 'M', 자극 또는 입력을 'I'(Input), 이것에 반응하는 인간의 행동 또는 심리적 내용을 'O'(output)라고 한다면 $M=f(I \times O)$라는 함수로 나타낸다고 적시했다. 즉, 인간의 마음 또는 심리 상태는 자극과 반응이 승수로 결합된 것에 주변의 여러 조건에 따라 세분되고 달라지는 함수라는 것이다. 프로젝트 발주자는 여기에 더 나아가 피실험자의 감정 상태 추이까지 데이터에 반영해달라는 것이 무엇보다 특징적이었다.

실험은 순조로웠다. 실험 대상이 인간인 까닭에 무엇보다 조건변화에 미세한 변수가 있다는 게 실험의 난점이었다. 실험의 빈도를 높여서라도 시시각각 변하는 인간의 내외적 반응 상태 데이터의 오차를 줄이는 것이 실험의 신뢰도를 높이는 길이었다. 실험의 횟수가 늘어날수록 피실험군인 학부생들의 피로도도 함께 증가했다. 그때마다 그는 그들이 좋아하는 방식으로 여흥을 제공해서 연구 성과를 순조롭게 이끌었다. "교수님, 이번 프로젝트의 목적을 저희들에게 말씀해주지 않으셨어요." 한 학부생의 느닷없는 말에 그의 머리 안에서 부풀어 오르던 얇은 막의 풍선 하나가 툭 하며 터졌다.

그는 당시의 시간을 되돌렸다. 이처럼 고가의 프로젝트를 발주하려는 의도가 무엇인지 여쭤봐도 괜찮겠습니까. 학장이 지나가는 말로 그렇게 물었던 걸로 기억한다. 기밀을 요하는 것이라 말씀드리기가 적절하지 않은 듯합니다. 그래서 프로젝트 발주비가 높이 책정된 게 아니겠습니까. 그때 젊은 학자의 예감으로 정곡을 파고 들었어야 했다. 배포가 유들유들한 학장이 함지박 미소로 고개를 끄덕이는 바람에 기회마저 놓쳤다고 그는 생각했다. "너희들에게 설명하려면 얘기가 길어져. 그냥 이번 연구를 위해 조금만 더 수고해 줘." 젊은 친구들을 납득시키는 핑곗거리 가운데 말이 길어진다는 것만큼 좋은 구실이 없다. 교장의 훈시와 이론 설명은 짧을수록 좋다는 말도 있으니까. 학부생들의 궁금증 싹이 실뿌리째 뽑혀 나가는 게 보였다.

연구비는 분기마다 거액이 입금되었다. 입금을 확인한 날, 그는 연구비 중 일부를 헐어 학장의 집으로 명품 선물을 탁송했고, 저녁에는 석박사 과정 학생들과 실험 참가 학부생 모두를 불러 유흥주점에서 연구로 인한 묵은 피로를 풀었다.

고액의 프로젝트 수행 소문은 인문 대학뿐 아니라 이공계 대학교수들에게도 돌림병처럼 퍼졌다. 그와 조금이라도 면식이 있는 이공계 교수들은 질시와 부러움을 버무린 인사를 잊지 않았고 프로젝트와 무관한 순수 인문학 교수들은 마치 자신의 일처럼 축하의 말을 건넸다. 그럴 때 마다 헹가래를 받는 운동 코치처럼 몸과 마음이 자부심으로 허공을 떠돌았지만 헹가래가 거듭될 때마다 아무도 받아주지 않아 바닥에 내팽개쳐질 것이라는 불안이 장내 세균처럼 꼼지락거렸다.

프로젝트가 완료된 것은 8개월을 조금 넘긴 시점이었다. 연구 보고서가 그들에게 제출된 곳은 울창한 나무들로 둘러싸인 저택 안이었다. 그들은 학교로 검은 고급 세단을 보내 그를 극진히 모셨다. 연구 실험에 참여한 석, 박사과정 학생들도 동행할 것을 제안했지만 그들은 해독할 수 없는 얼버무림으로 에둘러 거절 의사를 밝혔다. 고급 승용차 뒷자리에 앉아 그는 현재 벌어지고 있는 형국을 이해하려고 애썼지만 해무가 자욱한 바다를 나아가는 조각배에 몸을 맡기고 있는 것처럼 막막했다.

그가 낯선 장소에 도착하기까지도 어느 퍼즐이 어디에 맞춰지고 있는지 짐작조차 못 했다. 드넓은 정원과 잘 손질된 정원수를 갖춘 외관부터 화려하고 웅장한 저택은 그를 정서적으로 압도했다. 저택의 거실에는 이미 주연의 모양새를 갖추고 있었다. 8개월 전 학장실에서 만났던 전무와 부장 두 사람이 밝은 표정으로 그를 맞았다. 아무리 고액의 중요 프로젝트지만 이렇게까지 향연을 베풀 정도는 아니었다. 하늘 아래 새로운 것은 없다지만 이처럼 다른 차원에 속하는 세상이 있다는 데 그는 내심 놀랐다.

그가 자리에 앉자 TV에서나 볼 미모의 여자 세 명이 기다렸다는 듯이 남자들 곁으로 다가와 시중을 들었다. "교수님, 그간 정말 노고가 많았습니다. 프로젝트를 무사히 끝내주셔서 뭐라 감사드려야 할지 모르겠습니다. 지금부터는 노독을 푸시고 마음껏 즐기시길 바랍니다." 그들은 고급 양주잔을 맞댔다. 그는 가방에서 연구 보고서를 전무에게 건넸고 부장은 그에게 봉투를 내밀었다. 그들이 보고서를 들여다보기 시작하는 동안 그는 봉투 안의 내용물을 확인했다. 나머지 연구비가 한 장의 수표로 대신했다.

이후에 일어난 상황에 대해선 그는 기억하지 못한다. 기억은 영혼이 쓴 진술서라는 아리스토텔레스의 말이 무색하게 그는 자신의 영혼을 아득히 먼 곳으로 추방시켰다. 취기가 올라올수록 곁의 여인이 점점 고혹적으로 보이기 시작했다. 앞에 앉은 두 사내가 자신을 중요한 존재로 만든 충직한 고객처럼 보이기도 했다. 그는 재채기 시간보다 빨리 해체되었다. 긴장도, 그간 자신을 갚아대던 의구심도, 자신을 구성 짓고 지탱하던 도덕성도 가수분해되었다. 갑의 위치는 놓치기 어려울 만큼 매혹적이었다. 그리고 그는 끝 간 데 없이 아득히 추락했다.

다음 날 잠에서 깨자 깨질 듯이 아픈 머리 위로 호화로운 샹들리에가 흔들렸다. 놀라운 일은 집이 아닌 다른 곳에 누워 있다는 것과 더욱 놀랄 일은 몸에 아무것도 걸친 것이 없는 상태였다. 정황은 자명해졌다. 저택 2층 침실은 어제 받은 연구비 잔금 전부를 날려도 아깝지 않을 만큼 호사스러웠다. 여자는 간밤의 우렁각시처럼 사라지고 없었다. 그는 자신과 어울릴 만한 게 손톱만큼도 없는 저택을 시르죽은 표정으로 걸어 나왔다.

오랜만에 고교 동창을 만난 것은 우연한 일이었다. 서울 소재 유명 법대를 나온 친구는 지법 부장판사를 끝으로 얼마 전 변호사를 개업했다고 했다. 선술집에 앉아 몇 순배 잔이 돌아가며 시시콜콜한 일상과 동창들의 근황이 안주로 씹혔다. 변호사가 술 힘을 빌려 지절대는 얘기 가운데 문득 그의 의표를 건드리는 것이 있었다. "이미 오래전 일이지만 판사 시절 때 얘기야. 아마 그때가 군 출신 친구 둘이서 연이어 나라를 해 먹던 그 무렵이었을 거야. 시국 공안 사건 재판이었지. 피고는 당연히 학생, 노동자 뭐 그런 부류였는데 피고 측 변호인이 묘한 말을 하더라고. 당시에도 고문 운운하며 수사의 강압성을 주장했는데 고문에 어떤 매뉴얼을 사용했다는 거야. 87년 박종철이 고문으로 사망한 뒤 공안 당국에서 '아, 이래선 안되겠다 취조 방식을 개선하자. 최소한 체계적, 단계적으로 좀 더 과학적으로 해보자'하면서 무슨 매뉴얼을 만들었다고 주장하더라고." "검찰 측에서는 뭐래?" 그가 호기심으로 눈을 번득이며 물었다. "검찰 측에선 당연히 무슨 영화 같은 얘기냐며 사실무근이라고 반박했지. 그런데 변호인 측 증인으로 나온 전직 국정원 직원이 그 매뉴얼의 존재를 희미하게나마 인정한 거야." 전직 판사의 단순한 판결 사례로 처음엔 일반적인 호기심을 자극하는 정도였지만 퍼즐이 빈 공간을 채워가면서 나타나는 윤곽은 그의 뇌리에 오래전에 각인된 이미지와 어울려 어떤 기시감을 돋우었다. "당시 판사였으면 증인이 제출한 그 매뉴얼을 봤겠군." "당연히 봤지." "혹시 매뉴얼 제목과 저자를 기억하나?" 전직 판사는 계절이 세 번이나 바뀔 동안 운동장 가장자리에 방치된 테니스볼의 상표를 기억해 낼 것처럼 안간힘을 썼으나 "너무 오래된 일이라 그걸 어떻게 기억하냐" 며 자신의 기억력 부실보다 오랜 시간 경과 탓으로 돌렸다.

그는 한동안 말을 잊었다. 대신 연거푸 술을 목구멍으로 털어 넣었다. 에틸알코올은 그날따라 힘을 쓰지 못했다. 미심쩍음과 께름칙함이 버무려진 그의 오래된 기억의 경계를 둘러싼 타성의 외피를 술은 뚫지 못했다. 각성을 가로막는 에탄올은 급기야 적당한 낙관주의와 타협하기 시작했다. 아니야. 아닐 거야. 그럴 리가 없지 않은가. 그들은 이를테면 진통 효과를 발휘하는 신약 또는 독성을 완화하는 약물을 개발하기 위해 의뢰한 것일 뿐이다. 어쩌면 자극에 대한 인간 반응의 단계를 계량화시키는 계측기를 개발하려고 했을지도 모른다. 만에 하나, 다른 방식으로 상상의 과녁에 화살이 적중된다면. 그것처럼 어처구니없는 넌센스가 있을까. 그는 혼자 가여울 정도로 안간힘을 썼다. 그답지 않은 과민함이 하수구가 역류하듯이 차오르면서 부정적인 사고의 둑을 넘어 가능성의 홍수로 범람했다. 한쪽으로 넘쳐 흘러가려는 물을 온몸으로 막으려고 허둥대는 자신의 꼬락서니를 떠올렸다. 그때 판사 출신 변호사가 반쯤 복부를 파고든 검을 깊이 마지막까지 찔러 넣었다. "디테일한 건 기억나지 않지만 매뉴얼 내용은 외부 자극의 강도가 점점 세지는 추이에 따라서 인간이 어떤 반응을 보이느냐, 뭐 이런 걸로 기억해. 야, 짜식들이 어떻게 그런 걸 연구시켜 고문에다 쓰냐. 나쁜 놈들."

그는 한 장면을 떠올렸다. 껌을 씹고 시시덕거리며 한 사내가 전압 스위치를 서서히 올린다. 전기 단자의 끝에 매달린 한 인간이 단말마의 비명을 지른다. 고통으로 더 이상 비명 소리 조차 나오지 않을 무렵 사내가 외친다. '매뉴얼 52쪽 상단 전압 수치 불

러봐, 지속 시간하고.' 다른 사내가 외친다. '128.25볼트, 18초 이내.'

또 한 사내가 고함친다. '매뉴얼 68쪽 통각의 최고점을 그리는 그래프상의 수치와 시간을 불러봐.' '통닭구이 자세, 고통 수치(pain figure)8.64, 시간 21초 이내.

그날 그는 대취의 길을 뚜벅뚜벅 걸어갔다. 동창 친구를 이끌고 여자가 나오는 유흥주점에서 아무 의미 없는 말들을 뇌까렸다. 처음으로 여종업원들과 가슴을 맞대고 지그시 누르며 느린 춤을 추었고 악악대며 노래를 불렀다. 빙충맞게 앉아 있는 쪽은 오히려 판사 출신 변호사였다. 변호사는 그의 도를 넘은 몸부림에 '대학교수치고는 유별난 놈일세'하는 표정을 감추지 않았다. 아무래도 좋았다. 위악으로 읽혀도 억울하지 않을 것 같았다. 터무니없는 짐작이어도 그럴만한 이유가 있을 거라고 여겼다. 심증은 친구가 겪은 재판 사례의 줄기와 가지를 따라가다가 마침내 확신의 과녁으로 빨려 들어갔다. 명정 안에서 그는 곧 사살될 갱단의 상대 적수 중 하나였다. 누군가가 자신을 향해 응징의 기관총을 쏘았다. 1분에 200발 이상 발사되는 최신의 제원으로. 몸은 수백 발의 총탄이 남긴 탄착군으로 너덜거렸다. 인간의 형해가 사라진 처참해진 몰골을 확인한 그는 더없이 흔쾌해졌다. 유쾌하다 못해 우스워졌다. 그리고 그는 마침내 웃기 시작했다.

고시원 구조는 단순하다. 한 평 남짓 되는 공간에 책상과 침대가 전부인 고시원은 그 단순함을 실천하기에는 더할 나위 없는 적소이다. 먹고 싸고 잠자고 숨만 쉴 것. 숨 쉴 때마다 어둡고 축축한 공간 속 그들의 단말마 비명과 신음, 고문자들의 악취 나는 웃음과 구원을 포기한 영혼을 떠올릴 것. 진상의 자명함을 의심하지 않을 것. 그가 자신에게 내린 지상 명령이다.

오랫동안 그가 신봉해 온 과학은 부정적인 결과의 몫이 적을 때 긍정적 결과의 명백함에 대한 신뢰가 진실인 것으로 확신하게 했다. 구글과 웹사이트 등 모든 탐색 수단을 동원해 예전에 수행한 프로젝트의 다른 자료를 찾아봐도 자신의 연구 데이터 외에는 찾을 수 없었다.

이로써 더 이상 부정을 향한 구차한 핑곗거리는 자기기만일 뿐이다. 이제 그의 목표는 오로지 징벌적 자기소멸로 방향을 정하는 것이라고 결심한다. 소멸 중에서도 가장 철저한 방식으로 말이다. 그렇다고 지사적 결기로 급작스러운 존재의 변화를 꾀하는 것은 산보다 큰 죄과를 씻지 못한다. 단 칼의 멸절을 뜻하는 자기 결단은 국면 회피에 다름아니다. 죽음이 두려워서도 아니다. 그렇다고 살아야 한다는 당위에 매달리는 것도 꾀죄죄하다. 말하자면, 그저 겨우 존재하기. 살아있되 살아있음을 증명하지 못하는 상태. 그렇다. 이것이 그가 떠올린 발상 가운데 가장 최적이었다. 겨우 존재한다는 것은 자신을 향한 최상의 징벌이다. 그리고 그것이 어떤 의미를 던져 줄지는 모르지만 끝 간 데 없이 반성하고 속죄하는 것. 그가 돈으로 판 연구로 인해 고통받고 그 고통의 임계점에 이르러 마침내 거짓 자백으로 무너진 사람들의 면면을 항상 떠올리며 그들이 던지는 증오에 가득 찬 시선을 결코 외면하지 않는 것. 그들이 뱉는 욕설과 침을 한도 없이 모두 받는 것. 그것이야말로 반성과 속죄의 길로 나아가는 작은 출구라고 생각한다.

며칠 전 같은 고시원 족 한 사람이 그에게 말을 붙여 왔다. "이런 곳에 있을 만한 분이 아닌 것 같아서…" 이런 곳에 있을 만한 사람은 어때야 하느냐고 되물으려다 그만두었다. 사내의 손에는 소주 몇 병과 안줏거리가 들려 있었다. 내키지 않았지만 그의 선량한 눈매와 항아리 곡선을 떠올리게 하는 성정이 사내를 방으로 들이게 했다. 사내는 의외로 하고 싶은 말이 많은 듯했다. 건축공사장 감독이었다는 사내는 사고로 인부 몇이 사망하는 바람에 안전사고에 대한 책임으로 '빵깐'엘 갔다 왔다고 억울함을 토로

했다. 빵깐에 있는 동안 아내로부터 이혼장이 날아왔고 아이들도 뿔뿔이 흩어졌다며 상투적인 신세타령을 늘어놓았다. 술잔을 입에 대지도 않는 그에게 사내가 채근하듯 칭얼거렸다. "형씨, 무슨 사연인지 모르지만 여기까지 흘러 들어오게 된 사정이나 들어봅시다." 그는 입을 열어야 할 이유를 찾지 못했다. 곧 여기를 떠야겠다는 생각이 피어올랐다. 여기서 사람들과 왕배덕배 하며 교유한다는 것은 겨우 사는 방법과는 거리가 멀었다. 그는 무연히 사내의 눈을 들여다보았다. 핏발이 선 흰자위에 부끄럽지 않게 살아온 자부심이 오롯이 새겨져 있었다. 억울하지만 치사하게는 살지 않았다고 부르짖고 있었다. 그는 근거 없는 부끄러움이 깊은 곳에서 스멀스멀 오르는 것을 어쩌지 못했다.

그는 눈을 질끈 감았다. 그리고 중얼거리듯 사내에게 말했다. "나는 말이오. 선생에 비하면 천하의 몹쓸 놈이오. 더 많은 사람을 죽였단 말이오. 나는 천벌을 받을 거요. 아시겠소?" 그는 다음 날 고시원을 나왔다.

우주의 티끌에 불과한 지구라는 행성이 돌아누우려고 한다. 행성의 그늘을 사람들은 어둠이라 말한다. 그것도 칠흑 같은. 그들 영혼 갈피에 드리워진 어둠은 찾지 못한 채.

그는 몇 시간 동안 걷고 있다. 걷고 있는 길이 어디쯤인지 알지 못한다. 등에는 비상시에도 전혀 도움이 되지 않는 배낭 하나 달랑 매달려 있다.

서울로부터 되도록 먼 길을 택했다. 몇 번이나 시외버스를 갈아탔는지 모른다. 좌우로 울창한 소나무, 잣나무, 갈참나무 숲이 펼쳐져 있고 그 사이로 편도 1차선 도로가 가운데 노란선을 물고 뱀의 똬리처럼 이어진다. 깊은 산중 도로여서인지 오가는 차도 드물다. 마을이 나타나지 않는다면 숲에서 밤을 지새울 것이고 준비된 침낭도 없으므로 그는 밤새 한기로 고통을 받을 것이라고 생각한다. 고통이 깊으면 깊을수록 좋을 것이다. 저체온 중으로 자는 듯이 숨이 멎어도 좋을 것이다. 그 후 오래도록 발견되지 않으면 더없이 좋을 것이다. 살점이 마지막 부패로 허공에 악취를 날려버리고 눈구멍에 쉬가 슬어도 가중스러움은 줄어들지 않을 것이다.

얼마나 걸었을까. 고갯마루 형태로 굽은 도로를 걸을 즈음, 뒤에서 차 한 대가 다가온다. 그를 무연히 지나는가 싶더니 몇 십 미터를 가던 차가 멈춰 선다. 스포츠 유틸리티 승용차는 잠시 자리에 머물다 비상등을 켜고 위험하게도 후진으로 역주행하기 시작한다. 그의 곁까지 이른 차가 보행 속도로 다시 천천히 나아간다. 그는 차를 향해 눈길을 주지 않는다. 쓸데없는 용무가 있는 쪽은 차일 것이다. 차 운전자는 그를 한참이나 지켜보고 있다. 이윽고 조수석 창문이 열리고 운전자가 그에게 말을 건넨다. "어디까지 가십니까?" 그는 운전자를 바라보지도 대꾸하지도 않는다. "배낭에 텐트도 없는 것 같은데, 내가 이곳 지리를 잘 알아요. 사람 사는 데까지는 차로 30분은 가야 돼요." 세상에는 오지랖이 넓은 이도 많다. 그는 앞을 바라보며 내버려두라는 의중으로 손을 뒤에서 앞으로 흔든다. 운전자는 잠시 머뭇거리다 별난 놈은 바로 너라는 투로 "나도 집 나와 봤지만 여긴 아닌 것 같소." 하고 말한다. 그는 급격한 자신의 절멸을 떠올린다. 이건 아니다 싶어 마지못해 그는 조수석에 올라탄다. 운전석에는 50대의 인상 좋은 사내가 앉아 있다. "이 깊은 산길을 혼자 걷는 사람은 처음 봤어요. 길을 잃은 겁니까?" 호의를 베푸는 사람에게 침묵은 예의가 아니다. 소금기 없는 어조로 그가 입을 연다. "선생은 사람을 죽여 봤습니까?" 운전자는 이건 무슨 개가 풀 뜯어 먹는 소린가 하며 입꼬리를 말아 올린다. "그럴 리가요" "전 사람을 죽였습니다. 지금도 나 때문에 죽어가고 있어요." 운전자는 사람을 잘못 태운 자신의 머리통을 갈기고 싶어진다. "사정은 그렇다치고 어디를 가는 중입니까?" 그는 운동권 친구들의 포효를 빌려 필요 이상으로 목청을 돋워 고함친다. "한 인간을 잡으러 갑니다. 짐승만도 못한 놈을. 쳐 죽여도 시원찮을 놈을요." 그는 차에서 내릴 때까지 계속 잠꼬대처럼 되뇐다. 쳐 죽여도 시원찮을…

거울의 반역

휴대폰에서 메시지 도착 알림음이 경쾌하게 울리는 것은 누구에게나 동등하게 부여된 하루가 시작된다는 것을 의미한다. 아파트 아래 지상 주차장에서 손씨 성을 가진 기사가 도착해 하루 시작의 커튼을 올리려 하고 있다. 충남 공주 지역구 출신 2선 국회의원 장을태. 그는 지금 안방 거울 앞에 서 있다. 감청색 윤기가 어깨로부터 가슴으로 흘러내리는 수트는 국민 대의기구 일원으로서 품위와 권위에 너끈히 값한다. 거기다 짙은 연지색 바탕에 코발트색 사선 스트라이프로 정갈함과 중후함을 동시에 드러내는 넥타이가 주인의 활력을 가감 없이 드러낸다.

6시면 휴대폰 알람 소리보다 먼저 일어나 한 시간 이상 외모 단장에 공을 들인다. 연수기 샤워와 면도, 이어서 베르가모트 향의 스킨과 로즈마리 향 로션을 얼굴에 문지르는 게 밀폐된 공간에서 열린 공간으로 나아가기 위한 일정이다. 다만 한 가지, 코를 타고 뻗어내리는 법령선 왼편 안쪽에 돋은 검은 점 하나. 면도할 때마다 날이 닿지 않기 위해 밤새 생기있게 되살아난 신경 말초에 불을 켠다. 번연히 그럴 위험성으로 알고도 면도날에 돋은 점 끝이 닿는 날이면 지혈을 위해 손 기사의 기다림은 연장된다. 피부과에 들러 레이저로 점을 날려버려야겠다는 생각을 하지만 그것은 생각뿐, 다음 날 면도날이 점 부근에서 머뭇거리는 모습을 화장실 거울을 통해 다시 확인한다.

안방 거울에서 전신을 빼내 올 무렵, 아내의 잠에 취한 목소리가 침대 한편에서 피어오른다.

장 의원, 오늘도 주님과 함께 승리를!

아내는 그를 늘 장 의원이라 불렀다. 그의 아내는 모 대학병원 산부인과 전문의다. 대학병원에서 아이를 낳을 일이 없으므로 그녀는 내분비과처럼 여성 호르몬 클리닉을 개설했다. 남자도 그렇지만 여자는 특히 호르몬의 지배를 받는답니다. 노화, 질병, 사랑도 호르몬의 장난이죠. 그녀의 호르몬에 대한 집착은 거의 신앙에 가깝다. 거기다 그녀는 잠꼬대에서도 성경 구절을 외는, 독실하다 못해 광신에 가까운 개신교 신자이기도 하다.

아내의 조부는 해방 이후 신의주에서 목회 활동을 하다 공산당의 억압에 못 이겨 전쟁 직전 남하했다고 했다. 서울에 정착한 조부는 서북청년단에 들어가 철저한 반공주의자가 된다. 아내의 말에 따르면 조부의 손에 의해 셀 수도 없을 만큼 빨갱이들의 목이 달아났던 것 같다.

장을태 의원은 손 기사가 다소곳이 두 손 모아 기다렸다 열어주는 검정색 세단 뒷좌석에 몸을 실으면서 한때 극렬한 운동권이었던 자신이 극우의 본산이던 서북청년단 집안과의 범상치 않은 인연을 무연히 떠올린다.

레지던트였던 아내와의 몇 년 연애 끝에 대면 인사차 들른, 훗날 처가 집이 될 그곳에서 그녀의 80대 말 연배의 조부와 대면할 줄은 미처 예상하지 못했다. 서울 평창동의 숲속에 자리 잡은 고색창연한 저택의 연초록 잔디 마당을 지나, 널찍한 거실에 들어서자 이 집이 기독교 집안이라는 것을 경건하게 드러냈다. 거실 벽 정면에 성경 시편 한 구절을 한글 흘림체로 편액으로 걸어놔, 보는 이들의 세속에서 찌든 세포들을 정화시켰다. 그를 맞은 가족이라 해봐야 그녀 조부와 부모, 단 세 사람이었던 것으로 기억한다. 하지만 어느 식솔의 무게보다 근엄과 장중함으로 분위기를 짓누르고 있었다.

그래, 종교는 있는가.

초면의 그에게 던진 조부의 첫 물음이었고 그것은 그의 예상을 그다지 벗어나지 않았다.

없습니다.

그녀 조부와 부모의 얼굴에서 희망이 민들레 홀씨처럼 빠져나가는 게 보였다. 그녀의 아버지가 덧붙였다.

만일 우리 식구가 된다면 필히 신앙을 가져야 할 거야.

그는 침묵으로 긍정도 부정도 하지 않았다.

듣자 하니 대학에서 빨갱이들 두목 노릇 했다던데.

그녀의 조부는 마치 남산 기관원이 용공 용의자 심문하듯 그를 노려보았다. 빨갱이 두목. 장을태는 웃지 말아야 할 자리인 것을 잠시 잊었다. 그는 입꼬리를 말아 올렸다. 1987년 당시 이른바 '서울의 봄'이라는 시절, 모 대학 총학생회장이 이끈 학생들의 주장은 군사정권의 폭압에 맞서 민주주의를 되찾자는 게 주된 슬로건이었다. 서북청년단 출신인 그녀의 조부가 빨갱이라고 운운하는 것은 그의 망막에 여전히 해방공간의 시간이 아로새겨져 있다는 것을 의미했다.

그게 실격 사유라면 손녀 따님과 결별하겠습니다, 어르신.

그때 갑자기 좌중의 평온을 찢고 태아의 울음처럼 솟구친 두 옥타브 높은 앙칼진 음성. 이어 빙하기를 맞닥뜨린 냉기.

다들 지금 무슨 얘기들 하고 있는 거예요?

황경미. 그의 곁에서 다소곳하던 그녀가 터져 나오는 기침처럼 버럭 언성을 높인 것 역시 뜻밖이었다.

그건 절대 안 돼요. 나는 어쩌고요, 그리고 아이는요.

좌중에 소형 원자탄이라도 터뜨린 메가톤급 폭발이었다. 누군가 그 자리에 있었다면 가관이 아니라 그런 진풍경이 없다고 말했을지도 모르겠다. 세 사람의 입이 하나같이 벌어져 그들 내부에서 오랜 기도로 성스럽게 다져진 영혼이 어디론가 달아나고 있었다. 그들이 세상을 향해 부르대던 집안의 가훈과 기치, 신 앞에서의 순명, 청교도적인 정결이 그들 영혼과 함께 달아나는 것처럼 보였다. 놀란 개구리의 입은 다른 한 사람에게도 예외는 아니었다. 레지던트 황경미는 이미 수습하기에 늦었음을 깨달았는지 눈을 질끈 감았고, 장을태는 내려 깐 눈 아래 낭패감을 지그시 눌렀다. 그것으로 모든 게 끝이지 싶었다.

그녀에게서 처음 듣는 말이었다. 산부인과 레지던트. 잉태의 전문인 그녀가 방심할 리가 없었다. 그렇다면… 장을태는 황경미를 돌아보았다. 모든 걸 체념한 듯 눈을 감고 있는 여자가 베르테르의 연인 샤롯데, 아니 로미오의 운명녀 줄리엣보다 더 사랑스럽게 보였다. 이 여자는 한 사내에게 올인한 게 틀림없었다. 여자의 마지막 투쟁 수단은 한 남자의 아이를 갖는 것이라고 가족들을 향해 주장하는 것 같았다. 그는 훈련받지 않은 보더콜리나 불테리어가 뒤엎은 난장판 같은 상황 속에서도 한 여자의 외곬에 대해 감탄했다.

죄송합니다. 상황이 돌변했습니다. 제가 빨갱이 끄나풀일지라도 손녀 따님을 위해 조촐한 일생을 바치겠습니다. 저는 향후 언론사에서 저널리스트가 될 소망을 가지고 있습니다. 그럼 이만 물러가겠습니다.

도망치듯 그녀의 집에서 빠져나오는 그를 황경미가 뒤따랐는지 어쨌는지는 기억나지 않았다. 어차피 인생은 도 아니면 모일 터라고 어금니가 바스러지도록 사리물었다.

장을태 의원은 차 뒷좌석에서 보좌관의 일일 브리핑을 전화로 받는다.

그저께 여당에서 발의한 '친일 반민족 행위 진상규명 특별법' 개정안이 법사위로 올라갔나?

행정자치 위원회 소속인 그에게 최근 초미의 관심사가 바로 이 친일 진상규명법이다. 대학 총학생회장 시절이었다면 혈서를 쓰는 한이 있더라도 찬성했을 것이다. 민족정기를 바로 세우는 일에 여야가 따로 없다고 불을 토했을 것이다. 그러나 그때는 맞고 지금은 틀리다고 그는 생각한다.

의원님, 여야 의원 170여 명이 서명한 법안인데 법사위에서 제동을 걸 수 있을까요.

박 보좌관, 법사 위원장이 우리 당이니까 절차와 명분, 현실적 난항을 꼬투리 삼아 저지하면 될 거야.

의원님, 이번 특별법이 통과되지 말아야 할 특별한 이유라도 있습니까? 보좌관인 제가 알면 안 되는 일입니까?

그는 목 안에 솜뭉치를 쑤셔 넣은 것 같은 느낌이 든다. 침묵은 오래 기다리지 않는 동물과도 같다.

박 보좌관, 그렇지 않은가. 이번 특별법 개정안에는 당시 일제 하의 고등관, 군수, 경시, 소위까지 범위를 확대해서 다 조사하자는 건데 이게 말이 되는가. 그들은 일개 생활인에 불과하잖아. 그들이 천황을 숭배하고 일본의 식민 지배 이념에 충실했다는 증거도 없지 않냔 말이지.

네, 의원님 말씀도 일리는 있습니다만 그 와중에도 만주와 중국에서 독립운동한 분들도 계시지 않습니까. 그들과 비교하면 친일은 어쨌든 친일이라는 생각이 듭니다.

어허, 이 사람 이거. 그 자리는 그들 아니라도 누군가가 있어야 할 곳이었네. 이런 말이 있지 않나. 삶은 계속되어야 한다는. 그리고 이번 개정안에는 조사 대상자와 관련 위원회 조사내용을 공개할 수 없도록 한 조항까지 삭제한단 말이야. 이건 위헌의 소지가 있어. 아무리 좋은 명분이라도 개인의 사생활까지 침해할 수 없다고 봐.

눈치 빠른 박 보좌관은 상전의 심기를 거스를 생각이 전혀 없다. 그는 특별법이 법사위로 넘어갔는지와 법사위에서의 통과 여부를 곧 보고하겠다며 통화를 끝낸다.

강남에서 여의도로 이어진 도로는 출근 시간대를 만나 진창처럼 질척거린다. 목구멍에서는 아직도 솜뭉치가 걸려 있다. 차 안의 공기는 습기가 바짝 졸아든 것처럼 뻑뻑하다.

장을태 의원은 조금 전 보좌관에게 건넨 말을 곱씹는다. 왠지 자신이 한 말 같지 않다. 누군가 총부리를 턱에 대고 시키는 대로 읊조린 것 같다. 한때 옳고 그름에 대한 판단은 서슬 푸른 칼날처럼 명료했다. '서울의 봄' 시절 체포되어 남산 지하실에서 당하던 고문의 고통 속에서도 명료함은 흔들리지 않았다. 얼굴을 덮은 수건의 작은 틈새를 채운 물기가 숨통을 막았어도 오히려 더 또렷했다. 그런 자신에게 어떤 일이 있었던가. 무엇이 자신을 '그때는 맞고 지금은 틀리다'는 생각에 젖게 했는가. 그는 홀연히 지나간 시간을 소환한다.

노태우 당시 대통령 후보의 직선제 개헌 수용 발표가 난 뒤 며칠 만에 장을태는 운동권 학생들과 함께 기소유예로 구치소에서 풀려났다. 구치소 정문 앞에는 황경미와 다른 운동권 동지들이 그를 맞았다. 비닐봉지에 싼 큼지막한 두부를 씹으며 그는 문득 조서를 꾸미던 조사계 형사의 말을 떠올렸다.

집이 좀 사네. 이렇게 여유 있는 집 자식이 뭐가 아쉽다고 운동질하냐.

운동권 학생들을 전담 조사한 형사의 경험 안에 세상의 이치가 들어 있었다. 그러고 보니 다른 학교 운동권 아이들의 형편은 자신처럼 그리 넉넉지 않았다. 농투성이 부모 아니면 도시 빈민 계층 부모 슬하에서 사회 구조의 모순을 몸으로 절감하던 친구들이었다. 그들은 술추렴 비용도 없어 계산 무렵이면 늘 장을태를 향해 눈길을 던졌다. 종교계의 부르주아인 황경미 마저도 그를 '기름진 운동권'이라고 놀려댔다.

국민의 손으로 직접 뽑은 대통령이 이전 대통령의 친구라는 사실에 별다른 이의를 제기하지 않은 채 시국은 그런대로 평정을 되찾았다. 캠퍼스에서 누리던 조족지혈 같은 권력에 입맛을 들인 그는 세칭 네 번째 권부라 일컫는 언론으로 눈을 돌렸다. 구독자 수로 국내에서 자웅을 겨루던 유서 깊은 신문사들의 필기시험에서 그는 상위권을 차지했다. 최종 면접에서 면접관은 그에게 아버지가 무슨 일을 하는지 물었다.

백수건달이었는데 그나마 제가 고등학생 때 집을 나가버렸습니다

얼굴이 불콰해진 건 오히려 면접관 쪽이었다. 면접관의 공세는 이어졌다.

총학생회장 운동권 출신이 쓴 기사가 신문사 편집 방향과 배치될 경우 어떻게 하겠습니까?

절이 싫으면 중이 떠나야죠.

결과는 신문사 직원들 사이에, 이번 신입 기자 지망생 중에 미친 놈 하나가 있었다는 우스개 안줏감으로 끝났다. 그는 결국 펜 대신 마이크를 잡는 쪽으로 운신했다. 방송사 역시 관영 매체나 다름없었다. 카메라 앞에 서서 공무원이 배포한 홍보자료나 읽는 자신에게서 어느 날 뼈 썩는 냄새가 난다는 것을 알았다. 그는 다시 '미친 놈'이 되어 국내 처음으로 방송사 노조를 결성했고 위원장으로서 최초로 파업까지 일으켰다.

그는 해직당할 위기에 놓였지만 아직 저승길을 예약하지 않은 황경미의 조부 덕으로 무사할 수 있었다.

어느 날 노조원들과의 회합에서 술기운에 젖은 장을태는 뜬금없이 모친에게 주사를 빙자해 시비를 걸었다.

엄니. 아버진 무슨 이유로 가출했어유? 그리고 별다른 벌이도 없는데 우리 집은 아 씨발, 화수분이라도 키우남유, 왜 이렇게 번지르르 한가유?

장을태의 모친 김씨 부인은 세속적인 사람이 아니었다. 마치 언젠가 아들이 그렇게 패악질로 대들 것을 예상한 것처럼 그녀의 표정에는 변화가 없었다. 그녀의 한숨은 깊은 내력을 가진 것처럼 보였다. 남편에 대한 원망이 눈에 담길 인격체가 아니었다. 그녀의 생각이 길어졌고 끝나가는 부분에서 봄날의 꽃대처럼 눈빛이 흔들렸다. 그녀는 그가 알지 못하는 결심이 선 것 같았다. 그녀는 집안 어디론가 자취를 감춘 뒤 한참 지나서야 아들 앞에 나타났다. 그녀의 가슴을 가릴 정도의 큼지막한 보따리를 안고서.

풀어 보아라.

그녀의 음성은 마치 최후의 항전을 앞둔 결사대의 비장함을 머금고 있었다. 보자기의 묶음을 풀자 칠보 단자와 같은 나전 칠기 무늬의 화사한 상자가 고급스러운 빛을 튕겨냈다.

상자를 열거라.

정교하게 만든 잠금쇠의 빗장을 풀고 상자의 뚜껑을 들어 올리자 그에게 누군가가 뒤 목을 내려친 듯했다. 미세 혈관을 포함한 모든 혈관에서 피가 빠져나가는 것 같았다. 어쩌면 잠시 현기증마저 느꼈을지 싶다.

상자 안을 채우고 있는 것은 7개의 붉은 비단 홈과 여전히 광채를 잃지 않는 금괴였다. 순도純度 99.99%. 그리고 그 아래 쇼와[昭和]라고 찍힌 문자. 장을태는 이집트 룩소에 있는 왕들의 계곡에서, 어느 피라미드 안에 와 있는 듯한 비현실감에 사로잡혔다. 이 놀라운 상황에 대한 해명이 필요했다. 그는 방금 관에서 일어난 미라의 표정으로 모친을 바라보았다. 더욱 놀라운 것은 여전히 침착함과 냉정을 잃지 않고 있는 그녀의 석고상 같은 자태였다.

얘기를 하자면 길다.

밤을 새워도 괜찮으니 숨김없이 해주십시오.
장을태는 그녀 앞에서 호기심에 몸이 단 아이가 되었다.

네가 운동권 학생으로 데모에 열을 올리던 때로부터 몇 년 전, 모 방송국에서 '거부열전'이라는 연속극을 방송한 적이 있었다. 공주 갑부 김갑순이라는 거부의 일생을 다룬 드라마였지. 드라마가 방송되기 1년 전에 방송국에서 날 찾는다는 얘기가 들리더구나. 나는 무슨 일인가 싶었지. 나와 방송국은 이어질래야 이어질 끄나풀 하나 없었으니까. 어느 날 전화를 건 방송국 사람들이 공주 갑부 김갑순에 관해 알고 싶은 게 있다고 하더구나. 난 처음엔 시치미를 뗐어. 김갑순이고 뭐고 나랑은 아무 상관이 없다고 말이야. 그런데 작가라고 하는 사람이 네 외할머니 이름을 대는 거야. 나는 혼절해서 자리에 주저앉을 뻔했어. 어머니, 내 어머니를 어떻게 아느냐고 물었지. 작가는 전화상으론 얘기할 수 없으니까 만나자는 거야. 어쩌겠어. 결정적인 인물의 가리사니를 대는데.
그리고 그들이 왔어. 내가 바깥은 싫으니까 집으로 오라고 했지. 드라마 피디와 남자 작가 그리고 젊은 여자, 해서 세 명이 왔더라고. 우리 집을 이렇게 둘러보더니 고개를 끄덕였어. 나는 이유를 몰랐어.
내가 얘기를 시작하니 여자아이가 녹음기를 작동시켰어. 먼저 네 외할머니와는 어떤 관계냐고 확인하듯 물었어. 나는… 내 어머니가 분명하다고 했지. 살아계시냐고 하길래 수년 전 돌아가셨다고 그랬어. 네 외할머니에 대해서 아는 게 있느냐고 하더군. 난 들은 것만 안다고 대답했어. 그거라도 말해주면 고맙겠다고 그러더군.

내 어머니는 권번 출신 기생이었어. 인물도 곱고 예인으로서 재주도 출중해 일제 강점기 때 경성 요정에 있었는데 한때 경성에 머물던 김갑순의 눈에 들었던 게지. 김갑순이 네 외할머니 머리를 올려준 뒤 공주 군수로 내려왔을 때 같이 왔다고 했어. 김갑순에게는 처가 10명 남짓 있었다고 남들이 그러는데 정실 외에는 모두 첩실이었을 거야. 하루는 김갑순이 네 외할머니에게 첩실로 들어오겠냐고 물었겠지. 네 외할머니는 한사코 거부했다고 했어. 김갑순이 왜 그러냐고 그랬겠지. 네 외할머니는 첩실이라는 신분도 싫고 다른 여자들과의 관계도 내키지 않는다고 그랬대. 그랬더니 김갑순이 빙그레 웃더라고 네 외할머니가 전했어. 남들은 첩실이 못되어 안달인데 임자는 성정이 곧아 더 애착이 간다고 달게 굴더라는 거야. 네 외할머니가 나중에 안 사실은 김갑순은 당신 외에도 여러 여자와 정분이 나 있었다고 했어.

어느 날 네 외할머니에게 입덧이 찾아 왔어. 처음에는 김갑순에게 비밀로 했다고 그랬어. 그러나 그게 숨긴다고 되겠어. 김갑순이 의외로 그렇게 기뻐하더라는 거야. 10명의 본부인과 첩실 사이에 아이들을 주렁주렁 만들어 놓고도 어머니, 그러니까 네 외할머니의 회임에 특별한 감회를 보였다는 건 뭘 의미하는 걸까. 네 외할머니 말로는 그때가 당신의 생애 가운데 가장 행복한 시절이었다고 했어. 배가 불러오는 와중에도 김갑순은 네 외할머니 무릎을 베고 누워 가야금 병창 소리 들으며 잠들곤 했다는 거야.

작가가 내게 재우쳐 물었어. 그러면 정말 김갑순이 부친 되시냐고. 나는 마지 못해 그런 것 같다고 했어. 그러고 보니 김갑순이 네 외조부가 되는 셈이네.

어찌 보면 어느 시대에나 인간의 행복은 한 사내와 여인이 지어내는 정분 안에서도 충분한 것인가 봐.

내가 아들이 아니라는 소식을 듣고도 김갑순은 그다지 실망하지 않았다고 해. 오히려 두 모녀가 먹고살라고 공주 일원에 땅 100마지기와 기와집 한 채를 마련해 주었대.

드라마 팀들에게는 김갑순에 관한 삽화 몇 가지를 들려주니 그것으로 취재를 끝내더라고. 1년 뒤에 드라마로 제작할 예정이니 꼭 한번 보라고 하면서.

이제 금괴에 관해 얘기해야 할 때가 왔구나. 네가 백일이 되었을 때 김갑순, 아니 네 외할아버지가 백일 반지 대신 네 외할머니에게 준 선물이라 들었어. 역시 통 큰 부자는 뭔가 달라도 다른 게야.

네 아비는 김갑순이 남긴 재산 덕분에 손끝 하나 부리지 않고 백수로 편히 먹고살았지. 그랬으면 양반이었게. 어디서 노름 버릇을 들여 허구헌 날 노름 자금을 대 달라고 하는데 나중에는 그 금괴까지 언급하는 거야. 난 차라리 집을 나가든 어디서 계집질 하든 상관없으니 내 눈앞에서 없어져 달라고 천둥소리로 내쳤지. 그러곤 횅하니 집을 나간 뒤 지금까지 소식이 없어. 그게 다야. 어디서 뭘 하다 객사했는지. 지금은 꿈에도 나타나질 않아.

그래도 아들아, 네 아비를 원망하지 마라. 네 아비도 너 못지않게 의협심이 강한 사람이었어. 모든 사달은 네 외할아버지, 네 아비에겐 장인이 되겠지, 그 인간에게서 비롯된 거야. 하긴 생전 김갑순을 장인이라고 불러본 적이 없었으니까.

시대를 잘못 타고 태어난 사람들은 자기 인생의 주인 노릇 하기가 여간 힘든 게 아니란다. 네 외할아버지 김갑순과 네 외할머니 그리고 네 아비 모두 자기 삶을 주체적으로 지배하지 못했어. 따지고 보면 폭풍처럼 몰아치는 시대 변화에 이리저리 휩쓸린 파고 위의 조각배일 뿐이었다고나 할까.

황경미 조부 말마따나 빨갱이의 두목인 장을태는 모친 김씨 부인으로부터 전해 들은 가계의 진실과 자신의 실존적인 상황이 만든 괴리에 한동안 도시를 떠도는 유령처럼 변모한다. 모든 관계, 소통은 물론 그는 말 그대로 철저한 증발을 시도한다.

인간 싹수를 일찌감치 알아보는 눈을 가진 황경미는 뱃속에서 커가는 아이 아빠가 연락이 닿지 않자 새벽기도에서 예수를 향해 베팅까지 하기에 이른다. 만일 장을태에게 무슨 일이 생긴다면 당신은 사기꾼이라고 십자가를 향해 무언으로 외친다.

방송사에는 휴직계를 내고 홀연히 사라진 장을태의 행방을 아는 이는 아무도 없었다. 무선호출기도 꺼진 상태라 황경미와 방송사 노조 집행부는 장을태의 불행한 시간 쪽으로만 상상력을 펼쳤다.

장을태는 어디로 갔는가. 그에게 무슨 일이 있었는가.

그 무렵 장을태는 공주에 머무르고 있었다. 자신에게 피를 이어준 김갑순이 어떤 인물인지 알기 위해서였다. 서울에서 친일 관련 특집 보도 프로그램 제작을 위해 취재 온 기자 연하면서 그는 공주시청과 김갑순의 행적이 있을 만한 곳을 샅샅이 뒤졌다. 쉬운 게 하나도 없었다. 서울에서 내려온 기자 신분증 덕분에 공무원들의 도움을 받았지만 어디에도 김갑순에 관한 기록이 남아 있지 않았다. 공무원들은 김갑순의 유명세에 대해서 오래전에 동네 노인들로부터 얘기만 들었다며 고개를 저었다.

공주에 내려온 지 열흘 이상을 단서 하나 건지지 못한 그는 절망했다. 해가 기울면 옆 방의 남녀 교성이 들리는 여관에서 강술로 속을 채웠다. 속이 아니라 그의 무너진 신념체계와 방향을 잃고 갈피를 잡지 못하는 빈껍데기 영혼을 채웠다. 반식민 반제국주의 민중 민주주의를 신조로 몸을 이루는 200여 개의 뼈 마디마디에 아로새겼던 그가 공주의 바퀴벌레도 알고 있는 김갑순이라는 인물의 피를 이어받았다는 사실이 허구처럼 느껴졌다. 소설을 써도 핍진성이 떨어져 외면당하기 맞춤인 개연성이었다. 밤마다 술에 절어 쓰러져 취한 잠에 모친이 펼친 상자 속의 금괴가 꿈에 나타났다. 더욱이 금괴 위에 새겨진 쇼와[昭和]라는 문자는 굵은 오랏줄이 되어 그의 목을 매달았다. 때로는 형상도 불분명한 악귀로 변해 그의 전신을 눌렀다.

공주에서의 시간은 더디게 흘렀다. 언젠가는 무작정 시내버스를 타고 종점까지 가보기도 했고 도중에 내려 드넓은 평야를 무심코 거닐어보기도 했다. 몇 개의 언덕과 논두렁 사이를 걸으며 그는 하나의 생각을 밀어내고 다른 생각으로 그 자리를 채웠다. 농기구를 들고 오는 어느 노인을 만나면 무턱대고 김갑순이란 이름을 들어봤냐고 물었고, 늘 돌아오는 것은 옛날 어릴 적에 이름만 들어봤다는 답이었다.

장을태는 면내 최고령 노인을 소개해달라고 부탁했다. 노인은 그의 아래 위를 찬찬히 훑고 나서 날 따라오슈, 하며 앞장을 섰다.

노인의 안내로 10여 분간 걸은 뒤 도착한 곳은 전형적인 농가였다. 마당 너머 어둑신한 안채에 거동이 편하지 않은 한 노인이

인기척에 고개를 돌렸다.

어르신, 김갑순이라는 사람 알쥬?

노인의 말에 거의 백 세에 이른 노인은 어린아이의 해맑은 눈을 치켜들었다. 가는 귀가 먹었는지 누구? 하다 다시 되뇐 노인의 말에 보일 듯 말 듯 고개를 끄덕였다.

내가 그 어르신 마름 아들인디 모를 리가 있것슈.

노인은 위아래로 두어 개 남짓 남은 이 사이로 조성해내는 음절에서 바람 빠져나가는 소리가 났다. 더 젊은 노인은 본의 아니게 통역 역할을 했다.

백세 노인이 들려주는 김갑순의 일대기는 친일이나 반일 따위의 이념보다 한 인간 삶의 팝진함 그 자체였다.

천백십만 평의 토지와 수백의 소작인들. 김갑순은 일정 소작료만 내면 나머지 소출은 모두 소작농에게 돌아가도록 했다는 미담은 거짓이 아니었다.

장을태는 노인에게 김갑순을 어떻게 생각하느냐고 마지막으로 물었다. 노인은 아이의 눈빛을 거두고 세상 모든 시름을 담은 눈을 게슴츠레 떴다.

시상은 그분을 친일파다 뭐다 허지만유 여그 공주 사람들은 모다 밥먹게 해준 고마운 지주라고 여기는구먼유. 아 그때 갭순이 땅 안 밟고 산 사람이 어딧슈. 이제 와서 그렇게들 말하면 안 되지유.

장을태는 서울로 올라오기 하루 전 금강 강변을 걸었다. 며칠간 그는 술을 전혀 입에 대지도 않았다. 마셔야 할 이유가 사라진 것 같았다. 그간 그의 머릿속을 채우고 있던 뒤엉킨 실타래가 저절로 풀어진 것처럼 보였다. 한동안 뜻을 잃고 떠돌던 단어와 개념들이 그의 내부에서 사열하는 군인들처럼 단단하고 가지런해졌다. 길고 느릿하게 흐르던 절망의 순간들이 금강의 맑은 물속으로 자맥질하는 것처럼 보였다. 일관성의 상실이라고 해도 좋았고 변신의 길을 걷고 있다고 해도 좋았다. 그는 이전까지 한 번도 경험하지 않은 새로운 생각으로 머리를 채웠다. 그는 서둘러 서울행 버스에 몸을 실었다.

방송사에 복직한 장을태는 노조 위원장을 그만두었다. 노조 집행부는 다양한 표정으로 예단하려 애썼으나 한 사람의 속내에 접근하는 데에는 실패했다. 그저 일신상의 이유로라고 밝힌 장을태는 후임 위원장의 인선으로 바빠진 사람들의 생각에서 곧 밀려났다.

총선이 6개월 남지 않은 시점이었다. 그는 정치부 기자 시절 친분이 있던 야당 모 국회의원에게 전화를 걸었다.

의원님, 장을탭니다.

의원은 잠시 기억을 더듬는가 싶더니 아, 장 기자하고 반색했다.

의원님, 이번 총선 공주 지역구 후보가 공석이지요.

공주? 아 그렇지. 얼마 전 동료의원이 보좌관이 사고 치는 바람에 의원직을 상실했지. 그런데 왜 그러시나.

전화상으로는 좀 그렇고 찾아뵙고 상의 드리겠습니다.

여의도 국회 근처 한정식집에서 장을태의 이야기를 들은 의원은 엘리베이터 문에 낀 사람처럼 황당한 표정을 지었다. 불과 얼마 전까지 대한민국 최초 노조 설립과 초유의 파업으로 브라운관을 뜨겁게 달구던 주인공이 내뱉은 말이라고는 믿기 어려웠다. 이야기 도중에 꺼낸 장 기자의 작심 어린 토로를 대하자 의원은 희귀종 천연기념물을 본 것처럼 눈동자가 굳어졌다.

야아, 그러니까 장 기자의 외조부가 김갑순이라는 얘깁니까. 인생유전이라더니 대학 총학생회장 출신 운동권에다 방송사 노조 위원장이 그 유명한 공주 갑부 김갑순의 외손자라. 허허 참.

의원님, 도와 주십시오. 이번 총선에서 공주 지역 후보로 절 추천해주십시오. 최고위원이시니까 능력이 되시잖습니까. 추천이 안 된다면 길이라도 만들어 주십시오. 제힘으로 노력해 보겠습니다.

의원은 그제서야 퍼즐의 조각이 맞춰진다는 듯이 입꼬리를 살짝 밀어 올렸다.

아이고 장 기자 만한 인물이 어디 쉽습니까. 아마 당에서도 흔쾌히 수락할 겁니다. 공주에서 김갑순 덕 안 본 사람 어디 있습니까. 떼어 놓은 당상이지요. 그런데 장 기자 이렇게 백팔십도 방향 전환해도 괜찮겠어요?

장을태는 그것이 가장 큰 걸림돌이지 싶었다. 수많은 매체에서 하이에나처럼 뜯어먹으려고 달려들 것이다. 좌에서 우로. 왜 그는 다른 날개를 달아야 했나. 반면, 그가 입사 면접에서 '미친놈' 행세하며 말을 가리지도 않았던 보수 신문들은 그에게서 신선한 면을 보았다며 면접의 일화를 마치 특별한 인물의 면모로 주워섬길 것이다. 그는 문득 생각했다. 외조부라면 어떻게 처신했을까. 그의 혈관을 타고 흐르는 외조부의 유전 인자에게 묻고 싶었다.

그해 총선의 화제는 단연 공주 지역의 장을태였다. 그는 마침내 꼭꼭 숨겨 두었던 전가의 보도, 김갑순을 팔기 시작했다.

공주시 유권자 여러분, 김갑순이라는 이름을 기억하십니까. 공주 시민 열 분 중에 한 분은 그분의 땅에서 난 쌀로 밥을 해서 먹고 살았습니다. 이 장을태가 누군지 아십니까. 바로 김갑순의 외손자입니다. 저의 외할아버지가 바로 그 유명한 공주 갑부 김갑순이란 말입니다, 여러분.

총학생회장과 노조 위원장 당시 쌓았던 연설 기법이 공주에서 쓰일 것이라고는 생각하지 못했다. 젊은이들이 떠나버린 공주와 부여의 장년, 노년층들은 그를 향해 손을 흔들었다. 전설 속의 인물, 말로만 듣던 그 김갑순이 공주와 부여 바닥을 횡행하고 있었다.

장을태, 공주 갑부 김갑순의 외손자는 그렇게 해서 공주, 부여 지역구에서 아니 전국에서 최다 득표로 보수 야당 국회의원에 당선하게 된다. 귀한 손녀딸을 약탈하다시피 채어간 불한당 같은 놈, 장을태에 대한 황경미 조부의 시각에 변화의 조짐이 일었다. 판단을 잠시 흐린 것은 신앙 탓일 수도 있다는 개연성을 호주머니에 묵묵히 찔러 넣었다. 손녀사위가 보수 쪽으로 돌아선 이상 가재를 아낄 이유가 없었다. 자원 봉사자를 제외한 사람들은 거의 황경미의 조부 교회 조직을 동원한 것이라는 얘기를 지역당 관계자들로부터 들었다.

개표 생방송에서 손녀사위의 최다 득표 당선을 확인한 순간, 황경미의 조부는 황경미를 처음으로 힘껏 안아주었다고 그녀가 나중에 장을태에게 전했다. 황경미 부모는 딸을 향해 엄지를 치켜세웠다고 했다, 공주 갑부 김갑순의 핏줄이 식민시대를 벗어난 독립 현대국가의 중추를 차지하는 순간이었다.

그러나 세상이 아들을 헹가래 치는 순간에도 장을태의 모친은 쪽빛 모시에 풀을 먹이고 있었다. 금괴를 품고도 눈가선 일부조차 꿈적 않던 그녀였다. 아들이 소위 출세의 표상인 국회의원에 당선되던 날도 그녀는 아들의 전화를 받지 않았다. 어떻게 알고 축하 인사차 득달같이 찾아온 이웃에게 이해할 수 없는 말을 중얼거렸다.

떳떳하지 못한 핏줄 것들.

장을태는 국회 의원회관 168호실로 들어선다. 비서가 그를 먼저 맞았고 여러 명의 보좌관 가운데 한 명이 그에게 귓속말을 전한다.

뭐? 친일 진상규명법이 법사위를 무시하고 국회의장 직권으로 본회의에 상정되었다고? 이런 개새끼들.

그는 곧장 발걸음을 국회의장실로 옮긴다. 의장실 문을 왈칵 열자 입구에서 비서진이 놀란 눈을 뜨고 장을태를 바라본다.

장 의원님, 어쩐 일이십니까.

의장 비서실장 이 의원이 그를 가로막는다.

의장님 뵈러 왔습니다.

무슨 용무로…

이 의원님, 이건 공무이자 사적인 일일 수도 있습니다. 잠깐이면 됩니다.

의장 비서실장이 안쪽으로 사라진 뒤 잠시 후 그를 안으로 안내한다. 다수당의 당연 지명직 국회의장이 막 손님을 배웅하는 중이다.

의장님, 이건 아니지 않습니까?

아, 장 의원 이리로 와서 얘기합시다.

장을태는 의장 맞은 편에 놓인 카우치에 앉는다.

이번 친일 진상규명법이 법사위에서 통과되지 않았다고 의장님이 직권으로 본회의에 상정하셨다면서요?

아, 그 특별법… 그렇지 않아도 장 의원과 관계되는 일이라 장 의원에게 연락드리려고 했어요. 아시다시피 이번에 이 법이 통과되지 않으면 친일 청산 기회를 영원히 잡지 못합니다. 장 의원께서도 과거 운동권일 때 누구보다 솔선 친일 청산을 외친 분이 아닙니까. 이번에 장 의원 가족사를 보도를 통해 알았어요. 가슴 아프겠지만 대한민국 국민을 대표하는 의원으로서 대승적으로 고려해주길 바랍니다.

국회의장의 말을 귓바퀴로 흘러들으면서 장을태는 김갑순에 대하여 들려준 공주의 한 노인을 떠올린다. 노인의 바람 빠지는 발음 위로 모친 김씨 부인의 얼음같이 차가운 어조가 의장의 목소리를 가로막는다.

의장님, 안됩니다. 이번 특별법 개정안은 제 의원직을 걸어서라도 안됩니다.

의장의 눈매가 커진다. 장을태가 둘러보니 어느새 여당 당직자들이 의장과 면담하기 위해 주위를 에워싸고 있다.

글쎄, 앞서 얘기했지만 장 의원의 사정은 여기 계신 의원들과

나도 충분히 숙지하고 있어요. 하지만 이번 법 개정은 한 개인의 사사로움을 뛰어넘어 국가 전체, 말하자면 국민의 민족정신과 관련된 일이라서, 어쩔 수가 없습니다.

장을태는 순간 일평생 자신을 장악하던 이성에 대한 신뢰가 힘을 잃고 무의미하다는 느낌이 화산의 용암처럼 솟구친다. 변신은 순식간에 일어나는 법이다. 그는 '서울의 봄' 시절 군사독재 정권을 향해 외치던 포효로 의장에게 다그친다.

의장님, 그러시는 거 아닙니다. 저 누군지 아십니까? 전국 최다 득표자 공주 지역구 의원 장을탭니다.

그의 목소리는 좌중을 압도하며 고조된다.

당신들이 친일파라고 낙인찍은 김갑순이 우리 외조부 됩니다. 이번 특별법 개정안이 통과되면 우리 집안은 친일파가 되고 내가 친일파 후손이 됩니다. 친일파 후손이 전국 최다 득표로 국회의원에 당선되는 나라, 의장님 어떻게 생각하십니까. 일제 강점기에 전 민족이 만주로 가서 총을 들고 독립운동을 해야 민족정기가 서는 나라입니까?

그의 논조가 상식을 벗어난다고 생각한 여당 당직자들이 장을태를 제지하고 나선다.

장 의원, 그 정도로 그만하지.

여당 의원들의 눈짓으로 비서실 직원들이 장을태의 겨드랑이를 끼고 일으켜 세운다. 그는 입구 쪽으로 끌려 나가며 한 번 쏟

앉던 말을 멈출 생각이 없다.

의장님, 어미가 창녀라고 창녀 행위 진상 규명법을 만드는 걸 자식이 그냥 봐 넘겨도 됩니까. 대답해 보세요, 의장님.

그는 국회의장실 문 앞까지 끌려 나가면서도 포효를 멈추지 않는다. 그는 외조부, 김갑순이 입버릇처럼 되뇌었다는 말을 마치 사형대에 오르는 죄수처럼 외친다.

민나 도로보 데스.(모두 도둑놈들)

민나 도로보 데스.

다음 날 조간신문들은 전날 오후 의장실에 있었던 작은 해프닝을 마치 일제 강점기 의사의 거사처럼 정치면을 필요 이상으로 대서특필한다. 진보 신문들은 '친일파 후손 장을태 의원 국회의장실 난입, 친일 진상규명 특별법 개정안 온몸으로 막아'라고 정치면 헤드라인을 뽑았고 보수 신문들은 '일제 강점기에 전 민족이 만주에 가서 독립운동 해야 민족정기 바로 서나, 역사 현실론 불 지핀 장을태 의원'이라고 머리말을 장식하고 있다.

간밤에 대취한 장을태 의원은 6시 알람 소리 이전에 울린 휴대폰 음악 소리로 겨우 잠이 깬다. 잠에 취한 그의 귀에 황경미 조부의 음성이 손녀딸을 깨울 만큼 쩌렁쩌렁 울린다.

장 의원, 아니 장 서방. 나는 장 의원을 지지하네. 큰 그릇을 미처 몰라본 노인네를 너그러이 용서해 주게. 저녁에 이곳에 한 번 들르게.

대답한 건지 아닌지 분간하지 못한 그는 마치 꿈에서 일어난 일이 아닌가 싶어 머리를 흔들다 자리에서 일어난다.

그리고 다시 그의 일상은 시작된다. 그는 면도하기 위해 면도용 거품을 턱과 볼에 바르고 면도날을 들이대는 순간 뭔가 잘못되었다는 느낌을 받는다. 분명 법령선 왼편에 돋아나 있던 검은 점이 거울 속에서 법령선 오른편 안쪽에 나 있다. 순간 그의 뇌 표면에서 머뭇거리던 잠이 확 달아난다. 그는 매일 아침 점을 다치지 않기 위하여 노심초사하던 자신을 떠올린다. 분명 점은 왼쪽이었다. 그것이 진실이었다. 그는 다시 거품에 뒤덮인 얼굴을 들여다본다. 거울 속 얼굴에는 점이 분명 오른쪽이다. 이게 어찌 된 일인가. 그는 거울을 벗어난 얼굴을 만진다. 분명 왼쪽에 도톰한 점이 만져진다. 왼쪽 손으로 점을 누른 채 조심스레 거울 안으로 얼굴을 들이민다. 점은 다시 오른 쪽에 가 있다. 그는 한동안 거울 속의 점을 응시하며 오랫동안 넋을 잃는다. 그리고 더 한참 후에야 그는 결론을 내린다. 마침내 거울이 반란을 일으켰다. 자신처럼.

그는 오랫동안 거울을 빠져나오지 못한다.

슈가 대디

그랬다. 어쩌다 나는 길을 잃은 꼬락서니가 되었다. 중앙에 설치된 아케이드의 둥근 유리 지붕이 가진 자의 콧대만큼 까마득했다. 새그먼트 유리창에 새겨진 스테인드글라스를 통해 햇살이 신의 계시처럼 쏟아져 내렸다. 도시민답지 않게 뒤로 목을 꺾어 우러러보던 나는 영화감독의 액션 사인에 연출된 배우처럼 시선을 떨구었다. 누군가를, 무엇인가를 우러르는 것은 내 관행에 어울리지 않았다. 내 망막에 새겨진 것은 회색빛 거리였다. 기하학적 직선과 곡선이 만들어낸 쇳소리 쩌렁대는 풍경들. 그리고 전자 알갱이가 찍어내는 디지털 문자와 형상. 기껏 올려다보는 것이라고 해봐야 긴 장마 뒤 트여나듯 푸른 하늘 정도였다.

사람의 손으로 조성된 실내 광장은 건축가를 향해 교황의 성호라도 선사할 만큼 장엄했다. 하중을 떠받치는 지주대 하나 보이지 않게 설계한 인간의 상상력은 기술을 향한 숭배이자 오만처럼 보였다. 중소 기업체들이 내건 로고 깃대와 키오스크가 아니라면 출구조차 가능할 수 없었을 것이다. 키오스크조차 미로 형태로 배열해 자칫 구조물 내에서도 출구를 찾지 못할 수도 있었다.

경기도 신도시에 있는 국제 전시장은 초행길이었다. 경기도에서 마련한 청년과 중장년 일자리 박람회는 코비드 시대에 사회적 거리 두기의 시범장처럼 보였다. 희고 검은 마스크에 얼굴을 감금당한 사람들의 두 눈들이 작은 요정 동굴처럼 허공에 둥둥 떠다녔다. 어떤 눈들은 조바심과 공포의 언저리에 머뭇거리는 풀죽은 깃발처럼 흔들렸다. 얼굴이 비칠 만큼 번들거리는 바닥에 2미터 거리 두기 표시가 없었다면 사람들은 아우슈비츠에서 곧 절멸될 유대인들의 행렬처럼 보일지도 몰랐다.

조금 전 나는 알지 못하는 젊은 사내에게 신상의 일부를 헐었다. 이력서와 자기소개서를 안경을 추켜세우며 들여다보던 사내는 모호한 표정을 지었다.

은행 지점장 하신 분이 구멍가게 같은 우리 회사에서 경리를 볼 수 있겠습니까.

나이를 가늠할 수 없는 매끈한 피부를 가진 사내의 표정이 이

슈가 대디

죽거림과 측은함 가운데 어느 쪽인지 나는 분간하지 못했다. 나의 납작한 침묵을 견딜 인내가 고갈된 젊은 사내는 자기소개서의 한 부분을 툭아 냈다.

은행을 그만둔 사유를 여쭤봐도 될까요?

분명 자기소개서에 적시해놓았음에도 다시 물어보는 것은 무슨 경우인가 싶었다. 거기 써놨잖아 이 사람아, 하고 말한다면 이 젊은 친구는 어떤 반응을 보일지 궁금했다.

자소서에 써놓은 대로 위암 3기 수술을 받았고 장기간의 치료 때문에 업무를 더는 수행할 수 없었습니다.

지금 상태는 어떻습니까.

만약 채용된다면 일은 할 수 있겠지? 라고 묻는 게 매너 아니겠니, 하는 표정으로 나는 사내를 쏘아보았다.

보시다시피 좋습니다.

가슴을 열고 정말 자세히 들여다본다면 좋을 게 전혀 없었다. 아랫부분 70%를 절제해 십이지장에 억지로 갖다 붙인 위는 폐차 직전의 자동차처럼 너덜거렸다. 미음에 가까운 죽 종류의 음식물을 삼키면 위벽을 향해 살짝 목례만하고 십이지장으로 미끄러졌다. 음식물이 고일 시간이 없으니 갈수기의 아프리카 맹수들처럼 늘 허기에 시달렸다. 끼니가 소장으로 자맥질하는 것은 그나마 견딜만했다. 불시에 솟구치듯 역주행하는 내용물은 내 몸과 음식의 불화를 여지없이 드러냈다. 얼마 전까지 한 톨의 의지도 개입

되지 않던, 온전한 음식 섭취가 간절한 소원 중 하나가 되어버린 것은 지독한 아이러니였다. 아니 혹독한 투쟁이었다.

통상적으로 오 년 하고도 수개월이 지났으니 종양의 공포로부터 어느 정도 벗어났을 것이라는 어림셈도 순전히 개인적인 희망이었다. 그나마 이젠 되직한 밥알이라도 받아들이는 위가 조건 없이 고마웠다.

알겠습니다. 빠르면 내일까지 연락드리겠습니다.

연락이 없으면…

젊은 사내의 눈이 가늘어졌다. 그 정도는 알 만한 양반이, 하는 눈웃음이었다.

전시장 출구를 찾느라 발걸음은 지렁이의 궤적을 그렸다. 모래사장에 흰 그물을 던졌다 아무것도 건진 것 없이 되돌아가는 파도처럼 몸에서 기운이 휑하니 빠져나갔다. 여전히 익숙하지 않은 허기와 함께 진땀이 뒷머리 제비 꼬리 부근에서 질척거렸다. 잠시 앉아 쉴 곳이라고는 없는 공간. 멈추지 않는 개신거림만이 허락된 닫힌 광장. 앉을 곳을 계산에 넣지 않은 설계자를 향해 가운뎃손가락이라도 치켜세우고 싶었다.

아득히 가장자리에 노란 M 자를 단 햄버거 가게를 겨우 발견한 것은 우연이었다. 문 앞에 작은 테이블과 의자를 마련해 놓은 가게 주인의 장삿속이 오히려 기꺼웠다. 나는 빵이 떨어진 장발장의 잰걸음으로 나아갔다. 오전에 먹은 잘게 찢은 고기 장조림과 오래 삶은 쌀의 조합이 오랜 근기를 보장할 리가 없었다. 나는 쓴 입맛을 다셨다.

네 개로 조를 이룬 의자에는 선점자가 있었다. 검은 마스크로 얼굴을 채운 묘령의 여자. 짙은 반소매 감청색 투피스 정장을 한 것으로 보아 그녀도 면접을 끝낸 것처럼 보였다. 여자의 눈이 초점을 잃고 어디론가 유영하는 듯했다. 여자에게 곁을 침범해도 되겠냐고 물었다. 여자 눈의 홍채 부근에서 모래알 단면이 햇살을 튕겨내듯이 반짝 빛이 되살아났다. 여자는 관심 밖이라는 듯이 고개를 끄덕였다. 나는 서양 중세의 어느 기사가 된 것처럼 정중한 예의를 갖추며 엉덩이를 작은 의자에 붙였다. 이내 발끝에서 모든 세포를 짓이기고 올라온 듯한 한숨을 길게 내뿜았다. 의식 없이 내뱉은 탄식 탓에 여자에게 남자의 허약함이 들통날까 봐 잠시 숨을 죽였다. 돌이켜보니 천형과도 같은 항암 치료 기간에도 죽고 싶다는 절망감에 젖은 적이 없었다. 이 정도면 살 만하구나 하는 소박한 요행감을 기수처럼 붙들었다. 남에게 자랑이라도 하고 싶을 만한 생명 의지가 내 골수 깊이 박혀 있다는 건 신기한 일이었다. 나는 내 무의식의 힘에 적잖이 놀랐다. 인간은 환난을 겪어봐야 진면목이 드러나는 법일까 생각했다.

가까운 곳, 비스듬히 앉은 여자가 새삼 다시 눈에 들어왔다. 검은 마스크 위에서 겨우 드러난 눈매가 얼핏 선해 보였다. 그린 것인지 문신한 것인지 알 길은 없었으나 호각을 지은 눈썹은 감히 아미라고 불러도 무사할 것 같았다. 드넓은 미간은 선한 눈매를 더 부각시키는 효과가 있었다. 나는 꿈을 꾸고 있는 것처럼 흐릿한 여자의 눈에 필요 이상으로 시선을 매달았다. 여자와 눈이라도 마주친다면 눈썹을 치켜세우거나 미간을 찌푸려 불쾌감을 드러냈을 것이다.

코비드 시대에 실종된 나머지 얼굴을 상상하는 일은 무료한 인간의 부질없는 일 이상이었다. 언젠가 식당에서 눈매에 어울릴 법한 코와 입을 상상했으나 마스크가 벗겨지면서 전혀 다른 형상이 드러났을 때의 어긋난 감흥은 이채로웠다.

가까운 거리의 여자 얼굴을 마스크 너머로 조각해내며 나는 면접이 주는 긴장의 나머지를 내려놓았다.

터무니없는 일이었다. 오십 가까이 살면서 한 번도 동조해본 적이 없는 다른 사내의 본능이 몸 어디엔가에서 꼼지락댔다. 나는 은행에 있을 때도 용모가 수려한 여직원에게 남성성의 터럭만큼도 가까이한 적이 없었다. 그저 아름답구나, 정도로 소가 닭 보듯 했다. 여자에 대한 비릿한 욕망은 관념의 사슬로만 이어져 짤그락 소리만 냈다.

그렇다고 부부애가 남다른 것도 아니었다. 부부애는커녕 한 지붕 아래였지만 늘 차려주는 밥맛만 입에 맞았다. 부부의 가장 긴요한 연결고리인 섹스도 늘 같은 세제를 넣고 빤 수건 냄새가 났다. 미용실에서 나뒹구는 여성지의 부부생활 Q & A에도 관심 밖이었던 아내는 처녀 적의 절정감을 일찌감치 포기한 것 같았다. 나 역시 이론에는 차고 넘쳤지만 아내에게 실행할 엄두를 내지 못했다. 은행가와 전업주부의 침실 부조화는 삶이란 그저 그렇고 그런 것으로 격하시켰다.

내게 종양이 찾아오자 그동안 존재를 잊고 있었던 듯이 아내는 화들짝 놀랐다. 아내가 놀란 것은 한때나마 사랑한 인간의 부재가 가져올 상심보다 미망인으로 불리는 것에의 생경함과 조촐함, 가족 구성원의 결함으로 인한 자기 불편이 아닐까 하는 인상을 풍겼다.

재발의 위험성은 늘 있으나 통상적인 완치에 이르렀다는 주치의의 선언에 나는 그간 나를 위해 애쓴 아내의 노고보다 또 다른 삶이 시작될지도 모르겠다는 쪽으로 생각했다. 또 다른 삶이란 일본의 누군가가 지어낸 졸혼이란 세태였다. 철학은 언어를 통해서만 가능하다던 비트겐슈타인은 명석한 인간이었다. 언어는 사고를 규정하고 마침내 실행을 이끌어낸다. 졸혼이라는 단어가 없었다면 기껏 흔천한 별거에 지나지 않았을 것은 분명했다.

결국 나는 가족의 방치 아래 졸혼을 실행했다. 고등학교, 대학을 다니던 아이들은 불행한 혼거보다 행복한 분리에 수능 사탐 문제의 해답으로 마킹했다.

나랑 점심 같이 먹어준다면 10만 원을 줄 수도 있는데.

여자의 눈이 바지 솔기가 뜯겨나가 볼기짝이 드러난 것을 본 것처럼 구형으로 커졌다. 이 몰골 허약해 빠진 아저씨는 제정신이 아닌 게 틀림없어. 여자의 눈이 그렇게 말했다.

조금 전 나는 나답지 않게, 정말이지 나답지 않게 여자에게 말을 붙였다. 마음의 갈증과도 닮은, 어쩌면 타성의 외피를 뒤집어쓴 익명의 페르소나가 시킨 것처럼.

더구나 다시 암 덩어리가 기지개를 켜 몸 구석구석 뿌리를 내린 내 끝 무렵을 떠올리자 두려워할 게 없었다.

일자리를 구하러 왔나 보죠. 면접은 어땠나요. 가망이 있을 것 같아요. 몇 번째 면접인가요. 전직은 무슨 일이었나요. 끝 무렵에 이르러 점심했나요, 라고 꼰대처럼 물었다. 여자는 여전히 심드렁하니 고개를 천천히 저었다.

정말 아저씨랑 점심만 먹으면 10만 원 줄 거예요?

점심만이라고 여자가 힘주어 말한 것이 모종의 다른 의도로 해석될 수도 있었으나 나는 틀림없이, 라고 말해주었다. 의외로 여자는 말 대신 깜빡이는 눈으로 선뜻 승낙했다. 그렇게 하여 세상 경험이 적은 여자와 신에게 맹세코 순수했다고 말할 수 없는 나는 일어섰다. 여자는 나보다 전시관의 출구를 잘 알고 있었다.

슈가 대디 151

바깥에는 건너편이 아득해 보이는 8차선 도로와 초여름의 햇볕, 모르는 젊은 여자와의 점심이 기다리고 있었다. 나는 여자에게 무얼 먹겠느냐고 좀 전보다 더 늙은 중세 기사의 예의로 물었다. 여자는 중세의 귀족 부인은 어림도 없었지만 21세기 동양의 평민 투로 아무거나요, 라고 답했다.

우리는 우선 눈에 밟힌 중국식당에 들어갔다. 여자는 점심 메뉴보다 자신에게 떨어지는 10만 원에 더 솔깃한 것처럼 보였다. 마스크를 벗은 여자는 눈매가 던져준 선입견을 살짝 배반한 얼굴이었다. 내 상상력이 이젠 그만 조각칼을 내려놓으라고 명령했다. 그다지 미인은 아니었으나 양 볼의 도톰한 살집으로 겨우 귀여운 인상이었다. 여자도 마스크를 벗은 내 얼굴을 빤히 올려다봤다. 여자에게 시키고 싶은 것 마음대로 고르라고 했다.

비싼 것 시켜도 돼요?

나는 흔쾌히 고개를 끄덕였다. 여자가 말한 비싼 것의 수준이 어느 정도인지 궁금했다. 여자는 삼선 간짜장을 시켰다. 나는 웃음이 터져 나오려는 것을 겨우 참았다. 문득 오늘 제법 괜찮은, 그것도 젊은 여자를 만났다고 생각했다. 나는 빵 두 조각 사이에 간 새우 속을 넣어 튀긴 멘보샤를 시켰다. 여자는 멘 뭐냐고 되물었다. 나는 소리 나게 웃었다. 여자의 천진스러움이 내 턱밑을 간지럽혔다.

이름은 흔해 빠진 경희였다. 문경희. 31세. 전직 보습 학원 강

사. 코비드로 아이들이 증발해버려 자신도 증발 당했다고 했다.
아저씨는요?
나도 여자의 궁금증을 덜어 주었다.
음식이 나왔다. 나는 불쑥 소주 한 병을 시켰다. 내가 드디어 미쳐가나 보다 싶었다. 술은 오 년 만에 처음이었다. 나를 향해 의문부호를 달았다. 어쩌려고 그래. 문득 마시고 싶어. 나를 향해 답했다. 난생처음 젊은 여인과 유쾌한 오찬에 술이 빠져서 되겠어. 다른 나는 픽 하고 코웃음 쳤다. 오 년 만의 소주는 목을 타고 뜨겁게 내려가면서 반 토막 난 위를 향해 고함쳤다. 습격을 받은 위는 목구멍을 향해 주먹 감자를 날렸다. 순간 뜨끔 하고 통증이 솟구쳤다. 위를 잘라낸 것을 알 턱이 없는 여자는 으레 중년 사내들의 점심 반주 정도로 관심조차 없었다.

여자는 어지간히 배가 고팠던 게 틀림없었다. 그녀는 여자다움을 내팽개친 채 면발을 끊어내지 않고 진공청소기처럼 연이어 흡입했다. 서른 한해를 묵은 여자가 낯선 사내와 10만 원이라는 보상에 눈이 어두워 거무튀튀한 면발을 입으로 실어나르는 모습은 흔한 게 아니었다. 나는 블랙 코메디의 주인공을 보는 것처럼 조금 짠했다. 이 여자는 어떤 여자일까. 어떻게 살아오다 나를 만나 이처럼 서글픈 식사를 하는가 싶었다. 한편으로 여자가 고마웠다. 그녀가 아니었다면 혼자 그저 값싼 순대국밥 한 그릇으로 때웠을지도 모를 일이었다. 그리곤 쓸쓸히 좁은 오피스텔 방으로 기어 들어갔겠지.

삼선 짜장면을 말끔히 비운 여자는 멋쩍은지 헤죽 웃었다. 이상하게도 상황의 균형을 잃은 그녀의 모습이 천박하게 보이지 않았다. 다만 애잔함과 닮은 것이 목울대를 타고 아랫녘으로 척수액처럼 흘렀다.

얼마 전부터, 정확히는 여자와 함께 햄버거 가게 테이블에서 일어설 때부터 왼 가슴 부근에서 누군가가 도리깨질하는 소리를 들었다. 여자 때문만은 아닌 것 같았다.

나는 지갑에서 신사임당 두 장을 꺼내 여자에게 건넸다.

어머, 농담 아니었어요?

농담이었다면 경희가 나랑 밥 먹어주었겠어?

그럼요. 난 농담으로 들었는데.

여자는 돈을 돌려주려고 했지만 나는 힘주어 그녀의 손아귀에 지폐를 쥐어주었다.

나랑 밥 같이 먹어줘서 고마워.

나는 진심으로 그녀에게 말했다.

다음에도 기회가 된다면 오늘과 같이 먹어주겠냐고 물었다. 마스크 위에 얹힌 여자의 눈에서 엉킨 실타래 같은 생각이 지나갔다.

아저씬 같이 밥 먹을 사람 한 명도 없어요?

나는 부정도 긍정도 하지 않았다.

나랑 같네요.

우리는 자리에서 일어섰다.

중식당을 나온 여자와 나는 헤어졌다. 커피라도 사겠다는 여자에게 다음에, 라고 말했다. 술과 커피는 오 년 이상 금지 식품이었지만 오늘은 무엇에 홀린 사람처럼 술을 마셨다. 들뜬 기분에 마셨지만 두 잔을 넘기지 못했다. 이것이 사달이 되어 다시 죽음의 터널에 들어간다 해도 무방할 것 같았다.

지하철역을 향해 걷고 있을 무렵 여자가 가던 길을 돌려 허겁지겁 내게 달려왔다. 연락처를 달라고 했다. 그러고 보니 다음 기회를 기대할 일이 없을 뻔했다. 나는 잠시 머뭇거렸다. 조금 전 오랜만에 가슴 부근에서 맥 놀던 도리깨질을 떠올렸다. 짜장면 한 그릇을 다 비우고도 씩씩하게 웃던 한 젊은 여자가 생각났다. 그리고 그 여자가 바로 앞에 있었고 내게 연락처를 구하고 있었다. 나는 마지못한 척 그녀에게 이전의 지점장 명함을 내밀었다.

지하철 안에서 꼭 그래야만 했을까 자책했다. 그러나 곧 그러지 않았다면 더 자책하고 후회했을 거라는 결론에 도달했다.

면접을 본 기업체에서 기다리던 기별은 오지 않았다. 다만 훌륭한 경력을 가진 분을 모시지 못해 안타깝고 송구하다는 문자가 휴대폰에 찍혔다. 면접 당시 이미 그들은 속내를 드러냈다. 은행 지점장이나 지낸 분이 경리 일을 하겠어요? 한국이라는 나라에서 중년의 나이에 재취업하는 데 능력만이 능사가 아니라는 사실이 송곳이 되어 가장 나약한 부위를 찔렀다. 경리는, 그것도 영세 중소기업 경리는 회계뿐 아니라 절세가 중요하다. 회계 장부를 조작하거나 분식회계 해서라도 부가세를 줄이는 게 경리의 으뜸가는 미덕이다. 그래서 대개 경리는 입사 때부터 오너와 가족이 된다. 가족이라 함은 오너의 수족처럼 처신해야 한다는 것을 의미한다. 가족끼리는 그러는 게 아니라는데 오너는 경리 아가씨와 기꺼이 몸 가족이 되려는 것도 그런 이유이다.

나는 지방 고용 노동청이 마련한 구직 플랫폼인 '워크넷'의 구직 신청서 비고란에 그렇게 썼다. 살인 외에 무엇이든 할 수 있습니다. 어느 인사 담당자가 그 글귀를 읽었다면 피식 웃었을 것이다. 그들은 내 글에서 노예처럼 부려 먹고 싶은 유혹을 느꼈을 것이다. 얼마나 절박했으면 살인까지 언급했겠냐고 지네들끼리 낄낄댔을 것이다.

사실을 말한다면 절박한 것은 아무것도 없었다. 서울 근교 위성도시 지점장으로 조 단위의 입출금 실적을 올렸다. 기업은 드물었지만 산을 끼고 지은 아파트에는 은퇴 연령의 노인들이 많았다. 그것도 알토란 같은 거액의 자산가 노인들. 허름한 행색과 순댓국이 고작인 그들의 식단. 그들은 한 달 수익으로 생활비만 충당해도 내게 전 재산을 맡겼다. 어떤 노인은 나를 미국에서 박사 학위를 딴 맏아들보다 더 믿음직하다며 어깨를 주물렀다. 노인의 손은 파킨슨 증세로 떨리고 있었다.

은행 본점 감사부에서 지점의 대손충당금이 먼지를 뒤집어쓴 채 움직일 줄 모르는 것에 나를 화수분으로 여기기 시작했다. 수익 창출의 영업 비밀은 누구에게나 그렇듯이 은행장의 회유에도 발설되는 법이 없었다. 그들은 장부상의 회계와 지점장실 옆의 두터운 벽 너머 금고 안의 현금 잔고가 1원도 어긋나지 않은 것을 확인한 뒤 혀를 야구 방망이처럼 내둘렀다. 인사철만 되면 내게 임원직 제의가 들어왔지만 나는 깜냥이 되지 않는다는 이유 하나로 고사하곤 했다. 신병으로 해당 지점을 떠나왔지만 후임 지점장이 죽을 쑤고 있다는 소식을 접할 때면 내겐 남모르는 돈 수완이 있었다는 것을 새삼 깨달았다.

지금도 나를 잊지 않고 신용과 정리로 내게 거액을 맡기는 노인들을 위해 내가 알고 있는 금융 상품 지식이 발이 닳도록 동원된다. 그러니 절박함이란 용어는 나와는 반대편에서 주인을 찾지 못해 머뭇거리는 비루한 신세일 수밖에.

지방 고용 노동청 플랫폼 '워크넷'을 다시 열었다. 전직 은행 지점장. 원하는 직무는 회계 및 경리. 희망 월 급여는 250만 원.

비고란에 다시 그렇게 썼다. 살인 외엔 무엇이든 하겠습니다. 나는 PC를 끄며 피식 웃었다.

솔직히 얘기하자면 나는 그녀, 그러니까 경희를 잊고 있었다. 오피스텔에서 혼자 우중충한 몰골로 끼니를 때울 즈음 어렴풋이 생각나지 않은 건 아니었지만 시간이 지날수록 그녀의 이목구비마저도 떠오르지 않았다. 간절함이 없었다. 특정 장기의 대부분을 잃어본 사람이라면 이해할 것이다. 간절함의 에너지는 몸 안의 장기에 모두 쏟아 부은 나머지 다른 곳에 쓸 여력이 없어진다. 한때 예기치 않게 심방과 심실이 드럼 소리를 냈던 것이 연분홍의 아지랑이로 남아 있었다. 내게는 그것으로도 충분했다.

그로부터 몇 개월이 지났는지 모른다. 어느 날 휴대폰 진동이 울릴 때까지는.

아저씨, 저 기억해요? 경희, 문경희라고 말하는 여자의 음성이 뇌의 변연계를 파고들었다. 야외에서 모래로 그린 그림이 바람에 흩어져 형체를 잃어가던 기억이 필름을 되돌린 듯 형상이 또렷이 살아났다.

나는 겨우 아, 경희라고 했지, 하고 심드렁히 받았다. 이제 생각났냐는 여자의 말에 새 깃털만큼의 서운함이 읽혔다.

어쩐 일이냐는 상투적인 물음에 여자는 아직도 혼밥하는지, 아직도 같이 밥을 먹어주는 여자에게 돈을 주는지, 그래서 그동안 몇 명의 여자와 같이 밥을 먹었는지 물었다.

없어. 나는 반말로 대답했다.

경희와 나는 그렇게 해서 두 번째 식탁에 마주 앉았다. 오피스텔 근처 중국식당이었다. 그날처럼 그녀는 삼선 간짜장을, 나 또한 소주 한 병과 멘보샤를 시켰다. 경희는 이번에는 짜장면을 먹지 않고 젓가락을 내 앞까지 뻗어 멘보샤를 자주 끼웠다. 나는 마치 너 없을 때도 늘 이렇게 마셔, 라고 말하듯이 호기롭게 소주잔을 입에 털어 넣었다. 송곳으로 찌를 듯한 통각이 같은 부위에서 불꽃으로 터지며 주변으로 퍼져나갔다.

경희는 그날 첫 식사 후 집에 돌아와서 온종일 터져 나오는 웃음으로 방안을 굴렀다고 했다. 한참이나 웃고 났더니 까닭 없이 슬펐다고 했다. 발달 장애인을 데리고 논 것 같았다고도 했다. 발달 장애인. 나는 그럴지도 모른다고 생각했다.

경희는 뜬금없이 내가 부자냐고 물었고 나는 가난한 편은 아니라고 말했다.

이상한 일은 첫날 가슴 부위에서 들리던 이중 냄비 안의 낙화생 볶는 소리가 들리지 않았다. 여자와 나 사이에 어쩔 수 없이 존재하는 생물학적 성, 같은 시간을 공유하지 못한 세대의 간극이 경계벽으로 가로막고 있는 탓인지도 몰랐다. 굳이 말하자면 그때는 맞았고 지금은 틀리다는 상황 논리 때문일 수도 있었다. 더구나 당시 잠시 내게 머물다 간 다른 사내의 본능 같은 타자성이 없었다. 마스크를 벗은 여자의 용모는 첫날과 비할 바가 아니었다. 한 듯 안 한 듯한 메이컵은 여자의 젊음을 눈부시게 변모시켰다. 여자는 내분에 넘치도록 매력적인 데가 있었으나 나는 시르죽은 내 욕망을 알맹이 없는 영혼으로 응시할 뿐이었다.

 나는 자리에서 일어서며 신사임당 두 장을 여자에게 건넸다. 그녀는 모욕당한 여자의 모습은 이런 것이라는 표정을 지었다. 경희는 데생 수업 시간의 인물 모델처럼 얼음으로 굳었다. 내가 돈 때문에 당신을 찾아온 줄 아느냐며 목청을 돋웠다. 자신이 그렇게 없어 보이냐고도 했다. 돈이 목적이었다면 눈 한 번 질끈 감고 아랫도리를 낯선 사내에게 내줄 수도 있다고 차갑게, 동시에 수십 톤의 자존심을 담아 내게 질타했다. 집에 돌아가서 더는 웃을 일도 없을 거라고 말했다. 나는 그녀가 화내는 까닭을 알 수 없었다.

 약속은 약속이야.

 나는 내 손목을 뿌리치고 중국식당을 나가는 그녀의 핸드백에 지폐를 찔러주었다. 그리고 자리에 돌아와 하나 남은 멘보샤를 우적우적 씹었다. 여전히 이유를 알 수 없었지만 왠지 미안한 생각이 들었다. 발달 장애인이 뭔가 실수한 것 같았다. 나와 다른 여자의 진심을 바람 빠진 축구공처럼 차버린 것 같았다. 그것으로 그녀와는 끝이라고 생각했다.

현재의 시간이 멈추지 않고 과거의 시간으로 밀어냈다. 그와 함께 오롯이 붙들고 있던 관념 일부가 형태와 향기, 그리고 본질마저도 변화시켰다. 투병하면서 삶의 현재성이 던지는 희열보다 두려움의 표상이던 죽음이 친근하게 말을 걸어왔다. 나는 20대 당시의 나를 떠올렸다. 망막으로 들어오는 세계의 모든 물상들이 내 감각 세포들에 포획되어 밤하늘의 불꽃처럼 화사한 가능태로 발화했다. 모든 시어, 모든 형상 미학, 모든 음악이 담아내기에도 부족했다. 죽음은 아직 수억 광년의 우주 너머에서 습기 잃은 석고처럼 도사리고 있었다. 현재의 삶이 던지는 유혹과 넘쳐나는 시작들로 나는 적면 세포증을 앓았다. 나는 늘 볼이 붉은 사춘기 청년이었다. 샐린저의 호밀밭의 파수꾼에 열광했고 헤밍웨이, 피츠제랄드에 거추장스러운 모든 껍데기를 벗어 던졌다. 언제나 살아있음은 내 편이었고 타자의 죽음은 그저 스쳐 지나가는 풍경의 일부에 지나지 않았다.

  나이를 먹을 만큼 먹은 지금, 나이 든다는 것은 두려움의 대상에 익숙해지는 것과 다를 게 없다는 생각이 들었다. 언젠가 내게 죽음이 곁에 다가왔을 때 나이든 사람들이 놀라지 않는 이유를 알 것 같았다.

그동안 시간은 내게 무엇인가로 채워 넣어야 할 빈 곳간과도 같았다. 몇 번의 면접과 실패에도 굴하지 않고 계속 구직 신청을 이어나갔던 것도 얼마 될지도 모르는 인생의 범속함을 유지하기 위해서였다. 면접 결과는 늘 같은 내용의 문자로 되돌아왔고 그럴 때마다 이참에 살인 청부업이나 해볼까 하는 엉뚱한 생각도 했다.

혼밥이 이어질 때면 한 여자와의 시간이 빛바랜 흑백 사진으로 떠올랐지만 그녀에게 제의한 것과 같은 방식은 시도하지 않았다.

여전히 가릴 것이 많은 식단은 삶의 연속성에 대한 회의를 불러일으켰다. 내일은 폭음에 가까운 혼술로 내 운명에 시비나 걸어야겠다는 생각과 함께 나는 고독사의 주인공처럼 자리에 누웠다. 수면의 허약한 경계에서 서성일 무렵 휴대폰의 진동 소리가 울렸다. 여자 아니 경희는 잔뜩 술에 취해 있었다.

아저씨, 지금 아저씨 집에 가도 돼요?

시각은 오전 두 시를 넘어가고 있었다. 난감함이 죽은 체하는 파충류처럼 기회를 엿보고 있었다. 통속적인 사내의 욕망과 규범에 길들여진 시민의식, 다른 한편으로 스러져가는 생명력을 겨우 지탱하고 있는 사내 사이에서 잠시 길을 찾지 못했다. 먼저 통속적인 욕망이 위선의 가면을 썼다.

많이 늦었네. 어서 집에 들어가, 하고 다른 사람의 말을 했다. 여자의 꼬부라진 혀가 만든 반항의 창끝이 내 고막을 찔렀다. 싫어요. 지금 거기로 쳐들어갈 거예요.

술 취한 여자의 일방적인 행태에 수동적일 수밖에 없었다고 유사시 심문관에게 실토해야 할 것 같았다. 다시 진동음이 울린 것은 불과 몇 분이 지나지 않아서였다. 여자는 간판 불이 꺼진 중국식당 앞에 쪼그리고 앉아 있었다.

해 뜰 무렵 나는 호수공원으로 산책을 나갔다. 적당한 운동은 어떤 항암제보다 치료 효과가 좋아요. 주치의의 말이었다. 산책이라기보다 경보 수준의 걷기였다. 빠른 걸음으로 호반 도로를 돌고 나니 40분이 조금 지나 있었다. 호수에서 불어오는 바람에 각막이 쓰라렸다. 간밤에 잠을 거의 이루지 못했다. 누군가가 내 침대에 누워 있다는 사실이 거친 음식이 반쪽 위에 걸려있는 것처럼 거북했다. 더구나 거실의 카우치는 나를 숙면으로 이끌지 못했다.

오피스텔 1층의 편의점에서 생수 한 병을 사서 단숨에 들이켰다. 복부에서 물 내려가는 소리가 탱크의 캐터필러 구르는 소리를 냈다.

오피스텔은 다른 사람이 사는 것처럼 낯설었다. 마치 간밤에 우렁각시가 와서 집안을 중급 호텔로 개조시켜 놓은 것 같았다. 개수대에 쌓아놓은 그릇은 선반 위에 정리되어 있었고 음식 쓰레기와 분리수거 비닐이 주방에서 모습을 감췄다. 칸막이로 분리된 서재의 책상에 메모지 하나가 놓여 있었다. 아저씨, 미안. 덕분에 잘 잤어요. 아무리 홀아비가 사는 집이지만 그게 뭐예요. 10만 원 이상 일한 거 아시죠?

여자는 내 기억으로부터 자유로운 존재였다. 그녀가 오피스텔을 찾아오는 것은 전적으로 그녀의 선택이었다. 어느 때는 3주 만에, 또 어느 때는 2달이 다 되어서야 집안에 흔적을 남겼다. 오피스텔을 떠날 때마다 언제 다시 오겠다는 말을 남기지 않았다. 내게는 그게 오히려 편했다. 여자는 언제든 올 수 있었고 언제든 아예 발걸음을 끊을 수도 있었다. 가끔 중국식당에서 간짜장과 멘보샤를 먹는 일과 내가 돈 많은 노인들의 자산관리에 바빠 지방에 며칠 가 있을 때도 그녀는 묵은 빨래와 방 청소 그리고 설거지 등 집안 관리를 말끔히 해놓았다. 그 외에는 여자와 나에게 아무 일도 일어나지 않았다.

언젠가 오피스텔에 머물고 있던 나와 우연히 만났던 날 여자는 손수 시장을 보고 음식을 마련했다. 마치 붙들린 우렁각시처럼 식탁을 마주하고 여자와 나는 처음으로 여염집 만찬을 즐겼다. 여자의 음식 솜씨는 한때 기관장이었던 내 입맛을 녹여내고도 남았다. 바닷가 출신인 나를 위해 해산물 위주로 꾸린 식탁은 정갈하고도 밋밋했다. 절제된 고춧가루와 저염식의 반찬에서 나에 대한 여줄가리 사항을 말한 적이 있는지 궁금했다.

언젠가 변기에 토사물이 있더라구요.

거기까지인가 싶었다. 나는 더 이상 여자가 나에 대해 시시콜콜 알게 하고 싶지 않았다. 그러나 여자는 고갱이를 뚫고 있었다.

아무리 속이 상한 사람이라도 음식이 어느 정도 소화된 채로 올라오죠. 헌데 아저씨 토사물은 삼킨 그대로이던데요. 많이 아픈가 봐요. 최소한 위 절제 아니면 위암이거나.

그래도 나는 입을 열지 않았다. 마치 네 생각이 틀렸다는 것처럼 해산물을 우적우적 먹었다. 여자는 다른 말을 했다.

내가 여기서 자고 갈 때 왜 안지 않았어요? 한두 번도 아니었잖아요. 내가 여자로 안 보였나요?

급기야 나는 다시 화장실로 달려갔다. 여자의 말이 내 복부를 걷어찬 것 같았다. 변기에 토해놓은 해산물에 내 이빨 자국이 새겨져 있는 것처럼 보였다. 나는 조건반사로 눈물을 찔끔 흘렸다.

그리고 여자는 떠났다. 떠날 때 같이 밥 먹어주는 대가보다 더 많은 돈을 주었다.

여전히 거부하며 눈 화살을 겨누는 여자의 핸드백에 으레 덧붙이던 약속은 약속이라는 말과 함께 찔러주었다.

그리고 얼마 후 일어난 일은 달마 선사 아니 육조 혜능조차 예상하지 못한 일이었다. 어쩌면 그것이 여자가 내게 하고 싶었던 말이었던 것 같다. 몇 달이 지났는지 기억조차 없었지만 그날은 작심한 것 같았다. 술에 취하지도 않았고 저녁거리를 위해 장을 봐 오지도 않았다. 늦은 시각이었다. 잠의 문턱에서 감각들이 파편으로 흩어져 은하와 닮은 우주로 빨려 들어갈 즈음이었다. 문의 키 번호를 누르는 소리가 났고 누군가가 집안으로 스며들고 있다고 생각했다. 깨어나야 한다는 생각보다 잠의 수렁이 더 진득해 몸이 움직여지지 않았다. 잠결에도 피륙이 스치는 소리와 작은 가방이 방바닥을 치는 소음이 들렸다. 누군가 이불을 걷어내고 내 곁에 몸을 뉘었다. 알몸이었다. 그때에서야 나는 잠에서 현실의 오롯한 감각을 되찾았다. 잠시의 여유도 없이 내 살으로 누군가의 손이 닿았다. 무방비로 잠옷은 벗겨지고 오그라든 성기에 뜨거운 온기가 끼쳐 들었다. 나는 눈에 벼락을 맞은 것처럼 눈꺼풀을 열었다. 성기에 피가 고인 것은 일순이었다. 입안에서 딱딱해진 것을 확인한 누군가는 다른 따뜻함으로 인도했다. 여자는 천천히 몸을 움직였다. 마치 레테강을 건너가는 망각의 사공이 젖는 노처럼.

나는 보았다. 한 꺼풀 벗겨진 어둠의 살갗 너머 소름 돋은 여체의 실루엣을. 나는 스치듯 뇌리를 지나가는 한 단어를 분별했다. 겁탈은 사내만의 전유물이 아니다. 나는 지금 여자에 의해 강간 당하고 있다. 그런데 이 쾌감은 무엇인가. 수컷의 생리는 항상 이런 것인가. 여자와 사내는 왜 이렇게 다른가. 나는 안구가 튀어나올 것처럼 어둠을 뚫고 여자를 쏘아보았다. 여자의 머리가 천천히 내 얼굴로 다가왔다. 여자가 얼음보다 차갑게 속삭였다.

열여덟 살 여자아이가 있었어요. 어느 날 하굣길에 납치를 당했죠. 아이를 찢어놓은 그 개새끼가 가면서 10만 원을 던졌어요. 10만 원을요. 아저씨는 착한 사람인 거 알아요. 그런데 10만 원이 늘 걸렸어요. 그 10만 원이 지옥보다 더한 내 악몽을 일깨웠어요. 아시겠어요?

여자의 손이 내 목으로 올라왔다. 먹이를 찾는 뱀처럼. 한 손은 다른 손을 불렀다. 여자의 하반신은 멈추지 않은 채 여자는 두 손바닥으로 내 목을 감았다. 나는 쾌감과 공포의 담장 위에 아슬아슬하게 서 있었다. 여자는 두 손에 힘주어 내 목을 위로 천천히 밀어 올렸다. 기도가 좁혀들고 있었다. 숨이 잘 쉬어지지 않았다. 이대로라면 금방 숨이 끊길 것도 같았다. 관자놀이의 핏줄이 바깥으로 튀어나올 것처럼 부풀어 올랐다. 나는 그 순간에도 여자를 이해했다. 그랬겠다. 그럴 수 있었겠다. 어쩌면.

나는 감기지 않는 눈을 억지로 감았다. 그래 이대로 죽자. 종양 덩어리에 의해 죽느니 사람, 그것도 젊고 가여운 여자에게 죽임을 당하는 것도 나쁘지 않을 것 같았다. 정신이 혼미해지고 내가 오랫동안 침묵을 지키고 있을 무렵 여자는 손을 풀었다.

아저씨는 착한 사람이니까. 죽이지는 않을게요. 그동안 나를 안으려고 했다면 어쩌면 그랬을지도 몰라요.

여자는 내 몸에서 내려갔다. 그리고 찾아왔을 때처럼 소리 없이 떠나갔다. 나는 시체처럼 누워서 여자와 10만 원, 그리고 방금 했던 여자의 말을 되뇌며 잠이 들었다.

오랜 시간이 지났어도 여자는 더 이상 오지 않았고 나는 예약한 날짜를 어기지 않고 검진을 받으러 갔다. 주치의가 침울한 어조로 말했다.

5년 이상 된 환자는 일반적으로 완치되는 게 대부분인데 가장 나쁜 케이스입니다. 폐, 골수, 신장, 대장까지 전이됐어요. 죄송합니다.

나는 문득 사라진 한 여자를 떠올렸다.

*슈가 대디 : 만남의 대가로 젊은 여자에게 재정적 지원을 하는 중년의 남자

쓰디쓴 단맛

사람들은 돌로 쳐 죽이려 들것이다. 너희 중에 죄 없는 자 돌을 던지라고 중동의 한 성인이 말했다지만 죄 있는 자들의 돌을 맞아도 억울할 일이 없을 것이다. 두개골에 부딪쳐 둔중한 돌의 무게가 머리 전체를 뒤흔들어 놓는 순간 선혈이 뺨을 타고 흐를 것이다. 이어 얼굴을 찢어발기듯 헤집는 통증이 거대한 공포의 포자를 온몸 구석구석에 퍼뜨려 놓을 것이다. 생각은 여자를 사시나무처럼 떨게 했다. 아무려면 어떠랴. 수십 발의 총탄을 맞고 쓰러진 채 다가오는 적군을 앞에 둔 병사처럼 마음만은 고즈넉했다.

여자는 방금 숨이 멎은 한 남자 앞에 앉아 있다. 남자는 마지막

숨을 그러모아 내쉬기 전 눈빛으로 여자를 불러들였다. 여자는 하얗게 마른 남자의 입 가까이 귀를 가져갔다. 사, 랑, 해. 그리고 끝이었다. 여자는 남자가 말한 사랑이라는 단어의 개념을 곱씹었다. 그의 사랑은 어떤 종류가 주된 것이었을까. 아버지의 딸에 대한? 한 남자의 여인에 대한? 아마 둘 다였을지도 모르겠다. 여자는 스스로에게도 물었다. 딸의 아버지에 대한? 한 계집의 남정네에 대한? 여자 역시 둘 다였다는 데 동의했다. 개운치 않은 데라고는 없었다. 그것은 양심과는 다른 차원이었다. 굳이 규정하자면 무정부주의적이라고 해야 했다. 금기를 만들어 놓은 권력자를 향한 저항의 실천이라고까지 여겼다.

병실 문이 열리고 주치의와 간호사가 들어온다. 의사는 남자의 눈꺼풀을 열어보고는 간단히 사망 진단을 내린다. 23시 18분 심폐정지로 환자 사망. 다른 보호자는 없는지 의사가 묻자 여자는 고개를 젓는다. 의사는 남자의 얼굴 위로 시트를 당긴다. 산자에서 죽은 자로 변모되는 상징은 허망하게 단순하다. 의료진이 나가자 여자는 다시 자리에 앉는다.

여자는 휴대폰을 꺼내 번호를 찾아 통화 버튼을 누른다. 신호음이 길게 이어진 뒤 녹음된 여자의 안내 음성이 들린다. 여자는 문자를 보낸다. 아빠 방금 사망. 몇 초도 지나지 않아 휴대폰이 진동한다. 그래서? 엄마가 묻는다. 그래서라니? 왜 연락했냐구. 엄마의 음성이 높아진다. 그냥 알리고 싶어서. 여자는 스스로 궁색하다는 걸 안다. 난 그 인간이랑 이젠 아무 상관없어. 그러니 니가 알아서 해. 안 올 거야? 어딜? 장례식에. 갑자기 엄마가 웃는다. 내가 왜 가야하니, 니 서방이잖아. 그리고는 끊는다. 여자는 침착하게 다른 번호를 찾아 누른다. 상대방이 나오자 여자는 말을 하지 못한다. 말을 해, 왜 전화했는데? 여자는 울먹인다. 아빠가 방금 돌아가셨어. 상대편 남자 역시 웃는다. 그래서 나더러 어쩌라구. 니 애인이잖아. 전화가 끊긴다.

병원 장례식장에 빈소가 차려졌다. 상조회사 직원들은 상주가 여자 한 명인 것에 약간 놀라는 눈치다. 검정 치마저고리에 작은 흰 리본을 머리에 꽂은 여자는 빈소 한 모퉁이에 앉았다. 여자는 모든 것이 스스로 자초한 것이라고 인정했다. 죄책감 따위는 애당초 자신과는 무관한 것이라고 생각했다. 이상하게 여길지도 모르지만 여자는 지금도 그것이 잘못되었다고 생각하지 않는다.

여자는 가녀린 한숨과 함께 국화꽃 가운데에 놓인 남자의 얼굴을 무심히 올려다보며 어느 한 때의 시작을 떠올린다.

이른 저녁 무렵이었다고 기억한다. 여자가 중학교 3학년 정도의 나이였을 것이다. 우리 딸, 아빠한테 와줄래? 남자의 호출은

받은 여자는 머리 안을 아무 것도 채우지 않은 채 남자에게로 건너갔다. 남자는 가끔 여자를 자신의 서재로 부르곤 했다. 모든 게 정상적이었고 친구들과 컴퓨터로 채팅하던 걸 잠시 멈춰야 한다는 게 다소 불만이었다. 왜 아빠? 응, 여기 어깨 좀 주물러라. 고개를 주억거리며 남자가 어깨를 매만졌다. 여자는 남자의 어깨를 주무르는 것에 익숙해 있다는 것을 알고 있었다. 그것은 일종의 대화의 시작이었다. 요즘 학교생활은 어때? 응, 좋아. 성적은? 저번 학기 시험은 잘 봤는데 이번 시험은 좀 그래. 엄지에 힘이 들어가는 부위에 남자의 단단한 육질이 반응을 했다. 아빠는 학교생활 어때? 애들 말 잘 들어? 남자는 눈을 지그시 감고 담임을 맡고 있는 여자 또래의 아이들을 떠올렸다. 우리 딸만한 애들이 없어. 너 같은 애들만 있다면 교직이 참 편할 텐데. 에고 됐다. 너도 돌아서봐. 여자는 남자가 주물러주는 손길에도 거부감이 없었다. 갓난 아이 때부터 목욕을 시키고 머리까지 감기며 온 몸에 베이비오일을 발라주던 것을 기억했다. 남자의 손길은 여자 몸의 확장이었다. 마치 벌과 나비가 꽃의 확장이듯이. 우주는 그렇게 연결고리로 확장된단다. 언젠가 여자에게 들려준 남자의 말이었다. 넌 남자친구 없니? 여자는 남자가 그랬듯이 눈을 지그시 감고 안마를 즐겼다. 다 시시해. 뭐가? 다들 애들 같아. 그래서 유치해. 아빠 같은 애들이 없어. 남자의 손길이 부드럽게 다정해졌다. 여자의 우윳빛 목덜미에서 가지런히 흐르는 앳된 여자의 어깨선으로 남자의 손끝이 다녀갔다. 남자는 자신의 손끝에 닿는 여자의 몸피가 거역할 수 없는 어떤 의지를 불러일으키는 것처럼 느꼈다. 아이 때부터 온기 머금은 손길로 다스리던 익숙한 대상이 낯선 언어로 말을 걸어왔다. 응석만 부리던 아이가 성숙의 은유로 자신의 앞에 서있었다.

남자는 여자가 일곱 달 만에 세상에 나온 것을 기억했다. 인큐베이터 안에서 생의 의지로 꼼지락거리는 여자를 보며 남자는 눈물의 서약을 했다. 저 아이만 살려준다면 나 같은 건 존재하지 않아도 무방합니다. 남자의 서약은 신탁의 힘을 기꺼이 발휘했다. 석 달이 지날 무렵에 아이는 온전한 사람의 형상을 드러냈다. 남자의 아내는 칠삭둥이로 태어난 아이가 자신의 업보와는 아무런 관련이 없는 것처럼 아이에게 냉랭했다. 커리어 우먼이었던 아내는 원만한 생식을 하지 못한 것에 분개하는 것처럼 보였다. 남자의 어쩔 수 없는 부성애는 그로부터 시작되었는지도 몰랐다. 아이의 일거수일투족이 남자의 초미의 관심사가 된 것은 어쩌면 당연한 일이었다.

남자의 애정방식은 특이한 형태로 일관했다. 아이의 입언저리는 남자의 억압된 구강기의 본능에 거침없이 노출되기 일쑤였다. 목욕을 끝낸 뒤 아이의 목덜미에 대고 장난기 묻은 애무는 아내의 핀잔을 불러들였다. 간지러움에 까르르대는 아이의 목소리에서 남자는 아내에게서 구하지 못한 희열을 느꼈다. 문제는 아이가 초등학교 고학년이었을 때까지 남자의 버릇은 멈추지 않은 데 있었다. 미쳤어? 애가 이미 초경을 시작했어. 이젠 여자란 말이야. 아내의 앙칼진 목소리에도 남자와 여자는 즐거운 낯빛을 거두지 않았다. 엄마, 괜찮아, 내가 싫어하지 않아. 미간이 잔뜩 좁아든 아내의 시선 앞에 남자와 여자는 가벼운 입맞춤으로 부녀간의 유희를 끝냈었다.

　사상 초유의 일은 그렇게 일어났다. 완력이라든가 저항이라는 몸짓은 그들에게 오히려 부자연스러운 것이었다. 더욱 이상한 일은 두 사람 모두 심장 박동에도 변화를 일으키지 않았다는 점이다. 평온한 가운데 마치 오래된 연인들처럼 익숙하게 그들은 인륜의 선을 지워버렸다. 약간 이채로운 부분이 있었다면 그 일의 마지막 무렵에 예리한 감각이 온 몸의 세포들을 일깨운 것 정도였다. 여자는 그때서야 자신의 심방 일부가 더운 피로 적셔지는 것을 느꼈다. 나란히 누워 남자와 여자는 그다지 궁금하지 않은 사항을 확인하듯 물었다. 우리 딸, 어땠어? 좋았어. 아빠는? 응, 나도 좋았어. 남자는 오랫동안 입에 오르내리던 세상의 근심에 대해 물었다. 죄책감은? 여자가 얼굴을 맞대며 말했다. 없어. 근데 그게 있어야 하나. 그래 이상하지. 왜 그게 떠오르지 않을까. 아빠, 나 씻을게. 마치 유령처럼 부스스 일어나 옷을 추슬러 입는 여자를 보며 남자의 머리 안은 복잡하기보다 오히려 단순해졌다. 삶에서 일어나지 말아야 하는 일이라고는 존재하지 않는다. 2차 세계대전 당시 3개월간 포위된 레닌그라드에서는 굶주린 시민들이 식인까지 하지 않았던가. 비록 신화라고 해도 제우스신은 누이와 결혼하고 중세의 유럽왕가들은 근친끼리 결혼하지 않았던가. 우생학은 자손을 보는 것을 전제로 할 때에만 근거가 있다. 생식을 하지 않는 한 금기의 항목에서 자유로울 수도 있지 않을까. 남자의 사유는 정당성을 얻기 위한 구실을 향해 줄달음질쳤다. 문제는 아내였다. 아내가 이 사실을 안다면 어떻게 반응할까. 남자는 여자의 몸짓을 흉내 내며 샤워실로 향했다. 딸이 남긴 물기에 발을 적시며 비밀스러운 체액을 씻어 내릴 즈음 아파트 문의 비밀번호를 누르는 소리가 났다. 아내가 귀가하고 있었다.

남자와 여자의 비밀은 오랫동안 유지되었고 계속 실행되었다. 적어도 남자의 아내이자 여자의 연적인 엄마가 그 사실을 알고 집을 나갔을 때까지는. 사실 그들은 한 가지 비밀만 공유하고 있다는 것 외에는 삶이 대체로 순조로웠다. 남자는 교직 생활에 충실해서 교감으로 승진했으며 여자는 원하는 대학에 진학했다. 커리어 우먼으로서 자기실현에 매진하던 남자의 아내는 어느 날 자신의 주변에 약간의 변화가 생겼음을 감지하게 된다. 임원이 되기 위해 늦은 귀가를 마다않던 남자의 아내는 생활에 걸림돌이 하나 있었다. 파김치가 되어 쓰러져 자고 있는 자신에게 남자의 손길이 불쑥 가슴을 파고드는 일이었다. 남자의 아내는 체질적으로 뜨거운 몸이 아니었다. 칠삭둥이 딸을 고생스레 낳은 뒤부터 남편을 받아들이는 일이 밀린 숙제를 해야 하는 초등학생의 심기와 흡사했다. 어떤 때엔 반 가수면 상태에서 관계를 하는 일도 있었다. 이 경황에서도 잠이 와? 남편은 철부지 아이처럼 투덜거렸다. 당신은 이 지경에서도 그게 하고 싶어? 아내의 대꾸는 남자의 가장 허약한 부분을 건드렸다. 쪼그라든 생식기를 거두고 철수해 버린 남편이 이후론 별다른 시도를 하지 않은 것에 내심 흔쾌하다고 여길 무렵이었다. 아내가 감지한 변화는 아무리 곁을 주지 않은 자신이지만 시도조차 하지 않는 남편의 부작위에 있었다. 다른 여자라도 생긴 걸까. 남편의 품성으로 봐서 그럴 리는 없었다. 교단의 모범 교육자로 곧 교장 승진을 앞두고 있는 마당에 부적절한 처신을 할 리가 없었다. 남자의 아내는 그 까닭을 오래 되지 않아 스스로 목도하게 된다.

그날은 직원들과 회식이 있어서 몇 순배 술을 마신 것이 갈증의 원인이 되어 남자의 아내는 한밤중에 잠에서 깨어났다. 냉장고에서 시원한 물 한 잔을 꺼내 마시려던 순간 여자의 촉이 섬세해지는 것을 느꼈다. 거미줄 같이 가녀리면서도 길게 잇닿은 소리가 어디선가 새어나오고 있었다. 소리의 출처는 남편의 서재

쪽이어서 숨을 죽인 아내는 청각의 끝을 돋우었다. 문은 잠겨있지 않았다. 남자의 아내는 어둠보다 더 어두운 자태로 서재로 스며들었다. 그녀가 실내등 스위치를 켜는 순간 악몽에서나 봤을 광경이 거기에 있었다. 그것은 뱀의 형상이었다. 붉은 기운을 띤 몸뚱어리가 서로를 휘어 감고 똬리를 틀고 있었다. 아내는 말하는 법을 잊어버렸다. 딱히 떠오르는 자음과 모음의 조합이 없었다. 이성은 증발되었고 상식이 싱크 홀처럼 무너져 내리고 있었다. 세 사람의 시선이 서재의 허공 한가운데에서 만나 하나의 점으로 응고되었다. 남자의 아내는 침묵을 가슴에 보듬고 자신의 공간으로 되돌아갔다. 그녀가 더욱 놀란 것은 눕자마자 다시 가녀린 소리가 계속 들려왔다는 사실이었다. 그녀는 밤을 하얗게 지새웠다.

남자의 아내는 자신의 귀를 의심해야 했다. 엄마가 나가. 난 아빠랑 살 거야. 딸의 입에서 나온 소리였다. 더욱 귀를 의심해야 할 소리는 곧 이어졌다. 그래, 애 말대로 하는 게 좋겠어. 아파트 창밖에는 부옇게 미세먼지가 세상을 뒤덮고 있었다. 가을이 무르익어 겨울을 재촉하고 있었다. 남자의 아내는 현명해지는 법을 찾고 싶었지만 어리석어지는 쪽으로 자꾸만 내몰렸다. 간밤에 잠을 이루지 못해 간단히 짐을 꾸리는 것으로 시간을 때웠다. 가출을 앞둔 남자의 아내가 떨리는 목소리로 말했다. 언제부터야, 너네들. 오래됐어. 딸이 받았다. 네놈이 강제로 그런 거야? 그런 거 없었어. 네년한테 물은 거 아냐. 어쨌든 당신에겐 미안해. 어쩔 수 없었어. 뭐? 어쩔 수 없었다구? 네 년 놈들이 지금 무슨 짓을 한 줄 알아? 인세스트, 이건 인세스트라구. 그래, 근친상간 맞아. 그게 뭐, 그게 어쨌다구. 성경에도 근친상간 많아. 권력을 가진 놈들은 실컷 하면서 왜 우리는 못하게 해? 여자가 악다구니를 쳤다. 아내의 도덕률에 대한 신념은 허약한 것이었다. 세상의 종말이 곧 올 것이라는 말은 일부 종교인들의 겁박인 줄로만 알았다.

아스팔트와 여행가방의 바퀴가 구르며 내는 소리가 처량하게 들렸다. 조금 전 집안의 모든 기물을 던지고 으깨버리며 발광을 하던 한 여자를 떠올렸다. 자신에게도 그런 면이 있었는지 처음 알고 나면서 남자의 아내는 소스라치게 놀랐다. 단아한 풍모와 지성으로 일관된 자신이 평소 천박함으로 사갈시하던 원초적인 야만성을 적나라하게 드러냈다는 게 무엇보다 충격이었다. 왜 내가 그토록 분노했을까. 스산한 늦가을의 바람을 얼굴로 맞으며 남자의 아내는 생각했다. 승용차의 트렁크를 열고 여행 가방을 던져 넣었을 무렵 어렴풋이 그 까닭이 뇌리의 언저리에서 끌려나왔다. 곧 이어 그녀는 웃음을 터뜨렸다. 참으려고 했지만 한 번 터져 나온 웃음은 쉽게 멎지 않았다. 웃고 있는 자신이 안쓰러워 종내는 슬퍼졌다. 그거였구나. 그래, 그거였어. 그녀는 운전석에 앉으며 눈물을 찔끔 흘렸다. 바보 같은 년. 딸년을 연적으로 생각하다니. 그녀는 간밤에 똬리를 틀고 있던 한 쌍의 뱀 형상을 떠올리며 세상에서 가장 한심한 표정으로 웃었다.

남자의 아내이자 엄마인 커리어 우먼으로부터 이혼장이 날아든 것은 그로부터 한 달이 지난 후였다. 살던 집을 담보로 반값을 대출받았으니 나머지 반은 팔아서 몫을 챙기라는 메모와 함께 소셜 미디어에 너희 두 년 놈의 행각을 올리면 교직에서 쫓겨날 것은 분명하지만 인생이 불쌍해서 그것만은 유보하겠다는 말도 잊지 않았다. 남자와 여자는 우울한 표정으로 이혼장에 도장을 찍었다. 그러나 금세 우울함은 연인들만의 안도의 낯빛으로 바뀌었다. 딸, 이혼 축하기념으로 아빠랑 파티 어때? 여자는 세상에서 가장 행복한 표정을 지으며 남자의 주먹에 자신의 주먹을 맞댔다.

남자와 여자는 대낮부터 술을 마시기 시작했다. 그들은 부녀지간 또는 원조교제하는 커플처럼 보였지만 철없는 연인들 마냥 행동했다. 어깨가 닿을 만큼 바짝 붙어 앉아 귓속말로 무언가를 주고받았다. 여자는 목젖이 보일 때까지 웃을 때가 많았다. 앞에 놓인 술병의 개수가 늘어감에 따라 그들의 취기는 주체할 수 없을 만큼 올라갔다. 아빠, 근데 난 왜 그렇게 아빠가 좋지? 혀가 살짝 꼬부라진 소리로 여자가 말했다. 어디가 그렇게 좋아? 눈자위가 불콰해진 남자가 받았다. 여자는 빗어 넘긴 앞 머리카락 일부가 흔들리자 세 손가락으로 뒤로 넘겼다. 아빠의 모든 것. 특히 아빠의 몸. 남자가 안주를 씹다말고 여자를 올려다보았다. 그건 나도 마찬가지야. 우리 딸이 얼마나 사랑스러운지 알아? 정말 미쳐버릴 것 같아. 그런데 정말 죄책감은 안 들어? 여자는 약간 역정을 냈다. 몇 번을 되풀이해야 해? 안 든다고 했잖아. 그러고 보면 아빠 죄책감에 늘 시달리나보지. 남자는 답을 하지 못했다. 다만 안주거리만 오물거리며 씹었을 뿐이었다.

그들은 술집을 나와서도 다정한 연인처럼 걸었다. 남자는 여자의 어깨에 팔을 두르고 여자의 손을 허리에 감았다. 그들은 무엇인가를 떨쳐버리려는 것처럼 힘차게 노래를 불렀다. 서로에게 말은 하지 않았지만 그들의 가슴 속엔 거대한 바윗돌 하나가 들어앉아 전신을 짓눌렀다.

어느 날 여자에게 소개팅이 들어왔다. 여자에게 남자의 존재가 목구멍의 이물질처럼 걸렸지만 젊은이답게 흔쾌히 수락했다. 건너편에 앉은 청년은 무엇보다 이목구비가 수려했다. 여자보다 훨씬 좋은 대학에서 취직에 걱정 없는 학과에 다닌다고 했다. 여자는 가슴이 뛰었다. 남자에게서도 뛰지 않던 가슴이었다. 여자는 그 사실을 남자에게 말했다. 남자의 표정에서 애매하지만 설명 가능한 기운이 베어났다. 딸, 앞으로 그 친구랑 더 친해질 거야? 여자는 분명하지만 설명할 수 없는 표정을 지었다. 아빠, 결코 후회해서가 아냐. 그렇다고 지금이 물려서가 아냐. 그냥 나다운 길을 걷고 싶어. 남자는 여자의 두 어깨를 가만히 안았다. 그래, 우리가 시작했던 처음처럼 그렇게 자연스럽게, 알았지?

한동안 남자와 여자는 만나지 않았다. 만나지 않았다는 것은 스스럼없이 부딪치던 몸의 만남을 의미한다. 그러나 그것이 얼마나 지독한 중독이고 악마적이었는가를 그들은 오래되지 않아 공유하게 된다. 역정을 낸 쪽은 여자였다. 아빠는 내가 젊은 놈이랑 무슨 짓을 하고 다니는지 궁금하지도 않아? 날 사랑한다는 말도 순 거짓말이었잖아. 여자가 그렇게 격하게 화를 내는 것을 본 것은 그때가 처음이었다. 남자는 갓 부임한 교사로부터 훈계를 들은 것처럼 얼굴이 붉어졌다. 가슴이 뛰고 있었다. 그동안 까닭 없이 답답하고 울화가 치밀어 오르던 것을 여자가 대신 설명해주었다. 울먹이고 있는 여자의 어깨를 남자는 다시 안았다. 멀리 시선이 달아나면서 둘 다 이제는 너무 멀리, 그리고 깊숙이 와버린 건 아닌지 생각했다.

여자는 남자친구와 데이트 도중 가끔 문자를 받았다. 문자를 들여다본 여자의 얼굴이 활짝 펴졌다. 오빠, 집에 급한 일이 생겨 가봐야 돼. 미안. 귀가하는 버스 안에서 여자는 얼마 전 남자친구와 있었던 섹스를 떠올렸다. 잔뜩 기대를 머금고 익숙한 사람이 아닌 다른 한 사람의 몸과 만나는 것에 가슴이 설렜다. 그러나 그 뿐이었다. 사후경직의 사체처럼 굳어버린 여자 위에서 남자친구는 필요이상의 애를 썼다. 몸에 떠도는 약간의 열기와 두근거림만으로 만날 일은 아니었다. 여자는 다른 것을 생각했다. 그래서인지 여자는 끝내 몸을 열지 않았다. 남자친구는 부실한 사랑의 책임을 스스로 뒤집어쓰려고 했다. 수려한 용모 값을 못하는 자신이 못마땅한지 연신 여자에게 용서를 구했다. 아냐, 괜찮아. 여자는 쿨하게 넘겼다. 그리고 그들은 며칠을 가지 못하고 헤어졌다. 그것이 누구 탓이었는지 남자친구를 제외한 두 사람은 분명히 알고 있었다.

비밀과 쾌락의 나날들이 서로 감싸고 뒤채며 이어졌다. 어떤 깨달음의 뒤끝은 아니었다. 어느 날 문득 남자는 상식과 양심을 관장하는 올림포스의 신으로부터 호출을 받았다. 딸, 언제까지 이러고 살 거야? 여자의 의뭉스런 눈빛은 남자에게 낯선 것이었다. 여자는 남자의 내부에서 무슨 일이 벌어지고 있는지 알아내려고 안간힘을 썼다. 아…빠. 지금 무슨 얘기하려는 거야. 내 말은 부자연스럽다는 게 아니라 부적절하다는 거지. 나 말고 다른 남자의 세계를 만나야 하고 또한 너도 생식을 해야 하는 거야. 언제부턴가 이 나라에서 아이들 울음소리가 잘 들리지 않아. 빤히 주시하고 있는 여자의 눈 너머로 많은 생각들이 두런거리는 게 보였다. 아빠도 알잖아. 저번 남자친구도 실패했다는 걸. 타인은 지옥이야. 남자는 자기 반에서 비행소녀로 악명 높은 학생을 설득시킨 사례를 기억했다. 오랜만에 평교사의 의무감이 되살아났다. 이렇게 하자꾸나. 남자는 여자에게 한 가지 제안을 했다. 늘 내면 언저리에 무겁게 짓누르고 있는 중압감의 실체가 무엇인지, 우리가 사랑이라고 믿고 있는 실체가 그들의 공증을 받을 만한 것인지. 시속 15km의 전차에 받힌 사람처럼 여자는 멀뚱히 남자를 바라만 봤다. 남자에게 다행히 여자가 반대하지 않았다.

정신건강의학과 전문의는 중년의 여의사였다. 검은 뿔테 너머로 지성이 찰랑거렸다. 의사는 남자와 여자를 번갈아 본 뒤 진료기록 화면을 들여다보았다. 두 분 모두 진료 신청하셨군요. 우선 아버님부터 시작할까요. 의사는 여자에게 바깥 대기실에서 기다려달라고 말했다. 무슨 문제로 오셨나요. 남자는 언뜻 말문을 열지 못했다. 의사는 편안한 표정으로 기다려주었다. 애 엄마의 표현을 빌리자면 '인세스트' 때문에⋯ 의사의 동공이 순간 확대되는 게 보였다. 재빨리 진료기록지에 영어를 휘갈기는 것도 보였다. 의사는 언제부터였는지, 부작용, 말하자면 임신 같은 일은 없었는지 그리고 그것으로 인해 2차적인 가해 또는 피해는 없었는지 물었다. 많은 질문과 대답이 오갔고 의사는 드물게 빛나는 지성을 드러낼 차례였다. 이런 일들이 드문 일은 아니라면서 남자가 무릎을 내려칠 만한 결정적 질문을 던졌다. 그런데 선생님은 왜 이 일을 그만 두지 못하는 거죠? 남자는 음성을 가지런히 그리고 차분히 가라앉혔다.

믿으실지 모르겠지만 아이의 안에 있으면 기쁨과 관련된 모든 개념들이 내 것이 됩니다. 사랑이라는 느낌은 진부함을 떠나 화석이 되고 말죠. 법열, 구원, 재탄생, 악마와 거래를 했던 파우스트에 대한 절대적 공감, 죽음을 불사할 열락, 인큐베이터 안에 있던 아이의 생명력, 정상적인 아이로 자라난 아이에 대한 무조건적인 감사, 수 만 마리의 비둘기를 날리는 평화의 종소리, 억새풀 사이로 타오르는 붉은 노을. 이 모든 것이 온전히 하나로 응축되어 혈관을 타고 온 몸 구석구석 퍼져 나갑니다. 나는 그때부터 하나의 존재이면서 본질이죠. 단단한 것과 부드러운 것이 차별도 없이 합일되어 향기와 빛깔을 뿜어내면 남루한 영혼의 소유자라도 완전체에 대한 확신을 가집니다.

의사는 한동안 말이 없었다. 의사는 묵묵히 원어로 된 진료기록을 써내려갔다. 알겠습니다. 잠시 기다려주시고 밖에 있는 따님 좀 불러주시죠.

남자는 30분이 지나서야 의사 앞에 다시 앉았다. 남자와 여자 앞에서 의사는 볼이 상기되어 있었다. 의사는 그다지 많은 말을 하지 않았다. 남자에게는 오늘부터 여자와 '인세스트' 하지 말 것, 하루빨리 여자를 결혼시킬 것. 의사는 덧붙였다. 두 분에게는 질병적 소견은 없습니다. 따라서 약물처방도 필요하지 않아요. 다만 의사로서 놀라운 것은 어떻게 사회라는 규범 질서 안에 살면서 그 '인세스트'가 아무런 심리적 저항감 없이 계속되어왔는지, 어떻게 역사 이래로 금기시 돼온 행위를 인간 본능의 긍정성과 잘 융합해냈는지 하는 거예요. 끝으로 얼마 전 시골의 어느 저수지에서 두 구의 변사체가 발견되었어요. 나중에 그들은 부녀지간으로 밝혀졌는데 두 분들 경우와 같았죠. 의사인 저로선 윤리적으로 또는 사회 규범적으로 혹독하게 질타하고 훈계해야겠지만 사람을 살리는 일이 바로 의사의 의무니까요.

  병원을 나서며 남자는 의사로부터 무슨 말을 들었는지 여자에게 물었다. 아빠랑 어쩌면 그렇게 똑 같은 대답을 하느냐고 놀라던데.

  남자와 여자는 의사가 시키는 대로 하기로 했다. 그들은 이성의 심지에 불을 댕겼다. 소개받은 청년은 이전처럼 외모가 수려하지도 않았고 중소기업에 다니는 평범한 회사원이었다. 여자는 몇 달 만에 청년과 결혼을 약속했다. 결혼식 날 부녀의 행각을 비밀에 부쳐준 남자의 아내가 한복을 입고 나타났다. 상견례에서도 보지 못했던 신부 엄마의 출현에 사돈 내외는 놀라는 눈치였다. 여자의 손을 잡은 남자는 혼란스러웠다. 여식인지 내 여인인지, 그 놀라운 영육의 완성체를 남에게 넘겨주다니. 삶은 이토록 카오스 덩어리인가 싶었다.

여자는 남편과 그럭저럭 잘 지냈다. 여자의 남편은 아이 갖기를 소망했다. 그리기 위해서 밤마다 여자의 몸을 찾았다. 여자는 결혼의 의무에 대해서 생각했다. 생각할수록 결혼은 간 데 없고 의무만 남았다. 여자는 안간힘을 썼다. 남자를 떨쳐버리기 위해서라도 아이를 가져야 한다. 그러나 신은 그들에게 새 생명을 점지해주지 않았다. 남편은 시간이 흐를수록 초조해졌다. 이토록 건강한 육체들이 새 생명 하나를 잉태시키지 못하다니. 남편은 한 가지 의문에 사로잡혔다. 당신, 잠자리에서 아빠라고 부르더라고. 아이도 없는 내가 어떻게 아빠가 될 수 있겠어. 남편의 말에 여자는 가슴이 철렁 내려앉았다. 그만큼 당신이 아빠가 되길 바라는 뜻에서 그랬을 거야. 여자의 얼버무림은 여자의 비밀을 알 길 없는 남편에게는 그럴듯해 보였다.

여자는 우울함을 견디려 애썼다. 아파트 방의 벽지마다 '의무'라는 글씨가 덕지덕지 도배되어 있는 것처럼 보였다. 사랑이 실종된 결혼이 무슨 의미가 있을까 생각했다. 남자가 왜 자신을 사랑이 함유되지 않은 결혼으로 내몰았는지 이해할 수 없었다. 남편이 출근한 뒤 여자는 남자에게 문자를 보냈다. 아빠, 나 없이도 행복해? 남자가 마치 기다렸다는 듯이 답했다. 글쎄, 아닌 것 같아. 딸, 결혼생활은 할만 해? 여자는 잠시 서슴었다. 진실의 힘을 시험해보기로 했다. 이건 아닌 것 같아. 일전에 의사가 말한 그 부녀가 떠올라. 남자는 비록 전자로 된 문자지만 손가락에 힘을 실어 꾹꾹 눌렀다. 우리 딸, 그래선 안 돼. 김 서방을 생각해. 그에겐 아무 잘못이 없어. 여자는 휴대폰을 닫고 침대 위로 던졌다. 두 팔 위로 얼굴을 묻었다. 여자는 무엇인가 생각난 듯이 휴대폰을 다시 쥐고 밖으로 뛰쳐나갔다.

여자는 남자의 집 앞에서 한참이나 기다려야 했다. 도어폰을 계속 눌렀으나 처음 한 번 열린 도어 스크린은 다시 열리지 않았다. 남자는 소파에 온 몸을 묻고 눈을 감고 있었다. 도어폰이 다시 울렸다. 남자는 도어폰을 들고 여자의 자태를 보았다. 여자가 눈물을 훔치고 있었다. 남자는 말했다. 안 돼. 돌아가. 이젠 그래선 안 돼. 여자가 물기 있는 목소리로 알았으니 마지막 한 번만 안아줘, 했다. 남자는 도어폰을 걸었다. 그리고 다시 거실로 돌아와 소파에 몸을 묻었다.

얼마가 지났을까. 남자는 자신이 깜빡 잠이 들었다는 것을 알았다. 남자는 도어폰을 들었다. 화면에는 아무도 보이지 않았다.

겉옷을 걸치고 남자는 혼자 술이라도 마실 요량으로 문을 열었다. 여자가 문 밖에서 쪼그리고 앉아 두 팔에 얼굴을 묻고 있었다. 문이 열리자마자 여자는 남자의 가슴에 뛰어들었다.

여자는 남편에게 잠자리에서 불렀던 아빠라는 외침의 실체에 대해 얘기했다. 남편은 방금 잠에서 깬 아이처럼 멀뚱히 여자를 바라보았다. 자신을 미친년이라고 불러도 좋고 악마에게 영혼이 저당 잡힌 년이라고 불러도 무방하다고 여자는 말했다. 남편이 더욱 까무러칠 말은 여자가 남자의 아이를 가졌다는 거였다. 그렇게 애타게 기다리던 아이를, 그것도 자신이 아닌 가장 가까운 사람의. 남편은 남자의 아내가 했던 것과 같은 질문을 했다. 언제부터였어? 여자가 차분히 답했다. 오래 전 일이야. 이젠 전설이 되었지. 남편의 얼굴이 화선지 빛보다 더 창백해졌다. 그럼 나랑 결혼한 것은 무슨 의도였지? 여자의 어조는 더 또렷해졌다. 미안해. 아빠로부터 벗어나려고 했어. 그런데 그게 잘 안됐어. 나 몸만 나갈 거야. 정말 미안해.

여자가 집을 나간 후 한 달이 지났을 즈음 남편은 이혼서류를 받았다. 남자가 아내로부터 받았던 것처럼.

남자는 그것 하나는 절대 양보할 수 없다고 말했다. 만일 그렇게 된다면 어느 저수지에서 발견될 또 한 쌍의 부녀가 될 것이라고 경고했다. 여자는 그러자고 말을 하려다 말고 남자의 뜻에 따르겠다고 했다.

여자는 도심에서 멀리 벗어난 부인과 의원에서 중절수술을 받았다. 수술대 위에 누우며 여자는 세상의 끝을 본 것처럼 눈물을 흘렸다. 코발트 빛 마스크를 쓴 의사는 지금이라도 늦지 않았으니 결심을 번복해도 된다고 여자에게 말했다. 마취에서 깨어난 여자는 회복실 모퉁이에서 졸고 있는 남자를 보았다. 우리는 어디에서 와서 어디로 가는 걸까. 시작은 왜 그렇게 했으며 와 있는 지금은 무엇을 의미하는 걸까. 여자는 슬펐지만 괴롭지는 않았다. 여자는 흐려진 시야에 물기를 담으며 가장 빛나던 시절의 일기를 떠올렸다.

인세스트.
나는 마침내 금지된 과일을 베 물고 말았다. 나는 왜 그것이 지상의 금지 목록 제 1호였는지 알아버렸다. 그것 외에 다른 것을 제시하는 사람이 있다면 그와는 말도 섞지 않으리라. 번식을 독려하기 위해 유인책으로 덧붙여놓은 쾌락은 차라리 초라한 것이었다. 나는 스스로 하늘이 되었고 그 무한한 공간에서 생명의 비밀을 들여다보았다. 일손을 놓고 있던 뇌의 일부분이 소매를 걷어붙이고 초감각의 에테르를 빚어내 내 몸에 흘려 보내주었다. 시간도 없고 경계도 없는, 지극히 겸허한 표층 위에 나는 떠 있었다. 선과 악은 사람의 것이었다. 나는 이미 사람이 아니었으므로 그 구별에 관여되지 않았다. 나를 구성 짓게 한 그 사람과 더불어 영원을 꿈꾸는 길을 열었다.

지상의 죄업 가운데 더 이상의 것이 없으므로 법전에서도 발견되지 않는다. 다만 거기로 가기 위한 폭력은 벌하고 있다. 법은 최소한의 도덕이라는 게 자명해진다. 나는 왜 한 남자로부터 분리되지 못했을까. 내 몸은 그의 유전체가 반이나 들어 있다는 것을 과민하게 여긴 탓일까. 엘렉트라 콤플렉스는 한 정신분석학자의 발명품에 불과했을까.

나는 사람의 말을 빌리자면 천벌을 받을 것이다. 내 실존은 본질을 앞서갔고 앞서간 실존은 본질 역시 다르지 않다는 것을 알았다. 천벌을 받는다면 나는 기꺼이 소멸될 것이다. 나는 그들과 너무 다른 길을 걸었으므로.

여자는 유골 수습실 유리창 너머에서 남자의 유골을 기다리고 있다. 소각로로 천에 싸인 관이 들어갈 때 여자는 지구의 중력에 이끌린 듯 정중히 허리를 굽혔다. 소각로 담당자가 얼굴도 모르는 한 동시대의 존재를 향해 허리를 굽혔을 때 그들의 고인에 대한 예의 탓에 눈물이 났다.

여자는 유골 수레에 실려 수습실로 들어오는 남자의 형해를 본다. 여자는 스스로 자문한다. 나는 행복했을까 아니면 불행했을까. 남자 역시 행복했을까 아니면 불행했을까. 니체의 영원회귀 사상처럼 다시 같은 삶을 살게 된다면 같은 길을 걸었을까. 남자도 그랬을까. 여자는 알 수 없는 일이라고 생각한다. 다만 니체의 말처럼 운명애를 가지고 죄악시 하지 않고 더 떳떳하게 살 것은 분명하다.

유골함은 가볍다. 여자는 유골함을 들고 교원공제회가 운영하는 납골당으로 향한다. 여자가 하늘 저 너머 영원의 공간을 주시하듯 시선을 멀리 던진다. 문득 여자의 입안에 군침이 괸다. 군침은 처음 맛보는 것처럼 달콤하다. 그 달콤함은 언젠가 맛보았던 어느 시간과 흡사하다. 달콤함이 끝나갈 무렵 여자는 또 다른 맛과 만난다. 달콤함 끝에 이끌려 나오는 지독하게 쓰디쓴 맛.

하늘 유목민

세상의 모든 아름다움은 비행기를 통해 바라본 풍경 속에 들어있다는 생각을 문득 한다. 조종석 아래위를 가득 채우고 있는 아날로그, 디지털 계기판과의 다정한 스킨십과 오랜 경험 안에 축적된 노하우를 확인한 이후는 모두 아름다움과의 조우이다. 섬세한 혈관을 가진 이 아름다운 생명체와도 같은 비행기는 조종하는 사람만의 특권이다. 나는 그 특권에 대해서 용서받을 정도의 오만함으로 얘기하곤 한다.
　나는 조종실 우측 자리에 앉아 있다. 내 옆에는 오늘 처음 만난 기장이 비행 체크 리스트를 바늘에 실을 꿰듯 들여다보고 있다. 기장과 나는 조금 전 공항 로비에서 처음 만났다. 놀랍게도 기장은 푸른 눈과 담적의 머리색인 여자 조종사였다. 부기장으로서 여 기장을 만난다는 것은 흔한 일이 아니다. 그것도 외국인 여자기장을.

　비행 팀은 늘 새로운 얼굴이고 우리는 그럴 수밖에 없는 우리들 처지를 이해한다는 표정으로 악수했다. 어떻게 이런 몸매로 기장이 되었을까 싶을 정도로 그녀의 몸은 내려치기 전의 밀가루 반죽처럼 부풀어 있었다. 견장과 소매를 두른 네 줄의 흰 선만 아니었다면 우크라이나 어느 시골 농장 부엌에서 요리하고 있을 법했다.

"모니카 루드밀라 기장이에요."

　여 기장의 음성에서 '내 비행경력을 알면 놀랄걸' 하는 자신감과 노련함이 중저음으로 묻어났다. 모니카는 나를 제외한 교대 조종사(heavy pilot) 두 명과 열 명이 조금 넘는 승무원들과도 일일이 인사를 나누었다. 잘 다듬은 그리스 조각상처럼 생긴 남자 승무원과 악수할 때 뭐라고 농담을 건넸는지 남녀 승무원들은 여 기장을 만난 놀라움을 섞어 폭소를 터뜨렸다. 정작 의표를 찌른 것은 그녀의 웃음소리였다. 지나가는 여행객들의 시선을 일순에 붙잡아 둘 정도로 울림은 공항 청사를 뒤흔들었다.

　모니카는 마치 비행 훈련소 교관처럼 우리에게 브리핑했다. 목적지와 지나갈 웨이포인트의 날씨, 이번 비행의 특징 등을 러시아 억양의 영어로 설명했다. 그녀는 승무원들에게 승객의 특이사항을 질문했다. 예컨대 VIP로 통하는 아랍의 왕족이나 워렌 버핏 같은 대부호는 없는지, 특히 만삭의 임산부나 지나치게 고령

인 승객은 없는지 물었다. 여승무원은 한 명의 임산부가 있는데 그다지 표시가 나지 않았고 7개월 됐다는 임산부의 말을 전했다. 잠시 생각에 머무는 듯한 모니카는 특유의 장난기 어린 표정으로 오케이를 외치며 일행을 앞서 걸어갔다. 우리는 어미 닭을 따르는 병아리들처럼 그녀를 졸졸 따라갔다.

레드 캡(red cap:기내식·정비·화물적재 요원의 별칭)지휘자가 조종실로 들어와 비행 전 업무 완료 체크 리스트를 내민다. 모니카 기장은 FMC(비행기 메인 컴퓨터)상의 데이터와 레드 캡이 들고 온 체크 리스트를 대조하며 최종 서명을 한 뒤 그에게 되돌려주며 '땡큐'를 외친다. 레드 캡은 '멋진 비행을 하십시오' 하며 자리에서 물러난다. 탑승문의 슬라이드 체크가 끝났다는 승무장의 인터폰이 들리자 모니카는 '자, 시작합시다'하고 외친다. 나는 그녀의 언어를 그대로 복창한다. 이것은 이 세계에서만 통용되는 의무 조항이다. 기장과 부기장의 목소리는 그대로 '블랙박스'에 기록되며 유사시 어떤 형태로든 증거로 제시된다. 비행기에는 다른 사람이 들어있다. 비록 목소리 형태로만 존재하지만 모니카 기장과 나는 그의 말을 반드시 복창과 함께 유념해야 한다. 그의 성별이 반드시 남자일 필요는 없지만 그렇다고 여자인 경우도 드물다. 모니카는 관제사의 말을 경청한다.

"좋은 아침입니다. 현재 바깥 온도는 섭씨 21도, 풍속 북서풍 초속 4미터, 기압 1.418 헥토파스칼, 목적지 히드로 공항 기온 섭씨 17도, 풍속 동북풍 초속 5,5미터, 기압 1.405 헥토파스칼, 5분 후 2번 활주로 오픈합니다. 로저."

나는 에어버스 230 양 날개에 붙은 제트엔진에 스위치로 시동을 건다. 두 개의 엔진은 동시에 새근거리는 숨소리와 함께 힘찬 기지개를 켠다. 이제 나는 다시 유목민처럼 광활하고 드넓은 세계로 떠날 것이다. 사막과 하늘에는 표식이 없지만 유목민과 비행사는 어느 방향으로 가야 하는지 알고 있다. 때론 거친 폭풍우나 모래바람을 만나지만 오로라와 별똥별이 쏟아져 내리는 마법의 공간을 볼 것이다.

에어버스는 견인차가 이끄는 '푸시 백'으로 계류장을 벗어나 2번 활주로로 온순한 뱀처럼 기어간다. 교대 조종사는 조종실로 통하는 벙커에서 기상 알람 소리가 날 때까지 눈을 억지로 붙이고 있을 것이다. 엄마의 엄숙한 명령에 얼굴을 일그러뜨린 아이들처럼. 조종실 창문 너머로 280톤이 넘는 이 건장한 신경망 덩어리를 가볍게 박차오르게 할 활주로가 영원으로 향하는 세계의 입구처럼 펼쳐져 있다.

"KE208, 이륙을 허가한다 로저."

"KE208, 이륙 준비 완료 로저."

모니카 기장이 받는다.

"멋진 비행 바랍니다."

귀에 눌러앉은 관제사의 의례적인 인사지만 늘 우리에게는 새롭고 설레는 말이다. 멋진 비행이란 어떤 돌발 상황에도 승객들에게 불편 없이 목적지까지 운송하는 단순함의 다른 표현이다. 생전 처음 겪는 비행의 환상 끝에 비극이 있다면 이미 멋진 비행일 리 만무하니까. 우리는 엔진의 추력을 서서히 높여가며 정겨운 활주로의 가슴을 어루만진다. 보조날개는 더 많은 양력을 받기 위해 안간힘을 쓰고 있다. 지상 속도가 불어나면서 모니카 기장은 V1(결심속도)까지 제트엔진의 추력을 높인다. 결심속도가 지난 몇 초 뒤 모니카는 '로테이트'(조종간 들어 올려)하고 외침과 거의 동시에 내가 다시 복창한다. 항상 느끼는 것이지만 이 아름답고 거대하며 섬세하기까지 한 날짐승은 우리를 실망시키지 않는다. 헬리콥터가 풍선보다 가벼이 떠오르는 것을 보고 놀라는 사람과 놀라지 않는 사람 모두 설움을 아는 사람이라고 한 김수영 시인은 늘 옳다고 생각한다. 모든 나는 것들은 서러운 동물이다.

기체가 3만 6천 피트까지 오르고 안전 벨트 표시등이 꺼졌을 즈음에 스튜어디스가 커피를 가져온다. 나는 '오토 파일럿'으로 전환한 뒤 커피잔에 입술을 댄다.

"미스터 김, 오늘 비행이 부기장으로서 마지막이라죠."

모니카 기장은 눈을 찡긋하며 내게 엷은 미소를 선사한다. 부기장으로서, 그것도 마지막 비행을 알아주는 기장에게 듣는 모든 코멘트는 목울대를 무겁게 한다. 언젠가 기장으로서 나도 부기장

누군가에게 같은 말을 하게 될 것이다.

"어땠나요."

비행 컴퓨터에서 들리는 목소리의 간결하고도 정확한 표기와는 다른 그녀의 물음은 함축과 상징으로 풍부하게 흘러넘친다. 과거의 시간을 갈무리해 둔 내 전두엽은 조종실 너머로 보았던 이미지와 영상들의 과부하로 비명을 지른다. 하늘에서 보낸 시간을 바꿀만한 지상의 시간이 별로 존재하지 않는다는 것부터 고백해야 한다.

"캡틴 모니카, 난 늘 과거의 삶을 이어준 지금의 일에 만족하고 있어요. 이것은 대단한 축복이에요. 지금도 이 지구라는 행성에 십만 대가 넘는 비행기가 떠다니고 있지만 우리는 그 어느 순간도 놓쳐서는 안 돼요. 앞으로도 그럴 거구요."

모니카는 공항 로비에서 들려주었던 특유의 웃음소리 한 자락을 뿜어낸다. 목선과 구별되지 않는 턱을 내리며 그녀는 내게 악수를 건넨다. 좁은 박스형 조종실 공간에서 고독한 길을 묵묵히 걸어온 한 명의 유목민이 다른 유목민에게 건네는 공감의 표시다. 이즈음 인천 관제소로부터 다음 관제를 베이징 관제소로 넘긴다는 메시지가 울린다. 관제사의 '굿바이'라는 인사는 '굿 플라이트'와는 감성적으로 다르게 와 닿는다. 우리를 지구라는 행성 바깥으로 영원히 보내는 듯한 뉘앙스로 들린다. 동료들 가운데 부기장으로 첫 비행 했을 때 관제사의 '굿바이'라는 인사말에 울켁했다는 얘기를 들은 적이 있다. 그에 비해 지상에서의 '굿바이'는 얼마나 우리를 안심시키는지. 그럼에도 아버지는 지상에서조차 '굿바이'라는 인사를 한 번도 하지 않았다.

아버지는 공군 비행사였다. 월남전에서 맹활약을 떨쳤던 F4E, 흔히 '팬텀'이라고 불리는 전폭기 조종사였다. 비록 월남전에 참전하지는 않았지만 단종되어 더 이상 생산하지 않는 구세대 전투기일지라도 빨간 머플러를 목에 두르고 팬텀기에 오르던 아버지가 내게 얼마나 자랑스러웠는지 모른다. 어린 시절 내 방은 아버지가 사온 갖가지 전투기 모형과 역사적으로 명멸했던 비행기 모형으로 가득 차 있었다. 천장에 매달려 둥둥 떠다니던 복엽기와 단엽기, 2차 세계 대전 당시 독일 '루프트 바페'를 이루던 '메서슈미츠'와 영국의 '스핏 파이어', 미국의 '머스탱', 소련의 '슈튜르모빅', 일본의 '제로센'들은 내 침대 머리맡에서 출격 명령만 기다렸다. 나는 매일 밤 꿈속에서 머리맡에 엎드리고 있는 전투기들을 타고 상대를 알 수 없는 적들과 치열한 공중전을 벌이곤 했다. 내 전투기 조종술은 가히 적들을 떨게 할 만큼 탁월했는데 격추된 적기들의 수효만큼 내 전투기 옆에는 별들이 늘어만 갔다. 어느 날 나는 '머스탱'을 몰고 태평양 한가운데서 일본 '제로센' 전투기와 치열한 공중전을 펼치고 있었다. 이미 내 머스탱은 제로센과 상대가 되지 못할 만큼 전과를 올리고 있었고 그날 꿈에서도 어느 제로센의 꼬리를 물고 기관포를 쏘아대고 있었다. 태양은 3시 방향에서 눈부신 섬광을 뿌려대고 그것을 배경 삼아 한 대의 제로센이 내 앞에 불쑥 나타났다. 꿈속에서도 내 머스탱을 들이받는 일본 조종사의 얼굴이 짧은 순간 내 뇌리에 들어왔다. 나는 그의 카미카제식 자살 충돌로 인해 함께 산화되는 순간 꿈에서 깨어났다. 꿈과 현실의 간극이 너무도 짧았으므로 내 외마디 비명소리가 채 방안에서 스러지지 않았다. 그와 동시에 사추리 부근이 축축했다. 처음으로 저지른 야뇨였다.

비행훈련을 마치고 돌아온 아버지는 나를 안고 내 꿈 얘기를 묵묵히 듣고만 있었다. 아버지는 당시 내게 분명 무슨 얘기를 하려고 했던 것으로 기억한다. 아버지는 나이에 어울리지 않는 묘한 미소를 머금었는데 어린 내 눈에는 당신 스스로를 달래려는 노력의 표시로 보였다. 그런 일이 있은 후 몇 달이 되지 않아 아버지는 훈련 도중 비행기와 함께 산화했다. 낡은 기종의 전폭기가 겪어야 할 숙명이었다. 장송곡이 흐르고 조총이 발사되는 가운데 어머니는 아버지의 유골에 흙 한 줌을 던졌다. 비행사의 아내로 이미 예견했다는 듯이 어머니는 자세를 흩트리지 않았다.

성인이 된 내가 어느 날 어머니에게 조종간을 잡겠다고 말했을 때 보았던 어머니의 낯빛을 영원히 잊지 못한다.

"네가 어렸을 적에 꿈에서 어느 일본 전투기가 네 비행기에 부덪혀 함께 격추되었다고 했지. 나는 네 얘기를 듣고 그가 누군지 어렴풋하게 알고 있었다. 네 조부께서는 카미카제 특공 대원이셨다. 이십 대의 꽃다운 나이에 무고한 희생양으로 가셨어. 아버지가 네 꿈 이야기를 듣고 왜 아무런 얘기를 하지 않은 이유를 이제야 알겠지. 나는 지금 내 입으로 네게 비행기를 타라 마라 얘기하고 싶지 않구나. 이제 더 이상 이 집안에서 시체조차 온전하지 못할 일을 당하고 싶지 않아서야."

나는 어머니 생전에 비행에 관한 얘기를 일절 꺼내지 않았다. 그것이 우리 집안이 비행기와 얽힌 내력에 대한 근신의 자세인 듯싶었다.

"미스터 김, 싱글인가요."

모니카 기장이 묻는다.

"아뇨, 아내가 집에서 늘 기다리죠."

그녀는 풍만한 가슴을 내밀며 '아하'하는 표정을 짓는다.

"아이는요."

나는 고개를 젓는다. 올려다보니 기장의 눈매에 의문 부호가 새겨져 있다.

"노력은 했지만 잘되지 않았어요. 조종실이 전자파 천국이라서 그렇다는 얘기도 있고 정자들이 기력이 없다더라구요."

불임클리닉에서 의사는 내 직업을 알고는 고개를 갸우뚱했다. 현미경 화면 속의 내 정자들은 말 그대로 전장에 널브러진 부상병들처럼 비실거렸다. 아이를 간절히 원했던 아내는 의사의 다음 처방만을 애타게 기다리는 눈치였다.

"나는 괜찮은데 아내가 아이들을 유난히 좋아해서요."

신중한 의사는 시험관 아기 시술을 권했고 나는 생경하고 역겨운 비디오 앞에서 내 정자를 유리그릇에 뽑아냈다. 그랬음에도 아이는 좀처럼 들어서지 않았다. 여러 번의 착상에 실패한 뒤 만난 한의사는 아내의 자궁이 차가워서라고 말했다. 자상하고 따뜻한 마음을 가진 아내의 몸 안이 차갑다는 소리는 먼 나라의 언어처럼 들렸다.

"기장님은요."

내 말에 모니카는 깔깔대고 웃는다. 그녀는 두 손을 들어 올린 뒤 6개의 손가락을 편다.

"비행을 마치고 귀가하면 난 딴사람이 되곤 했어요. 미스터 김도 알잖아요. '공간 차'라는 거. 난 늘 프레쉬하게 되었던 거예요. 그러니 남편이 날 내버려 두었겠어요."

공간 차. 흔히 '시차'라는 용어는 많이 듣는다. 그리니치 표준시를 쓰는 비행에서 시차는 체취와 같은 존재다. 스카이 노마드라면 시차 정도는 한 번의 재채기처럼 떨쳐버려야 한다. 그러나 '공간 차'는 다르다. 비록 10시간 이내라고 하지만 마치 순간 이동한 사람처럼 주위 환경에 즉각 순응하지 못한다. 특히 문화가 다른 공간 사이의 이동은 대뇌 피질에 혼란을 일으킨다. 프랑크푸르트에서 더반, 헬싱키에서 꽝조우, 블라디보스톡에서 나이로비.

기후의 변화나 위도의 변화는 공간 차를 더욱 심화시킨다.

나는 신참 시절 코펜하겐의 어느 바닷가를 거닐고 있었다. 나는 막 뭄바이에서 날아온 뒤였다. 다음 비행 스케줄 정도만 기억한 채 나는 후기 인상파 화가 세잔느 그림의 안개 속을 거니는 사람이 되어 있었다. 환상은 호르몬의 장난기에서만 비롯된 것이 아니었다. '아웃 오브 아프리카'의 주인공 아이작 디네센의 생가 주변을 서성이고 있을 무렵 나는 한 동양 여자를 만났다. 우리는 첫눈에 한국인이라는 것을 알아본 후 영어를 떨구어내고 한국말로 대화를 했다. 그녀 역시 막 비행기에서 내린 뒤라는 것을 알았고 아랍 에미레이트 항공사의 여승무원이라는 사실도 알았다. 우리는 동일한 증세를 겪고 있었다. 여자의 언어는 지상에 발이 닿아 있지 않았다. 문화적인 용어를 빌자면 포스트 모더니즘적인 성향에 가까운 표현에 매달렸다. 그녀는 가끔 자신이 어디에 와 있는지 모를 때가 있다고 했다. 대학 동창 친구와 '아웃 오브 아프리카' 영화를 봤는데 기회가 주어진다면 언젠가는 아이작 디네센의 생가를 찾아보고 싶었다는 지점에서 내 심중과 일치했다. 지금 생각하면 그녀는 '공간 차'를 심하게 겪고 있었던 셈이다.

"나는 메릴 스트립은 맘에 들지 않지만 로버트 레드포드는 딱 내 스타일이죠."

나는 그 반대라고 얘기했던 것 같다. 여자는 샐쭉댔고 그 옆모습이 귀여웠다. 코펜하겐의 자그마한 카페에서 커피를 마신 후 우리는 각자의 비행기로 돌아갔다. 그녀를 다시 만난 건 제법 시간이 지난 뒤의 요하네스버그에서였다. 그녀는 여전히 '공간 차'에서 탈출하지 못하고 있었다. 요하네스버그 센터럴 파크 귀퉁이 카페의 바에서 맥주를 마시며 비행 스케줄을 검색하고 있는 나에게 그녀는 마치 옛 애인을 만난 것처럼 호들갑을 떨었다.

"당신, 코펜하겐? 아웃 오브 아프리카? 근데 당신 뭐 하는 사람이었더라."

공간 차는 그녀 혈관 깊숙이 파고들어 있었다. 그때 순간 나는 어줍지도 않은 연민에 휩싸였고 그녀를 오랫동안 지켜 주리라는 결심에 도달했다. 따지고 보면 우리 인연은 비행이 가져다준 공간 차의 산물이라고 해도 과언이 아니다. 아내가 된 그녀는 훗날 이렇게 말했다.

"한 번 여행하는 사람들이 시차 가지고 이러쿵저러쿵 말들 많은데 참나 내가 겪은 걸 한 번 겪어보라지. 다들 정신 병원 가 있을 걸."

나는 아내의 말에 동의할 수 없지만 이해하는 편이다.

"미스터 김 계속 노력해 봐요. 아이들은 하느님이 점지해주는

하늘 유목민

거랍니다."

하느님? 나는 지구라는 행성 곳곳을 누비며 하느님의 처소를 기웃거렸다. 그러나 나에게 내 2세를 점지해 줄 하느님의 방귀 소리조차 듣지 못했다. 그때 베이징 관제소의 음성이 들린다. 모니카 기장은 주어진 매뉴얼 대로 항공기의 현 상황을 브리핑한다. 베이징 관제소는 다음 관제를 러시아의 이르쿠츠크로 이관한다는 음성이 들린다. 날씨는 지상의 사람들과 무관하게 변화가 없다. 3만 8천 피트 상공은 이미 인간의 영역이 아니다. 5천 피트 이상 아래에 구름층이 이불을 깔고 있다. 여기서 비로소 지상의 영역과 비행의 영역이 구분된다. 이 영역에서는 대기가 희박하므로 지상의 양력을 기억하면 안 된다. 지상 2만 피트 정도와 같은 양력을 받으려면 속도가 더욱 빨라야 한다. 따라서 승객들의 좌석 뒤 화면에 나타나는 지상 속도는 조종석의 '지시 대기 속도'와는 현격히 다르다.

나는 이맘때를 가장 즐긴다. 지상의 아름다움을 배격할 순간이다. 아무리 인문학적인 사유가 부족한 항공학 전공 비행사라도 이 좁은 조종실에 앉은 인간이라면 누구나 자신의 사유 공간을 넓힌다. 무구한 대기를 헤치고 촉수를 건네는 태초의 태양광은 우리가 어디에서 와서 어디로 가는지를 묻게 한다. 연약하면서도 명민한 인간이 만든 날틀 자체의 비행체에서 지상의 모든 소음과 이데올로기, 그리고 증오와 반목이 얼마나 부질없는 것인지를 지엄하게 묻는다.

이즈음 쾌활한 모니카 기장은 공유 주파수를 123.45로 맞춘다. 이 주파수는 조종사라면 누구나 알고 있는 휴식 주파수이다. 물론 지상 곳곳에 설치돼있는 '비컨'의 존재를 간과한 이후이다. 조종사들은 비컨을 나그네의 이정표 정도로 여기지만 웨이포인트를 벗어난 조종사에겐 귀중한 지표이다.

"아, 여기는 AF312, KE208 들리는가."

에어 프랑스 312가 100마일 이내 지나간다는 것을 우리는 안다.

"AF312 이라면, 혹시 캡틴 무슈 들라크라앙?"

모니카의 음성이 높아진다. AF312에서 여러 음성이 섞이면서 잠시 후 한 남자의 음성이 또렷해진다.

"네, 내가 기장 들라크라앙이오."

우리의 골목대장 모니카는 마침내 팔을 걷어붙인다.

"야! 들라크라앙, 너 잘 만났다. 너 나한테 500유로 빌려 간 거 왜 안 갚냐. 이 사기꾼아."

나는 이런 광경이 너무 즐겁다. 사막에서 유목민끼리 만나 너 왜 낙타 꿔간 거 안 갚냐고 따지는 투다. 그것도 지상이 아닌 하느님 나라에서. 기장 모니카의 어느 동물 먹따는 소리가 이어진다. 그것도 조종사라면 모두 알고 있는 공유 주파수에 대고.

"야! 들라크라앙. 너 딱 걸렸어. 내 돈 언제 갚을 껴. 이 거짓말

쟁이야."

그때 멀리 어느 지상의 무선 통신사(HAM)에게서 점잖은 목소리가 올라온다.

" 아이고, 거 배울 만큼 배운 전문가들이 주고받는 언사가 그게 뭡니까. 거참 외롭고 고고히 조종간을 잡고 있는 친애하는 파일럿 분들에게 좋은 음악이나 들려드리려고 했더니 에잉, 오늘 일진은 틀렸구먼."

이 정도이면 여기 하늘나라도 한국의 전통시장이나 진배없다. 나는 이미 떨어져 나갈 배꼽을 안간힘을 다해 감싸 쥐고 있다.

"캡틴 모니카, 내가 그랬잖아. 우리가 비행 조로 다시 만나면 주겠다고. 언제 일정이 맞으면 카사블랑카의 카페 '모비 딕'에서 보자구. 험프리 보가트처럼 근사하게 한 잔 사면서 거기다 고급 양피 핸드백 하나 선물하지. 어때?"

사람 좋은 모니카 기장은 특유의 너털웃음으로 에어 프랑스 312를 보낸다. 그녀의 왼손 장지는 허공 위로 치켜 올려져 있고.

"좋아, 들라크라앙. 내 다시 한번 당신을 믿어보지. 굿바이, 굿 플라이트!"

그때 모스크바 부근 '비컨'에서 신호가 화면에 들어온다. 곧 모스크바 관제소에서 위치 확인을 요구할 것이다. 캡틴 모니카의 국면 전환은 놀라울 정도로 정확하다. 그녀의 외양만으로 판단하는 것은 너무 성급하다. 나는 모니카 기장의 경력이 궁금해진다.

"미스터 김, 당신 혹시 아르메니아라는 나라를 아세요."

나는 예루살렘의 구시가지를 거닐 때 아르메니아 구역이라는 거리를 본 적이 있다. 유대인과 기독교, 무슬림, 그리고 아르메니아 구역이 나뉘어져 있다는 사실이 흥미로웠다.

"내 조모는 아르메니아인이구요, 조부는 러시아계 아제르바이잔 사람이에요. 중앙아시아 지역은 조상이 유목민이어서 출신 민족이 모두 다르답니다. 외조모 쪽도 마찬가지예요. 내 몸에 흐르는 피는 적어도 예닐곱 민족의 피가 뒤섞여 있죠. 할머니를 생각하면 슬퍼요. 1차 세계 대전 당시 무슬림이었던 오스만 제국은 아나톨리아 지역의 기독교 아르메니아인들을 시리아, 팔레스타인 등지로 강제 이주시키면서 무수한 아르메니아인들을 학살했어요. 예루살렘 구시가지에 아르메니아 지구도 당시 학살을 피해 이주한 사람들의 후손들이랍니다. 할머니의 부모 역시 당시 학살로 목숨을 잃었구요. 고아가 된 할머니는 터키인의 가정부로 모진 고생을 하다 착한 할아버지를 만나 구원되었지요."

모니카는 성호를 긋는다. 나는 애잔한 눈빛으로 그녀를 바라본다.

"비록 공간 차라는 지엽적인 이유도 있지만 우리 유목민들은 아이를 많이 낳아야 해요. 그래서 어떤 박해나 살육에서도 살아남아야 해요. 그게 우리들 운명이니까요."

나는 모니카에게 손수건을 건넨다. 그녀는 슬픔과 강인함이 버무려진 미소를 띠며 손수건으로 눈가를 훔친다. 그녀는 땡큐, 하며 손수건을 돌려주는 것과 거의 동시에 기내 스피커폰을 든다. 캡틴 모니카의 변신을 다시 한번 확인하는 순간이다.
 "승객 여러분 안녕하십니까. 저는 기장입니다. 오늘도 저희 항공을 이용해주셔서 감사드립니다. 이 비행기는 현재 고도 3만 8천 피트 상공을 시속 980 킬로 미터로 순항중이며…"
 나는 그녀에게 엄지를 치켜세워 보인다. 운항 리포팅 속에서 살짝 미소 짓는 그녀는 진정한 캡틴이며 프로페셔널이다. 이제 곧 교대 승무원을 깨울 시간이다.

 나는 조종사용 벙크에 부착된 알람 스위치를 누른다. 얼마 후면 교대 조종사들이 수고했다는 인사와 함께 뒤에 나타날 것이다. 다섯 갈래로 나뉘어진 안전벨트를 풀며 모니카 기장은 'You have control'이라고 외칠 것이다. 그러면 교대 조종사 중 한 명이 'I have control'이라고 복창을 할 것이다. '이제부터 당신이 비행 책임자야' 정도로 풀이되는 이 과정은 임무 교대시 반드시 준수해야 한다.
 나는 벙크에 들어가기 전에 조종사 전용 짐칸에서 가방을 꺼내어 잠옷으로 갈아입은 뒤 한 권의 책자를 꺼낸다. 비행 정보를 인수인계한 모니카 기장은 덩치에 어울리지도 않게 '굿 나잇'이라는 인사와 함께 잽싸게 자신의 벙크로 사라지고 없다. 벙크는 앉은 자세만 허용할 만큼 낮지만 2미터가 넘는 신장도 너끈할 만큼 길이엔 여유가 있다. 나는 반듯이 누운 자세로 가져온 책자를 골반 근처에 펼친 뒤 검지 손가락으로 더듬어 내려간다.

언젠가 나는 칠레의 저항 시인이자 국민 시인인 파블로 네루다의 자서전을 읽은 적이 있었다. 스페인 내전이 한창일 무렵, 공화파 소속의 어느 공군 장군은 야간 정찰 비행을 나갔는데 반대파의 대공포를 피하기위해 날개에 붙은 항행 등을 끈 채 비행했다고 했다. 며칠이고 칠흑 같은 허공 속을 비행하다 보니 장군은 무료해졌단다. 그는 아이디어를 하나 내어 점자를 배우기 시작했고 언제 끝날지도 모르는 내전 동안 점자로 책을 읽었다는 거였다. 마침내 공화파가 패배하고 파시스트 정권의 프랑코가 승리하자 장군은 조용히 점자를 읽으며 스페인 국경 너머로 사라졌다는 얘기를 자서전은 낭만적 에피소드로 전했다. 요하네스버그에서 두 번째 만난 아내는 이에 관한 얘기를 들은 후 결혼에 대한 환상을 품었다고 훗날 내게 고백했다. 나를 사로잡은 네루다 자서전 속의 그 에피소드는 나를 순도 높은 낭만주의자로 변모시켰고 벙크 속에서 나는 또 다른 스페인 장군이 되어 점자책을 더듬는다. 점자로 된 책은 알렉상드르 뒤마의 몬테크리스토 백작이다. 스토리를 따라가기보다 스페인 상공의 어느 장군이 전쟁과는 어울리지 않게 점자로 책을 읽는다는 상황을 나는 되풀이하고 싶은 것인지도 모른다. 셀 수 없는 별들이 명멸하는 어두운 허공 위에서 손가락 끝의 감각만으로 다른 세계와 조우한다는 것은 절대 고독을 상쇄하는 것. 생떽쥐뻬리조차 꿈꾸지 못한 이 허무 위의 일상성이 내 영혼의 전부를 뒤흔들 줄은 몰랐었다. 비행하는 자만이 누릴 수 있는 이 조용한 묵상은 내게는 하나의 축복이었던 셈이다. 손가락 끝의 의미를 판독하며 나는 서서히 잠들어간다.

벙크 안의 알람 소리에 눈을 뜬다. 디지털 야광 시계는 불과 두 시간이 채 지나지 않았다. 벙크에서 나오자 바깥 상황이 예사롭지 않다. 기내 방송으로 다급한 여승무원의 목소리가 울리고 있다.

"승객 분들 중에 의사가 계시면 저희 승무원들에게 와주시길 바랍니다,"

옷을 갈아입자 곧 모니카 기장이 조종실로 달려온다. 그녀는 여승무원용 앞치마를 둘렀는데 비닐장갑을 낀 손과 앞치마에는 핏자국이 선연하다.

"미스터 김, 출발 때 들었던 그 임산부예요. 나이를 물어보지 않은 건 내 실수였어요. 한국 여자들은 왜 그렇게 늦게 아이를 가지죠? 하혈이 심한데 위급 상황이에요."

신기한 일은 어느 항행 노선이든 기내에는 반드시 한 명 이상의 의사가 있다는 사실이다. 세계의 모든 의사들에게 신의 가호가 있기를! 내가 객실로 나가자 외양만으로도 의사처럼 생긴 중년의 신사가 우리를 가로막는다.

"전 가정 의학 전문의사입니다. 기내에 환자가 있다고 들었습니다. 일단 진단부터 해보죠."

여승무원이 안내한 조종실 뒤쪽 승무원용 벙커에는 온몸에 식은땀이 흐르는 여인이 누워 있다. 핏기가 가신 얼굴과 눈을 뜨지 못하는 여자에게 의사는 의식이 있는지 말을 건넨 뒤 안구를 살피고 아랫배에 청진기를 밀착시킨다. 이어 침착하게 그는 담요를 들추어 여인의 아랫도리를 살핀다. 상당량의 거즈가 채워져 있지만 이미 거즈는 피로 범벅이 돼 있다. 의사는 비행기 내에 혈압계가 구비돼 있는지를 묻는다. 승무원들은 서로 얼굴을 바라보며 난감한 표정들이다. 그때 캡틴 모니카가 영화의 한 장면처럼 나타난다.

"난 이런 경험이 많아요. 그래서 내 가방에는 웬만한 의료기구들은 다 있답니다."

의사는 여인의 팔에 수은 혈압계를 걸어 찬찬히 살핀다.

"임신성 고혈압인데다가 태반 조기 박리일 가능성이 있습니다. 빨리 조치하지 않으면 태아와 산모 모두 위험합니다."

"얼마나 시간이 필요한가요."

모니카가 의사에게 묻는다.

"글쎄요. 지혈제가 있다면 최대 2시간 정도."

"박스 맨 아래 보세요. 지혈제가 있을 겁니다. 미스터 김, 근처 관제소와 컨택해보세요."

"그 말씀은 중간 기착이라도 하자는…"

내 말에 모니카 기장은 여섯 아이를 둔 어머니로 돌변한다.

"산모와 아이를 살려야 해요. 이건 사람의 생명이 달린 거예요. 승객들도 호응할 겁니다."

모니카는 승무장에게 기내 방송을 부탁하고 내게는 조종간을 맡아 달라고 단호한 어조로 말한다. 순간 그녀의 눈빛은 단호하고도 결연한 의지로 푸르게 번득인다.

"승객 여러분께 긴급 상황을 알려드립니다. 탑승 승객 가운데 한 분이 현재 응급상황이어서 부득이 비상 착륙을 시도할 예정이오니 승객 여러분의 협조를 바랍니다. 다시 한번 알려드립니다…"

나는 단숨에 조종실 안으로 뛰어든다.

"I have control."

교대 조종사 중 한 명이 'You have control'이라고 복명하며 부기장 자리를 내준다. 우선 이 비행기 어느 공역을 날고 있는지를 확인해야 한다. 공역이란 지상의 지도와 같은 보이지 않는 하늘의 권역 표시이다. 그런 다음 무선 표시 장치인 '비컨'을 찾아야 한다. 대개 비컨과 공항이 함께 있으니까. 현재 KE208기는 러시아의 노브고로드 공역을 날고 있다. 잠시 후면 에스토니아 공역에 도달한다. 그 곁에 헬싱키 비컨이 있으니까 얼마 후 헬싱키 관제소를 부르면 된다.

내 심장이 지금처럼 타들어 간 적이 없다. 내 비행 경력상 오늘과 같은 비상 상황은 좀처럼 겪기 힘들다. 공교롭게도 부기장 마지막 비행을 인명구조 상황으로 이어질 줄이야. 훗날 이날을 돌이키면서 나의 아름다운 비행 가운데 가장 극적인 비행일지 아니면 불행한 비행일지 알 길이 없다. 나는 FMC 화면을 주시하며 비컨 표시가 들어오기만을 기다리고 있다.

잠시 후 모니카 기장이 들어온다.

"I have control." 하고 외치며 기장 자리에 앉는다.

이때 헬싱키 비컨이 화면에 뜬다.

"헬싱키 관제소, 여기는 KE208, 나는 모니카 루드밀라 기장입니다. 응답바랍니다. 로저."

"여기는 헬싱키 관제소, 리포트 바랍니다. 로저."

"응급상황 발생, 임산부 한 사람, 심한 출혈로 응급처치 필요함. 구급차 대기 바람. 로저."

"KE208 접수했음. 고도 5천 피트에서 다시 접속 바람. 로저."

"알았다. 로저."

모니카 기장은 두 손을 허공에 치켜세우며 날숨을 격하게 토해낸다. 그녀는 나를 향해 침착한 어조로 말한다.

"맥박과 체온이 떨어지고 있대요. 우리의 신이."

하늘 유목민

그녀의 단어 선택이 잘못되었나 싶어 나는 그녀를 돌아본다.
"의사 말이에요. 여기선 그가 신이죠."
나는 고개를 끄덕인다.
조종실 문이 열리고 조각 같은 얼굴을 한 사무장이 조종실로 들어선다.
"승객들의 클레임은 없는데 얼마나 지체할 것이냐고 궁금해합니다, 기장님."
돌아보지도 않고 모니카는 기내 방송용 스피커폰을 든다.
"기장이에요. 먼저 승객 여러분의 협조 진심으로 감사드립니다. 이 비행기는 헬싱키에서 두 시간 정도 머물 예정입니다. 오늘 여러분이 보여주신 인간애는 위대한 것이며 기장은 평생 동안 잊지 않을 것입니다. 다시 한번 감사드립니다."
스피커폰을 통해 승객들의 환호와 박수 소리가 들린다. 모니카는 멋쩍어하며 고개를 주억거린 뒤 스피커폰을 놓는다.

비행기는 천천히 고도를 줄이고 있다. 고도가 변함에 따라 음성은 고도의 숫자를 우리에게 알려준다. 일만 팔천… 일만… 이천… 마침내 관제사와 약속한 오천 피트에 이르러 모니카는 관제사를 호출한다.
"KE208, 현재 위치와 속도 모두 양호하다. 현재 헬싱키 공항 현재 시각 오후 9시 43분, 기온 섭씨8도, 바람 북서풍 초속 9미터, 시계 양호, 구급차 대기 완료. 로저."

"고맙다. 로저."

모니카는 최악의 경우 복항할 연료와 활주로가 분빙 시 필요한 항공유를 제외하고 기름을 버리라고 명령한다. 나는 복창과 함께 연료 탱크 밸브를 연다. 조종실 창문 너머로 날개로부터 쏟아져 내리는 항공유의 물보라가 눈에 들어온다. 과중한 연료는 안전한 착륙에 도움이 되지 않는다. 더구나 더 긴 활주를 요구하기 때문에 항공사 사주와 주주들의 불만에도 불구하고 파일럿들은 관행처럼 그렇게 한다.

"자, 시작합시다."

캡틴 모니카는 뒤의 보조석에 앉은 교대 조종사들에게 들으라는 듯이 큰소리로 외친다. 우리들은 그녀의 외침을 그대로 복창한다. 나는 단순하면서도 명료한, 그러면서도 준엄한 질서가 내재된 이런 방식의 비행 업무과정에 전율한다. 비행기 창문 너머로 보이는 파노라마와도 같은 지구 풍광의 아름다움뿐 아니라 결코 방심할 수 없는 신중함의 무게에 온몸으로 압도되는 일, 그것이야말로 아름다움의 극치라 감히 말한다. 전신에 분포된 반도체의 혈관을 통해 비로소 완벽에 가까운 생물임을 자각하는 이 기체 안에서 우리를 숨막히게 하는 수많은 계기판들의 불빛 속에서 단둘이서, 또는 오늘같이 소수의 고독자들이 맥박을 공유하며 영원과 순간이 교차하는 것을 목격하는 일이란 하늘 유목민이 아니면 결코 누릴 수 없는 감동의 파도이다. 컴퓨터 음성은 계속 고도를 일러주고 있다. 멀리 '달아나는 토끼들'처럼 유도등이 차례로 켜지는 것이 보인다. 모니카 기장의 명령은 매뉴얼 대로 이어진다. 착륙기어 내려. 오토 파일럿 해제. 보조날개 내려. 그리고 사랑스러운 이 날틀은 마침내 지상에 안착한다. 멀리 관제탑 아래 푸른 경광등을 단 구급차가 보인다. 활주로는 너무 멀게만 느껴진다. 인터폰을 통해 승무장의 목소리가 커진다.

"기장님, 환자 호흡이 희박해요. 맥박도 없구요. 서둘러야 합니다."

"빌어먹을, 빨리하고 있잖아, 더 이상 어떻게, 그건 하느님 영역이야."

캡틴 모니카의 표정이 굳어 있다. 내 입안은 온통 사막의 모래로 가득 차 있다. 등줄기에서 소금기가 가장 짙은 땀이 흘러내리고 있다. 'follow me' 전광판을 단 유도차가 오늘따라 유난히 천천히 나아간다. 모니카는 탑승 게이트까지 가는 것을 포기한다.

"관제소, 여기, 지금 스탑할 게요. 구급차 제 발로 오라고 해요."

모니카 기장의 목소리가 폭발한다. 구급차가 달려오는 게 보인다. 나는 눈을 감고 머리를 뒤로 젖힌다. 부기장으로서 가장 길었던 하루였다고 생각한다. 내가 기장이 된다면 캡틴 모니카처럼 할 수 있을까. 나는 머리를 흔든다. 불과 몇 분 사이에 환자를 실은 구급차가 경광등을 울리며 공항을 벗어난다.

"캡틴 모니카, 당신은 진정한 영웅입니다."

"그렇게 말하기에 아직 일러요. 두 생명이 무사하다는 걸 확인한 후에나 듣고 싶어요."

나는 그녀에게 손을 내민다. 두툼한 살집이 만져지는 아르메니아 피를 가진 여자는 그래도 밝게 웃는다.

"미스터 김, 기장되기 참 힘들죠잉."

우리는 마주 보며 더욱 활짝 웃는다.

거의 세 시간이 지난 후에야 우리는 헬싱키 공항을 떠난다. 히드로 공항 상공에 거의 이르렀을 무렵 우리는 두 생명이 무사하다는 소식을 듣는다. 객실로부터 조종실에서도 들릴 만큼 큰 환호가 인다. 때마침 승무원들이 조종실로 떼를 지어 몰려온다.

"모니카 기장님, 당신을 존경하고 사랑합니다."

여승무원 중 한 명이 말한다.

"스튜어드 박, 당신은 내게 해줄 말 없어요?"

그리스 조각상 얼굴의 승무원에게 그녀는 농을 던진다. 그리스 조각상은 대꾸 대신 그녀의 품으로 뛰어든다.

"모니카 기장님, 당신과 함께한 이번 비행은 평생 잊지 못할 겁니다. 당신은 제가 만난 기장 가운데 가장 용기 있는 분입니다. 이건 농담이지만 기장님이 십년 만 젊었어도… 하하."

모니카의 두 볼이 붉어진다. 내가 말한다.
"이제 당신을 히로인이라고 불러도 되죠?"
모니카 기장의 볼이 더욱 붉어진다.
"자 이제 하강할 타임이에요. 모두 정위치 해주시고 우리는 지상에서 또 봅시다."

캡틴 모니카와 히드로 공항에서 헤어진다. 그녀와는 계획된 비행은 없다. 내가 기장이 된다면 더욱 만나기 어려울 것이다. 그녀를 떠올리면 멀리 비행하면서 내려다본 중앙아시아의 푸른 초원이 뇌리에 펼쳐진다. 비행기를 타지 않았다면 그녀는 말 젖을 짜고 있었을지도 모른다. 그러나 그녀는 초원 대신 푸르디푸른 창공을 택한 하늘의 유목민이다. 그녀의 피 속에는 여전히 아르메니아의 슬픔이 흐르고 있음을 나는 안다. 나는 오랫동안 그녀가 그리울지도 모른다.

비행을 끝내고 인천 공항을 빠져나오니 아내가 기다리고 있다. 좀처럼 그러지 않는 아내의 출현에 마지막 부기장 비행을 축하하기 위해서려니 혼자 생각한다. 마치 오랜만에 만난 부부처럼 우리는 포옹을 하고 아내가 부기장으로서 마지막 비행을 무사히 끝내고 귀환한 것을 축하한다고 말한다.

"당신 이제 캡틴 된 거야?"
"으응, 뭐 그런 셈이지."

아내는 등 뒤에 감춰뒀던 무언가를 내게 보여준다. 임신 진단 키트에 두 가닥 선이 선명하다.

"뭐야, 시험관 시술이 성공한 거야?" 아내는 고개를 흔든다.

"자연 임신, 축하해 아빠 기장님."

나는 고개를 들어 구름 너머 펼쳐진 푸르른 창공을 바라본다. '우리 유목민들은 아이를 많이 낳아야 해요.' 모니카 기장의 말이 귓전을 울린다. 땡큐 캡틴 모니카!

무늬와 색채

플로어는 평면성을 잃는다. 인공지능 주피터가 입력된 라이트 시스템이 실내에 빛을 무람없이 뿌려댄다. 상모 머리 마냥 휘두르는 주피터 하위 모듈들은 제 깜냥대로 속도를 제어한다. 느리게 바닥에서 천장까지 거미 기어오르듯 핥는 프랙털 형상의 붉은 보라. 그 위로 힙합 댄스 리듬에 맞춰 돌아가는 무한 소용돌이 오색광 형상은 현훈증을 일으킨다. 캣워크를 내딛는 모델들의 육신에 내던지는 스폿 라이트 백색광만이 다른 잡색 무늬들을 물리친다. 몸집만 키운 스피커 우퍼에서 토해내는 순도 높은 베이스 사운드는 태반 안에서 기억된 박동의 익숙함을 상기시키느라 지옥 문지기도 흥분시킬 마성을 뿜어내고 있다.

얼마 전부터 무대 뒤에서 A는 모델들의 런웨이를 지켜보고 있다. 살집이라곤 잡히지 않는 모델들의 몸과 그를 감싸고 있는 옷을 보고 있노라면 병집 같은 상념에 불이 붙는다. 패션쇼는 인간의 몸을 잘 감추기 위한 의식인가 아니면 미적으로 드러내기 위한 제전인가. 뫼비우스의 띠처럼 시작도 끝도 없는 의문에 핵심 의식은 불투명해진다.

기계적으로 훈육된 모델들의 런웨이와는 대조적으로 그들 표정 처리는 저마다 자기 안에 도사리고 있는, 바뀔 수 없는 관념이 무시당했다는 불편함이 스멀스멀 피어오른다. 백스테이지에서 퀵 체인지로 옷을 갈아입을 때부터 장난감을 빼앗긴 아이들의 구시렁거림이 A의 귓등을 긁었다. 이거 누가 입을 거래? 안드로메다 주민이나 입지 지구에서 누가 입어? A는 대체로 만족한다. 시대가 잊고 있는 모종의 도약과 모두가 놓치고 있는 은유를, 적어도 각자 마음속에 생겼을 법한 의문을 상기시켰기 때문이다. 더구나 이 모든 것이 그가 A라고 불리는 것과 관계된다고 여긴다.

Asexual. A는 부정의 의미를 지닌다.

A는 학창 시절을 떠올린다. 주변 친구들이 이성을 입에 올릴 때도 같은 인간에 대한 관심과 평가로만 여겼다. 인간은 같은 인간에 의해서만 탐구되고 분석되는 것이라고 믿었다. 바탕은 충분

히 객관적으로 검증된 인류애였지 싶다. 외모나 성격에서도 이채로울 것 없는 평범한 사내였다. 남녀공학에서 흔히 있을 법한 이성에의 호기심은 여자의 회로를 완성하기 위해 남자가 올려주는 스위치 정도로 생각했다. 스위치의 접점이 닿으면 여자가 환하게 불을 밝히는 것을 그는 덜 문명화된 눈으로 응시했다.

그에게도 진주를 만들 첫 모래알이 들어오지 않은 것은 아니었다. 유난히 볼이 붉어 안면홍조증에 시달리지는 않은지 걱정스러운 음전한 여자였다. 말수가 적어 대답은 단답식이었고 조심스레 말을 꺼낼 때는 그녀 입술 사이에서 자음과 모음이 거미가 되어 쭈빗거리며 흘러내렸다. 가끔 그녀의 윗입술에 송골송골 부끄러움이 맺혔다.

시작은 여자의 은밀한 도발에서 이루어졌다.

난 네게 관심이 좀 있는데 넌 어떠니?

치뜨고 올려다보는 여자의 눈에서 네가 거절하면 나는 치마를 뒤집어쓰고 절벽에서 뛰어내릴 것이라는 결기가 자글거렸다. A는 피지도 않은 꽃 한 송이 구하자는 심정으로 심드렁히 말했다.

관심은 없는데 네가 곁에 있어도 나쁘지 않을 것 같아.

여자는 이게 무슨 개뼈다귀 같은 소린가 하는 표정으로 망막을 말갛게 비워냈다. 그때 여자는 약삭빠르거나 적어도 영민해야 했다. 그녀는 내심 별로 내세울 것도 없는 녀석이 제법 튕길 줄도 안다고 좋게 생각했을 법하다. 비극은 일반적으로 시공간의 부조화에서 비롯된다. 그녀의 머리를 채우고 있는 수 많은 단어들, 그것도 남자와 여자관계를 묘사하는 단어 가운데 어느 것을 먼저 채택해 쟁반 위에 올려놓을 것인지 고민하는 사이에 A는 대체로 바깥 세계의 리듬과 물상들의 정체에 몰두했다. 목이 타는 쪽은 여자였고 A는 그녀의 입술조차 적셔 줄 습도를 지니지 못했다. 넌 내게 관심이라도 있어? 내가 여자로 보이기나 해? 급기야 너 남자이기나 해? 하며 여자는 나불거렸다. A는 여자가 자신에게 바라는 것이 무엇인가 곰곰이 생각했다. 그것은 아직 자신에게 실행되지 않은 무엇, 이를테면 팬티 속의 힘센 악마가 부리는 흉계 같은 것은 아닌지 의심했다.

늦가을 저녁, 여자가 사는 아파트 어린이 놀이터 그네에서 둘은 그저 말없이 흔들거렸다. 춥지도 않은 기온이었지만 여자는 그의 바지 호주머니에 손을 넣고 열기로 똘똘 뭉친 입술을 A의 입술로 가져갔다. 마치 그를 너무 오래 갇혀 지내는 세계로부터 구해주려는 것처럼. 여자의 입술에서 생전 처음 맛보는 과일 향내가 났고 그것이 가져다주는 신선함에 정신이 맑아져 그녀가 하자는 대로 내버려두었다. 그것이 그녀에게 어떤 확신을 심어 준 것인지는 알 수 없으나 멀어져가는 눈망울에서 가녀린 안도감을 엿보았다. 그 후의 일은 그에게 그다지 인상적인 기억으로 남아 있지 않다. 점차 동물적인 방식으로 다가서는 여자를 어떻게 인간적인 방식으로 설득하느냐가 관건이었다. 그는 자신 안의 오롯한 무늬를 설명하려고 애썼지만 여자는 자신만의 색채로 자꾸 흩트려 놓으려고 했다. 어느 날 A는 여자에게 말했다.

너를 좋아해. 사랑이라고 해도 무방해. 하지만 거기까지야. 퀴어 플라토닉 파트너.

그는 그때 처음 보았다. 어떻게 그처럼 크고 건조한 눈망울에서 의문과 함께 순식간에 물기가 차오르는지를. 어떻게 그렇게 재빨리 타인이 되어 차갑게 식은 등짝을 보여줄 수 있는지를.

런웨이에서 일순 균형을 흩트린 순이가 무대 뒤로 빠져나오자 코털을 레인보우로 물들인 제임스가 소맷귀를 툭 건드린다. 순간 순이의 코 옆 법령 선이 짙어진다. 너 오늘 왜 그래. 아 씨발 알았다고, 이 정도는 일상이잖아. 그들 사이의 무언의 대화가 선명하게 돋을새김으로 읽힌다.

순이의 눈 주위는 연자주의 멍 자국이 비릿하게 조명에 얼비

친다. 콤팩트 화장으로 짙게 가렸지만 지난 시간의 내력마저 지울 순 없다.

간밤 순이의 눈언저리에 제임스의 주먹이 날아갔다고 누군가가 전했다. 전날 패션쇼의 드라이 리허설 때 순이가 내게 보인 일상적 호의가 제임스의 날 선 심기를 건드렸다고 했다. 몇 번 제임스를 오럴해 준 적이 있는 순이의 거동이 마뜩잖아서일 것이다. 거기다 자신은 여자를 좋아한다고 커밍아웃했던 순이였음에도 말이다. 제임스는 순이와 바닐라 관계를 원한다고 환심 섞어 말했지만 순이는 그럴 마음이 없었다. 순이가 내게 보인 암시 형태의 사인은 제임스의 치근덕거림으로부터 자신을 구해달라는 신호였을 수도 있었다.

다른 모델들의 입꼬리가 살짝 치켜 올라간다. 수잔, 영실이, 비키. 쟤네들 또 시작이잖아. 공과 사를 섞어 질질 끌어 지저분한 흔적을 남기는 행태가 가관이라는 시위다. 그렇지 않아도 제임스의 경계 잃은 추근거림은 모델들 사이에서 제값이 필요 이상으로 깎였다. 여자와 남자 가릴 것 없이, 어떻게 그게 가능하냐고 어필하는 것은 시대에 필적하지 못하는 봉건적 시각에 가깝다. 유독 왜 이 바닥이 두드려지느냐고 묻는 것은 안목에 저렴함이 더해진다. 설명하지 못할 것은 아니다. 패션 바닥의 총합은 육체, 그것도 잘 다스려진 몸이다. 아무리 어려운 함수를 내놓아도 그 수를 만족시키는 값은 결국 몸이다. 기울기는 변수보다 상수에 가깝다. Y 존이 불거진 인간이건 편편한 족속이건 몸은 상품성 앞에 평등하고 균질하다. 다만 내면을 구성하는 유니버스에서 성 정치학적 정체성과 지향성이 얼마나 구체적으로 바깥을 향해 구현되었느냐가 소중한 미립이다. A의 패션은 그 가치와 이념을 위해 복무할 터이다.

제임스의 바이 성향은 A의 일터를 전장으로 만들었다. 만인의 만인에 대한 투쟁은 토마스 홉스의 정언적 사고에만 머무르지 않았다. 올돌한 것은 여자에 패배당해 계집애마냥 질질 짜는 놈이거나 사내에게 밀려 매드맥스의 여전사 퓨리오사로 아무거나 집어 던지는 년이다. 공통된 점은 어김없이 내게로 와 지청구를 남발한다는 것이다.

보스, 아무리 그래도 그렇지 구린내 나는 똥꼬보다는 촉촉하고 감미로운 버자이너가 낫지 않아요?

그럴 때면 A는 그녀의 반쯤 떨어져 나풀거리는 마스카라를 눈길로 북돋운다.

형, 아 씨발 잡균 득실대는 조개들은 절대로 용서 못 해요. 우린 그래도 단일 균이잖아요.

단일 균이라면 무슨 균이더라. 트랜스의 창문을 기웃거리는 로버트가 가녀린 남자 성대로 비라리처 오면 무겁고도 짙은 애정을 실은 토닥임을 어깨에 전한다. 이어서 그를 향한 신뢰의 엄지 치켜세움. 아무려면, A는 그들의 레인보우적 성향에 편견은 없다. 다만 그들의 가장된 아이덴티티가 혐오스러울 뿐.

오늘 패션쇼도 성황리에 끝났다. 다만 아쉬운 구석이 있다면 프론트 로우 한 자리가 끝날 때까지 비어 있었다는 점이다. 성황리라고 함은 클라이언트의 기대 수준과 더불어 베팅이 높아졌다는 것을 의미하는 게 아니다. 유튜브 화면으로 전 세계에 송출된 영상 컨텐츠에 글로벌 유명 패션쇼의 커미셔너들이 보낸 메시지에 달려있다. 적어도 파리와 뉴욕, 도쿄 가운데 2곳 이상에서 초청 의사를 밝혔다면 흔쾌함은 상업적 가치 이상으로 중대된다. 패션 평론가들의 미학적 수사들은 서구 취향의 발사믹 소스에 오리엔탈 타타르 소스의 절묘한 배합 정도로 취급된다. 실용성이니 빈티지 성향이니 하는 것은 자고 일어난 뒤 풍기는 입냄새에 불과하다. 최근 들어서는 재귀적 바람이 되살아난 듯한 레트로가 귓불을 잡아당긴다.

보스, 청담동 김 여사가 언제쯤 오느냐고 문자를 넣었네요.

한때 모델이었다가 이제는 스텝으로 돈 마실이 메인 클라이언트인 김담에게 뒤풀이 시간을 물었나 보다. 김담 역시 젊었을 때

플로어를 런웨이하던, 제법 잘나가던 모델이었는데 A보다 먼저 파리에 진출해 성가를 올린 디자이너와 눈이 맞은 레즈비언 연인이었다. 사람들은 그들을 에르메스 연인들이라고 불렀다. 일만 유로 이하의 명품은 거들떠보지도 않는다는 이유에서였다.

당신이 누구인지 알고 싶다면 당신의 옷장을 열어라. 임상 심리학자이자 패션 치료를 처음 도입한 제니퍼 바움가르트너의 죽비 같은 외침이다. 의상은 정신분석의 매개물이면서 성 정치학이라는 낯선 분야의 고갱이를 차지한다. A가 동대문 패션계에서 오랫동안 터를 잡은 고모의 손에 이끌려 처음 패션계에 발을 디뎌놓을 즈음 단박에 그 경향성을 간파했다. 무늬는 색채를 지향한다. 무늬는 패브릭의 정체성을 수호하며 그 전제 위에 색채가 변주된다는 것. 그는 자신이 무성애자라는 정체성이 패션의 외연을 확장하는 데 얼마나 도움이 되는지 초기에는 미처 알지 못했다.

낮에는 주로 동대문을 중심으로 욜랑거리다 밤이면 겸임 교수로 대학에서 패션과 성 정치학이란 묵직한 주제로 강의했다. 어느 날 A는 문득 한 수강생에게 시선이 멈췄다. 어디서 본 듯한 얼굴. 시간이 땅을 다지는 롤러처럼 천천히 굴러와 그의 굴곡진 기억을 평평하게 만들었다. 그는 마른 입술 사이로 맥락 없는 말들이 흩어지게 했고 한 수강생을 인지하려는 뇌의 분탕질에 엉긴

실타래가 되어 뒤죽박죽이 되어갔다. 정작 그 수강생은 별안간 횡설수설하는 강사의 작태에 생먹은 표정으로 A의 뒤편 칠판을 응시했다.

의, 식, 주라는 인간 삶의 근간을 일컫는 말에서 의가 가장 먼저 나오는 이유는 생명 유지의 즉각적 조건이기 때문입니다. 환경, 즉 기후변화에 적응하기 위해 털 없는 원숭이는 짐승의 털가죽에서 시작하여 면화와 누에에서 뽑은 실로 피륙을 짜 몸을 덮었다는 사실은 누구나 알고 있을 겁니다. 부족이라는 사회를 이루면서 위계질서를 위한 계급이 발생했고 국가를 이루면서 그것은 곧 복식의 무늬와 색채로 드러나게 됩니다. 예컨대 용이나 학 무늬로 왕을, 자색과 감색으로 양반의 계급을 드러냈던 조선 왕조를 떠올리면 이해할 만합니다. 만인 평등이라는 개념이 일반화된 오늘날, 패션은 다른 방식으로 작동하고 있다는 것을 유념해야 합니다. 언제부터인가 패션은 유행, 기호, 자기 과시를 넘어 보다 깊은 내부의 정체성이나 지향성을 드러내게 되었다는 것에 주목할 필요가 있습니다. 천을 주름지게 하여 볼륨감을 주는 셔링, 천을 접어 주름을 만드는 플리츠, 천을 모아 꿰매 주름을 만드는 개더를 비롯해 자수를 놓아 무늬의 범주를 확장하는 엠브로이더리 같은 양식조차 패션 주체의 정체와 지향과 관련있습니다.

　여기서 제가 뜬금없는 질문을 하겠습니다. 여러분들 가운데 자신이 이성애자라고 확신하는 분 손들어 보십시오.

서른 안팎의 수강생들은 한동안 질문이 갖는 의도를 헤아리는 듯 잠시 머뭇거렸다. 소심한 사람들의 손이 올라갔다. 좌중을 둘러보던 더 많은 소심한 사람들의 손이 가슴 부근에서 머물렀다. 손을 들지 않은 사람은 세 명이었다. A의 시선을 사로잡았던 여자는 노트북에 열중했다.

저는 무성애자입니다.

수강생들 대다수 안구가 커지는 게 보였다. A는 다른 사람들에게 표나도록 한 여자에게 아예 눈길을 줄로 엮어놓았다. 여자는 A의 말을 마치 기자가 기사 쓰듯 노트북을 열심히 두드리고 있었다.

무성애자에 대한 오해는 이해력 부족만큼이나 폭이 넓고 깊습니다. 무성애자는 이성애자나 양성애자, 나아가 논 바이너리라고 하는 간성인이 아닐 뿐이지 인간에 대한 보편적인 감정을 가집니다. 제 직업은 패션 디자이너입니다. 성소수자인 저는 그동안 패션을 통해서 성 담론, 나아가 성 정치학의 패러다임을 일관되게 주창해왔습니다. 바지가 역사적으로 생물학적 여성들에게 정치 투쟁의 획득물이었지만 스커트는 오늘날 젠더로서의 남성성을 포장하는 도구로 작동하고 있습니다. 이른바 젠더리스 패션의 최전선에서 저를 포함한 성소수자 디자이너들이 처절한 전투에 임하고 있습니다. 그렇습니다. 그곳은 전쟁터입니다. 얼마나 많은 모델들이 오뜨 쿠뛰르나 프레타 포르테, 패스트 패션 할 것 없이 제 작품을 소화하고 표현해 내기 위해 자신의 정체성과 지향을 임가공하고 때론 수선하는지 모릅니다. 그들은 가끔 위장 커밍아웃하기도 하는데 제 눈엔 그저 일과성 연기에 지나지 않습니다. 간혹 자기 연출이 탁월해 제 인정을 받는 모델도 있지만 다음 피날레에서는 그들의 모습을 찾을 수 없습니다. 그게 제 탓일까요, 아님 모델 탓일까요?

강의가 끝난 뒤 A는 시간이 던지는 카탈로그를 재빨리 넘긴 뒤 수강생이 오래전 자신의 순수하고 고귀한 열정에 흙탕물을 뒤집어쓴 주인공임을 알았다. 김지선이라는 여자는 간데없고 김정지선이라는 페미의 기수가 앞에 서있었다.

우연인가 아니면 작심한 건가?

A는 강의실 문밖 복도의 벽에 기대어 서서 젊은 날의 푸르름을 그리워하는 구세대의 일원으로 그녀에게 말했다.

우리나라 패션계의 이단아, TV와 SNS 프사를 도배질하는 유명 인사에게 우연을 가장한다는 게 얼마나 우스꽝스러운 일인지 알 기나 해?

A는 자기 안의 내부 균열이 단단한 것으로 채워지는 느낌을 받았다. 볼 붉은 여자에게 그동안 무슨 일이 있었는지 궁금하지는 않았다. 다만 조바심으로 눙쳐져 있던 열망을 폐기 처분한 주인공이 자신이었다는 게 조금 미안했다.

오해할 만한 이야기는 아니고 어떤 의미에서는 너를 잊어본 적이 없다는 거야. 이상하게도 만나는 놈마다 제 무늬를 주장하는데 아, 인간은 눈에 보이는 게 전부가 아니구나 하는 깨달음을 얻었지. 그게 문화 인류학이라는 공부를 시작하게 한 이유이기도 하고.

A는 자신의 존재감을 통해 타자에게 공들일 만한 영감을 선사했다는 생각에 이르자 미안한 느낌이 줄어들었다.

수강 신청은 안 되어 있던데?

청강만 해도 쫓아내지는 않겠지.

A는 실낱같은 웃음을 지어 뵈며 김정지선에게 며칠 후 패션쇼가 있으니 프론트 로우에 자리를 마련하겠다고 약속했다.

김담의 뒷풀이는 그야말로 유니버스이면서 경계 허물기 실험실과 같다. 조명은 레인보우 색광을 모두 동원해서 장식 탁자 위에 놓인 각 나라의 원석 표면이 난반사를 일으킨다. 거리를 두고 일별하면 레이아웃이 잘 된 어느 보석상에 들어온 느낌이다. 벽을 장식한 간접 조명은 모델들의 머리와 얼굴의 멀티 펄에서 반짝임을 충분히 채취해 낸다. 거실을 투명 크리스탈 유리 장식장을 칸막이로 분리한 연회장은 서른 명은 족히 즐길 수 있는 공간을 제공한다. 마실 것은 미네럴 워터를 비롯한 비알콜성에서부터 보드카에 이르기까지 알콜성 음료를 망라해 놓았다. 라임과 후레쉬한 애플민트가 들어간 모히토를 즐기는 비키, 블루베리와 로즈마리가 들어간 블루베리 보드카 토닉에 진심인 수잔, 영실이는 브랜디에 탄산수 그리고 키위즙을 섞은 하이볼을 선호한다. 양성애자인 제임스는 한때 글렌 계열의 스카치 싱글 몰트 위스키 중독자였으나 요즘은 아무리 강권해도 탄산수를 깔짝댄다. A의 총괄 매니저 마실은 피노 누와 품종으로 빚은 부르고뉴 와인에 침이 고인다. A는 그저 평범한 마티니 칵테일 잔을 들고 있다.

그는 패션쇼의 VIP 좌석인 프론트 로우 한 자리가 비어 있던 것을 기억한다. 김정지선은 끝내 오지 않았다. 그녀는 이성애자임을 밝히지 않았다. 그녀에게 무슨 일이 있었던 걸까. 젊은 날의 그 일은 생의 흐름에서 불가피하게 발생하는 부수적 피해일 수도 있었다. 아버지의 성에 어머니의 성을 붙인 것은 시절의 요구에 부응하는 일종의 자기 선언일 것이다. 그녀의 무늬와 색채는 어떤 것일까.

보스, 출국장에서 여행객들을 노려보는 의심 많은 세관원인 줄 알았어요.

이날의 호스티스답게 이브닝드레스를 차려입은 김담이 화이트 와인 잔을 들고 다가선다. A가 파티를 즐기는 사람들 면면을 예사롭지 않게 지켜보고 있었다는 걸 뚱겨주는 말투다. 그녀는 이성애자에서 레즈비언으로 전환한 케이스다. A가 무성애자임을 밝히기 전에 먼저 레즈에로의 변신이 얼마나 지난했는가를 영혼의 삐걱거림이라는 표현으로 대체하면서 그와 친해졌다. 당시 그는 그녀에게 문제의 근원이 내재적인 게 아니라 외부에서 비롯된 것이라고 고무하며 퀴어로서의 동질성을 확인했다. 그녀는 여전히 세상의 사갈시로부터 고통받는 중이며 그것이 불행과 연결되는 메카니즘에 넌더리를 냈다.

늘 이처럼 훌륭한 파티를 열어주셔서 뭐라고 감사의 말씀을 드려야 할지 모르겠습니다. 전번 파티와 같은 불미스러운 해프닝은 없겠지요.

김담은 입꼬리를 살짝 말아 올리며 고갯짓으로 방향을 가리킨다. 옅은 미색 턱시도에 조금 더 짙은 미색 보우 타이를 맨 건장한 안전 요원들이 겨울잠을 박차고 뛰쳐나온 흰곰처럼 버티고 서 있다. 그들 가운데 몇몇은 은쟁반에 칵테일 잔을 방문자들에게 제공하고 있다.
전번 파티의 불미스러움은 작은 소요에 불과했으나 그 여파는 목격자들에게 파장이 크고 넓은 여운을 남겼다. 문제의 발단이 사람들 사이에서 여기저기 부딪치며 굴러갔고 어설픈 관계의 불완전한 정리로 불이 옮아갔다. 재키의 코디인 트랜스젠더 영철이 바이인 제임스와 시비가 붙은 것이었다. 트랜스젠더에 극도의 혐오를 가진 제임스가 싱글 몰트 위스키에 취해 퀴어들에게 금기 사항인 무늬에 대해 모욕했다. 몸싸움으로 번진 해프닝은 찻잔 속의 폭풍으로 끝났으나 그들 각자의 무늬가 얼마나 취약한지를, 색채조차 꿈꾸지 못하는 세상의 보이지 않는 장벽을 공감했다. 그 해프닝은 개인의 자유로운 존재 방식이 소수자들 사이에서도 얼마나 정치적으로 작동하는지 보여주었다. 그들은 저마다 자기 안에서 영원히 꺼지지 않는 작은 불빛에 대한 믿음마저 의심하고 있는 것처럼 보였다.

이번 쇼에서 보여준 보스의 컨셉은 무경계와 상호 긍정인가요?

A는 고개를 끄덕인다. 더 세밀하게 말하자면 변하지 않는 대전제를 두고 약간의 바리에이션을 가한 것일 터이다. 모델들 사이에서 터져 나온 안드로메다 스타일 운운은 그래서 어느 정도 일리가 있다.
A는 고개를 들어 위층으로 시선을 던진다. 2층의 프라이빗 룸들은 소수자들에게 열려 있는 공간이다. 그들 무늬는 색채를 향해 섬세하고도 각별한 탐구에 나선다. 그들에게 이 건물은 무늬에 대한 확인 성소이며 강한 자들을 위한 축포의 뱃전이자 절망한 자들을 고무하는 공동체의 전당이다.

발표장에 참석하지 못해 미안해. 스케줄이 겹쳤어. 대신 여긴 왔잖아.

김정지선이 홍적세의 지층을 뚫고 달려온 표정으로 A의 앞에서 있다. 그는 김담에게 그녀를 소개한다. 문화 인류학 박사과정에 있는 수강생이라고, 지선에겐 김담을 A의 패션을 유럽에 독점 소개와 유통을 맡은 에이전트라고 언급한다. 김담은 물러나야 할 때를 아는 궁정의 메이드처럼 두 사람에게 목례한 뒤 군중 사이로 사라진다.

어떻게 된 거지?

뭐가?

이성애자가 아닌 거.

지선은 입술을 실룩여 한쪽 입꼬리를 치켜세운다.

한 가지는 알았어. 인간에 대해 아는 게 아무것도 없다는 거. 나도 나 자신을 몰랐는데 타자를 알 리가 없잖아. 내가 너를 몰랐듯이.

너의 변화에 내 영향이 컸어?

없었다고 할 순 없지. 어떤 의미에서든 너를 잊어본 적이 없다고 이미 말했잖아. 처음에는 견딜 수 없는 극도의 증오와 모멸감이 동인이었지. 내가 거부당했기 때문이 아니라 너에 대해 아무것도 몰랐고 더구나 네 무늬가 나와는 달랐다는 것에 내가 아무런 대책이 없었던 것에 대한 분노였어. 그 분노는 역사적으로 생물학적 남자가 생물학적 여자에게 가한 억압과 폭력성을 향한 분노와 닮아 있었어. 이후로 나는 끝 간 데 없는 자책감에 시달렸어. 그래서였을 거야. 나는 의도적으로 여자에게 매달렸고, 그동안 만났던 남자들에게 모멸감을 안겨주면서 말이지. 그런데… 나는 아직 내 무늬에 대한 확신이 없어. 다만 색채를 향해 나아갈 뿐이지.

A는 김정지선에게 손을 내밀며 속삭인다. 웰컴 퀴어 플라토닉 파트너. 그녀는 양가감정이 교차하는 눈으로 빤히 그를 올려다보며 을밋을밋 손을 잡는다. 그는 동지애와 유사한 친밀감을 손을 통해 느낀다.

내가 문화 인류학 박사과정에 있는 건 어떻게 알았어?

거야 교무처에 알아보면 대번에 알지. 그 학교에 여태껏 적을 두고 있는 줄은 몰랐고. 그러고 보니 많이 늦었네. 학위 논문 주제는 정했고?

성 정치학을 다룰 생각이야. 강의 신청할 때는 네 학과가 개설된 줄은 몰랐어. 교수가 너란 것도 당연히 몰랐지. 그러니 청강이라도 할 밖에. 잘 부탁드려요 교수니임, 부디 쫓아내지는 말기를.

미천한 지식이 도움이 될지 모르겠다.

둘은 모델들과 스텝, 그리고 초청 게스트들이 EDM(일렉트로닉 댄스 뮤직)에 맞춰 몸을 흔들고 있는 광경을 물끄러미 지켜본다. 플로어에 서 있지 않은 사람들은 가장자리에 빙 둘러 놓인 카우치에서 사적인 몸짓을 부린다. 가벼운 입맞춤과 애무, 깊숙한 포옹이 갖가지 술과 음료들이 피워내는 향기 속에서 너무 익어 즙이 흐르는 과일처럼 늘적거린다. 그들 중에 남자끼리 손을 맞잡고, 여자들은 서로 팔을 건 채 흔들거리는 사람들 사이로 빠져나와 2층 계단 너머로 사라진다.

한순간, 세상을 흥미롭게 만든 리듬을 뚫고 코너 부근에 자리한 카우치에서 송곳 끝 같은 뾰족한 비명이 솟구친다. 공간을 유동성으로 채우던 움직임이 멎고 흰 빛깔의 보안 요원들 시선이 일제히 한 곳으로 꽂힌다. 비명을 지른 순이의 오른 귓불에서 알콜로 잘 데워진 피가 그녀의 오른손등에 떨어진다. 보안 요원의 손에 붙들린 사람은 제임스다. 전번 파티에서도 작은 말썽을 일으켰던 장본인이다. 그가 여전히 순이의 무늬를 받아들이지 않은 걸로 보인다.

이런 개 같은 년. 내 꺼 빨 땐 좋아 죽겠다고 나불대더니 여자 아니면 안 한다고?

보안 요원에 결박당했으면서도 그의 발길질은 순이 면전에서 절박하게 춤을 춘다.

야 이 개자식아. 내가 말했잖아. 너 같은 바이랑은 안 논다고. 왜 애먼 귀는 물어뜯고 지랄이야.

너 보스하고 잤지. 니가 언젠가 그랬잖아.

그래 잤다 어쩔래. 이 시궁창 내 나는 쓰레기야.

A는 EDM의 리듬 안에서도 선명하게 들린다. 다시 전쟁이 시작될 모양이다. 이번 전쟁은 어디쯤에서 멎을까. 단순히 해프닝으로 끝날 것인가 아니면. 저만치서 제임스의 활개가 눈에 들어온다. 그는 얼마 동안 절제해 오던 몰트위스키를 과음한 기색이 보인다. 제임스는 섬광처럼 번쩍하고 동물성을 드러낸다. 배수진

을 친 병사로 돌변한 그는 보안 요원의 제지 따위는 아랑곳없다. 복수심에 익사 직전인 그는 검투사의 단단함으로 A에게 돌진한다. 오면서 반쯤 남아 있는 위스키 병목을 거머쥔다. A는 그때까지도 이것은 단지 해프닝에 지나지 않을 거라는 믿음 안에 머문다. 촉이 무디지 않은 지선이 제임스의 돌진 앞을 가로막지만 이성을 잃은 동물을 감당해 내기에는 역부족이다. 제임스는 마치 세상을 끝내려는 것처럼 병을 A의 머리에 가격한다. 둔탁하지만 목격자들의 가슴을 찢을 만한 소리가 뒤따른다. A는 어떤 움직임도 보여주지 않는다. 본능적으로 저지하려는 자세도 취하지 않는다. 그는 정신이 아득해지는 순간까지 이것은 하나의 에피소드에 지나지 않는다고, 아니 지나지 않아야 한다고 생각한다. 그는 의지와는 다르게 생명의 수액이 빠져나간 고목처럼 앞으로 고꾸라진다. 바닥을 찧은 그의 머리에서 시간을 삼킨 따뜻한 피가 흘러나온다. 김정지선이 입을 감싸며 외마디 비명을 지른다. 곧이어 제임스의 포효가 양서류의 체온처럼 서늘한 주변 공기를 깨뜨린다.

형, 씨발 여태껏 만들어온 네 옷은 패션이 아니야. 너의 이념이고 사상이며 지독한 독재야. 너의 치마 속에 내 좆을 숨기기에는 내가 너무 역겨워. 형보다는 내가 다수파거든.

사이렌과 비슷한 소리가 들리는가 싶더니 A는 몸이 붕 떠올라 어디론가 떠나가고 있다고 느낀다. 곁에서 남성인지 여성인지 분간이 가지 않는 음성이 그를 향해 뭐라고 외친다. A는 순이가 왜 자신과 잤다고 거짓말했는지 알 길이 없다. 분명한 것은 이번에는 단순 해프닝으로 끝나지 않을 낌새다. 더 분명한 것은 제임스도 순이와 자신이 그런 관계가 아니라는 것을 알고 있다는 점이다. 그들은 이번 전쟁에서 동맹을 맺은 게 틀림없다. 자신의 패션이 그들 무늬에 역행했다는 것에 의기투합한 것일지도 모른다. 무늬에 역행한 것에서 더 나아가 색채에로까지 강권했다는 혐의를 누구보다 둘은 의심하고 있다.

A는 문득 슬프다. 세상을 다시 만들 수 없기에 다시 세상 그리는 일에 몰두하는 어린아이가 오직 그만이 알던 장소에 가 있는 것처럼 어린 시절의 뒤안길에서 생명의 진흙을 머금은 눈물이 솟아오른다.

소수는 약자이다. 역사는 그 소수가 다수가 아니라는 이유만으로 핍박 받아왔음을 증언한다. 어쩌면 인간 역사는 소수와 다수 간의 투쟁의 역사일지도 모른다. 늘 소수가 지기만 하는. 다름을 인정하지 않는 공동체는 문명화가 안 된 미개한 집단이다. 그들은 차이와 차별을 동등한 개념으로 취급한다. 눈에 보이는 것만이 결코 진실은 아니다.

전쟁은 시작되었고 계속될 것이다. A는 단연코 전쟁을 끝낼 생각이 없다.

해설

중력의 비극과 숙명의 인간상
—최임수 소설집 『쳐 죽여도 시원찮을』

구모룡(문학평론가·전 해양대 교수)

작품을 가장 잘 이해하는 방법이 작가와의 동일시라고 말한 이는 블라디미르 나보코프이다. 그럴 때에 작가가 왜 그렇게 썼는지를 알 수 있고 그의 고민과 마음에 다가갈 수 있다고 한다. 텍스트의 결을 따라 읽는 일은 해석과 비평의 기본이지만 이 일을 잘 수행한다고 하여 곧 바로 작가의 입장에 서는 것은 아니다. 무엇보다 소설의 방법을 통하여 어떠한 삶을 말하려고 했는지를 살펴야 하며 이러한 과정을 통하여 무엇을 지향하는가를 읽어야 한다. 당연히 어떠한 인물을 내세워 무슨 이야기를 어떻게 말하고 있는지 따져야 하는데 그만큼 작가와의 동일시라는 과제가 쉽지 않다. 따라서 가능한 범위에서 삶과 소설의 방법이 연관하는 양상을 추적하는 일이 요긴하다.

최임수의 소설집에 실린 9편의 단편소설 가운데 우선 대상과 방법에서 큰 차이를 보인 예외적 작품이 「하늘 유목민」이다. 그 제재에서 항공소설로 분류될 수 있어 비교적 많이 쓰여 읽히는 해양소설보다 접하기 힘든 작품이다. 공모 수상작인 만큼 의도를 따라 작가가 자신의 서술 능력을 시험한 경우에 해당한다. 단편소설을 쓰는 기법의 모범은 없으나 일반적이고 안정된 플롯을 선택하고 서술하였다. 먼저 신뢰할 수 있는 일인칭 주인공 서술자를 설정하여 독자를 낯선 세계인 항공의 영역으로 이끌어 들이는 효과를 발휘하고 있는 사실을 지적할 수 있다. 이는 벌써 소설의 첫머리 "세상의 모든 아름다움은 비행기를 통해 바라본 풍경 속에 들어있다는 생각을 문득 한다"라는 문장에서 독자의 심미적 판단을 유인한다. 이어 주인공인 '나'는 "조종석 아래위를 가득 채우고 있는 아날로그, 디지털 계기판과 다정한 스킨십과 오랜 경험 안에 축적된 노하우를 확인한 이후는 모두 아름다움과의 조우이다. 섬세한 혈관을 가진 이 아름다운 생명체와도 같은 비행기는 조종하는 사람만의 특권이다. 나는 그 특권에 대해서 용서받을 정도의 오만함으로 얘기하곤 한다"라고 진술하면서 직업적 자부와 더불어 경험적 신체성을 강조함으로써 서술의 독특한 위치성을 가져온다. 이처럼 이 소설은 그 처음에서 독자에게 생소한 여객 비행기의 무대를 가장 직접적인 경험의 주체를 내세워 서술하려는 의도를 확실하게 드러낸다. 이는 실제의 경험을 지니지 않은 작가의 입장에서 매우 위태로운 모험이다. 상응하는 정보와 사실을 통하여 구체적인 세목을 형성해야 하는데 작가가 비행기와 운항 관련 전문 지식을 제대로 이해하고 설명함으로써 플롯의 동력을 보여주었다.

 이 소설의 주인공은 비행기의 부기장으로 일인칭 전지적 서술자이다. 주인공을 보조하는 인물은 "모니카 루드밀라 기장"이며 두 인물을 축으로 비행 과정의 사건을 서술한다. 기장이 아니라 부기장을 서술자로 삼아 전지로 서술을 주도하면서 필요한 만큼의 객관적 관찰을 가미하는 방법을 선택하는 묘미를 지닌다. 여행 서사가 그렇듯이 이 소설의 주요한 사건은 전반부에서 복선으로 깔아둔 임신 여성이 조기 출산의 증상을 보이는 우발적이고 다급한 사태에서 비롯한다. 목적지인 히스로 공항을 향하지 않고 헬싱키 공항에 중간 기착하여 산모와 아이의 생명을 구하는 기장의 용기있는 판단과 행위가 두드러진다. 여기에 불임으로 고생하는 주인공 부부의 가족 이야기가 병치되고 마침내 귀국과 함께 아내의 임신 소식을 접하는 해피 엔딩으로 귀결한다. 대양이 그렇듯이 하늘도 국경을 넘어 세계가 서로 이어지는 광경을 보이며 항공에서 일하는 이들이 국제적일뿐더러 세계 시민성을 담보하는 양상도 등장인물들의 신원이나 항로와 중간 귀착 과정 등을 통하여 이 소설은 보여주고자 하였다. 이처럼 낙관과 강한 긍정성은 이 소설의 지배적인 경향이다. 이를 시몬 베유의 말을 빌려 쓴다면 은총의 빛을 향한다고 할 수 있겠다. 달리 말해서 인간의 욕망에 기인한 '중력의 비극' 혹은 부정성을 벗어난다. 하지만 부차적 플롯으로 서사의 이면에 요약 제시되고 있는 주인공의 가족사나 소수민족의 고난을 겪은 부주인공의 삶은 결코 긍정의 지평이 아니다. 카미카제 특공 대원으로 전사한 할아버지와 공군 비행사로 훈련 비행 도중에 산화한 아버지를 이어 조종사가 된 주인공의 가족 이야기는 숙명에 가깝다. 어쩌면 이와 같은 '부계의 초자아'는 더 많이 이야기되거나 은폐되어도 좋을 내용일 수도 있다. 다만 비행기 모형을 갖고 논 유년기의 기억은 자아의 성장에서 지속성의 요인이다.

앞서 논의한 대로 「하늘 유목민」은 세 가지 플롯의 벡터가 작동한다. 주요 플롯이 다급한 출산을 위하여 항로를 변경하고 중간 기착하는 사건의 서술이라면 주인공 부부가 항공을 매개로 만나 결혼하고 살아가는 이야기와 주요 인물의 가족사적 이야기가 두 가지 부차적 플롯이다. 이 가운데 마지막 이야기에는 숙명의 인간상이 드리워져 있는데 이 소설에서 이는 후경으로 남는다. 중력의 비극이 아니라 은총의 빛으로 상승하는 항공소설을 의도했기 때문이다. 그런데 이 소설을 예외적이라 부를 만큼 최임수의 단편소설은 삶의 부정적 이면을 향하고 있다. 지식과 권력의 음험한 유착(「쳐 죽어도 좋을」), 부와 권력을 얻기 위한 변신(「거울의 반역」), 성 정체성과 젠더 트러블(「무늬와 색채」), 자유 죽음 혹은 사라짐(「묵주」), 욕망이 부른 파국적 유산(「달의 바다」),

근친상간이 초래한 파탄(「쓰디쓴 단맛」), 악동을 만드는 사회(「마틸다」) 등으로 다양한 스펙트럼을 펼치고 있는데 이들의 주된 경향은 대체로 드러나지 않거나 낯선 현실이다. 「하늘 유목민」은 항공소설이라는 특이성이 전경화하면서 부차적 위치에 놓인 가족 이야기가 배면으로 남아있지만 최임수의 소설쓰기에서도 가족서사는 근본 플롯(master plot)의 역할을 하고 있다. 가족은 모든 관계의 출발이며 때론 숙명으로 삶을 복잡다단하게 만드는 요인이 된다.

최임수의 소설은 읽기가 쓰기를 위한 과정임을 여실하게 보여준다. 「하늘 유목민」에서 주인공이 보여주는 문학과 영화에 관한 지식은 다소 과잉되어 서술에 작가가 개입하는 형태로 번져난다. 일인칭 서술에서 인물에 작가의 생각을 투사하는 현상은 피할 수 없지만 적합한 미적 거리의 조정이 필요하다. 하지만 적절한 상호텍스트성은 서술을 견인하는 벡터로 작동할 수 있다. 「쳐 죽여도 좋을」의 처음도 영화가 끝난 영화관에 남은 한 남자의 모습에서 시작한다. "영화도 인생처럼 끝이 난다"라는 소설의 첫 문장은 본문에서 일어날 사건을 예고하는 듯한데 이어지는 서술에서 그 영화가 「1987」이라고 말함으로써 주인공이 모종의 정치적 연관성을 지니게 됨을 암시한다. 물론 이 영화가 주 인물의 결심을 추동하는 가장 직접적인 계기는 아니다. 이미 마음을 다잡은 모양으로 저명한 인지심리학 전공 교수 '박인덕'이 모 기관에 제출한 연구 보고서가 시국 공안 사범을 고문하는 데 이용된 사실을 알고서 대학에 사표를 내고 은둔의 삶을 선택하는 일과 연루한다. "징벌적 자기소멸로 방향을 정하는 것"을 결심하고서 고시원에 유폐 생활을 한다. "그저 겨우 존재하기, 살아있되 살아있음을 증명하지 못하는 상태"라는 "최상의 징벌"을 통한 "반성과 속죄의 길"을 찾아나선 셈인데 고시원조차 억울함의 분노를 품고 사는 "건축 공사장 감독"의 존재가 방해가 되면서 더 깊은 고통의 길을 다시 찾아 나선다. "급격한 자신의 절멸"을 선택하지 않기로 하면서 지나던 차에 동승한 그는 "한 인간을 잡으러 갑니다. 짐승만도 못한 놈을. 쳐 죽여도 시원찮을 놈을요"라고 외친다. 프로젝트에 복속한 성과사회의 연구 주체의 허구성이 극단적인 양상으로 드러난 이야기인데 인물의 행위를 따라가며 작가의 개입을 자제하면서 객관 서술을 펼쳤다. 이처럼 징벌적 은둔이나 자기소멸 혹은 사라짐의 문제는 「묵주」와 「쓰디 쓴 단맛」에 다시 등장한다.

　「묵주」는 한편으로 숙명적 되물림 모티프를 반복하여 변주하면서 한 여성을 통하여 그노시즘(영지주의)의 실현을 이야기하고 있다. 우선 전자는 부모를 잃고 할머니에게 맡겨져 키워지는 아이를 말하는데 할머니에 의해 자란 여성이 다시 자기 아이를 할머니에게 맡기고 지상에서 사라지는 과정을 말한다. 이러한 과정에 그노시스트인 여성의 삶이 그려지는데 작가는 이를 통하여 후자의 의미를 소설화하려는 의도를 갖는다. 따라서 한 여성이 추구한 삶의 영적 지평을 서술하고 있다. 먼저 할머니의 영향으로 종신서원을 한 "루치아" 수녀가 되었다 환속을 하여 의료 사고로 형을 살고 나와 생을 환멸하는 남성을 사랑하게 되며, "39개월이 지난 어느 날" 그 사이에 아이가 생기자 남성이 떠나면서 그의 부재에도 불구하고 사랑의 연속성으로 간직하기 위하여 "영원을 향해" 사라짐을 선택하는데 영혼의 세계로 나아가기 위함이다. 에로스와 타나토스의 문제를 넘어서 영원한 사랑이라는 낭만주의가 그노시즘과 결합한 양상이어서 서사가 어떤 관념을 향한 측면이 없지 않으나 작가로서 득의의 작품이라 생각한다. 「묵주」와 정확하게 대척에 위치한 것은 아니나 아버지와 딸의 사랑이라는 근친상간(incest)의 귀결로 아버지의 징벌적 죽음을 다루고 있는 작품이 「쓰디 쓴 단맛」이다. 작가는 왜 인생을 파국으로 내모는 숙명적 사건에 관심을 가질까? 이에 대한 답을 소설은 "양심과는 다른 차원"이며 "굳이 규정하자면 무정부주의적이라고" 말한다. "금기를 만들어 놓은 권력자를 향한 저항의 실천"으로 간주할 수도 있겠다. 에로티즘을 죽음까지 파고드는 삶이라고 한 죠르쥬 바타이유의 생각과 닮으려 했는가? 이미 사랑을 종교적 차원으로 끌어올리려 한 「묵주」를 읽었으니 「쓰디 쓴 단맛」도 금기의 위반으로 한정하긴 어렵겠다. 작가는 서술자를 통하여 "삶에서 일어나지 말아야 하는 일이라고는 존재하지 않는다"라고 말한다. 부녀가 "평온한 가운데 마치 오래된 연인들처럼 익숙하게" "인륜의 선을" 지워버린 사건을 두고 하는 말이다. 인생이란 상상 이상으로 복잡하다는 것을 일깨우는 일이 작가의 사명이라는 데서 허용될 수 있는 일일까? 또한 "좋은 소설은 항상 인생이란 우리가 생각한 것보다 훨씬 더 각양각색의 모습으로 다채롭고, 놀라움을 주며, 더 기이하다는 점을 알려준다"라는 조지프 엡스타인의 미적 준거에 합당한 작품인가? 주 인물이 "교단의 모범 교육자로 곧 교장 승진을 앞두고 있는" 사람이라는 점에서 자아의 다중성과 금기를 허무는 욕망의 과도함에 놀라게 된다.

  최임수는 경험과 독서를 통하여 습득한 주제를 소설로 서술하려는 의도를 보여주고 있다. 드물게 항공소설로 분류할 수 있는 「하늘 유목민」을 위시하여 그노시즘과 인세스트를 다룬 「묵주」와 「쓰디 쓴 단맛」 등이 이를 잘 말해준다. 「달의 바다」도 금기를 위반하는 성적 욕망이 폭력과 파국을 초래하며 어떻게 삶을 파괴하는가를 보여주는데 「묵주」와 「쓰디 쓴 단맛」에 이은 섹슈얼리티 담론의 계보라 할 수 있다. 이 소설의 처음은 "달이 떴다. 한 바다 가득히. 달은 잘게 부서지지 않는다. 물은 달의 흡인력에 끌려가지 않으려고 진득해진다. 인당수에 몸을 던질 한 소녀의 발걸음처럼 물은 난바다로 질질 끌려간다."라는 구절로 시작하여 그 끝은 "달이 뜬다. 한 바다 가득히. 한참 여문 달이다. 바다가 달을 향해 줄달음친다. 달은 바다에 몸을 풀어 놓는다. 바다와 달이 처음 생겼을 때부터 바다와 달이 닳아 없어질 때까지"라는 구절로 맺는다. 수미상응으로 원초적 생명력을 지시하며 욕망과 치유, 폭력과 화해를 모두 말하고 있다. 이 소설은 성적 폭력이 두 가계를 파탄에 이르게 하였으니 '두 파산'의 계열에 속한다. 중학생인 '용주'에 가해진 "아버지의 둘도 없이 막역한 친구 용배 아저씨"의 강간은 다시 아버지에 의하여 "용배 아저씨"의 죽음으로 귀결하는 폭력의 연쇄 과정으로 이어진다. 달의 인력에 이끌리는 바다처럼 이성으로 제어할 수 없는 휘말림은 두 가족의 관계를 부수어 놓는다. 순식간에 친구가 원수가 되는 사건은 인력을 넘어 바다가 부른 숙명처럼 보인다. 단짝이던 '용주'와 '명희' 또한 그녀들의 아버지들처럼 증오의 대상이 되고 만다. 남성지배의 폭력은 이미 '용주'의 어머니에 가해진 아버지의 폭력에서 나타나는데 폭력이 폭력을 부르는 전이가 포구 마을에서 바다 물결처럼 일어난 것이다. 아버지의 죽음을 계기로 '용주'와 '명희'는 상처를 치유하고 서로 화해의 바다에 이른다. 달과 바다의 관계처럼 원초적 욕망은 삶을 파괴하기도 하고 모든 것을 이어주는 생명이 되기도 한다. 소설의 결말에서 프로이트가 말한 '대양의 느낌'이 생성하고 있다.

악동소설에 해당하는 「마틸다」는 교양으로서의 성장이라는 의미에 반하는 '반성장'으로 성장하는 인물의 이야기이다. "내 나이 열 하고도 셋. 이미 세상을 다 살아버린 느낌이야"라고 고백하는 주인공은 일인칭 서술자이기도 하다. 엄마의 가출과 아버지의 성폭행으로 이미 자기 식으로 세상의 이치를 알고서 살아가는데 영화 속의 인물과 동일시를 통하여 자아 정체성의 환상을 유지하려 한다. 본디의 "연이"가 아니라 영화「레옹」에 등장하는 "마틸다"의 가면을 쓴다. 집도 가족도 없는 현실 속의 자아가 아니라 '레옹'의 보살핌을 받는 영화 속의 '마틸다'와 상상적 관계인 자아로 살아간다. 난폭하고 부도덕한 세상을 영화 속의 환상으로 대체함으로써 불쌍하고 가련한 소녀가 아니라 당당하고 아름다운 '마틸다'가 되어 자기 이상을 추구하며 자기 이야기를 서술한다. 작가는 신뢰할 수 없는 일인칭 고백적 서술자를 내세워 소녀의 낯선 상상을 통하여 현실과 환상이 긴요하게 밀고 당기는 과정을 연출하면서 세상의 위악을 증거한다. 물론 이 과정에서 작가는 간접화법으로 자연스럽게 주인공의 진술 속에 스며들어 서술 능력을 유감없이 발휘한다. 영화적 상상력이 서사의 바탕이 된 소설인「슈가 대디」는 교환관계가 된 성의 문제를 포함한「마틸다」와 연접한다. 실직하고 이어서 소위 말하는 '졸혼'을 하고 암 투병으로 생의 끈을 근근이 쥐고서 재취업을 기다리는, 그러나 충분한 자산이 있으므로 "절박함"이나 "간절함" 없이 이를 반복하여 기다리는 일인칭 주인공이 팬데믹 상황에서 학원 강사직을 잃은 31세 여성 '문경희'와 우연히 만나고 헤어지는 과정의 이야기이지만, 마스크 뒤에 숨겨진 얼굴의 은유처럼 서로 다른 의도와 진면이 마침내 역설로 드러나는 반전의 결말에 이르는 과정이 흥미롭다. 남성과 여성의 상호 이해도 어렵지만 인간은 주관성을 넘어서기 어려운 존재이다. 또한 내면이나 감추어진 트라우마의 상처가 되살아나는 일은 우발적일 수도 있다. 이처럼 불가해한 관계에서 '나'의 유희처럼 시작한 10만 원이라는 만남의 대가가 여성이 지닌 트라우마의 기억을 일깨우고 그 의도의 무위성의 자각으로 목숨을 구하는 반전으로 귀결하는 이 소설은 영화처럼 흥미롭다. 그만큼 주인공인 '나'는 늙어감과 병듦과 죽음에 대한 자각으로 젊은 날의 충동과 희열을 뒤로 하고 무상과 무위의 경계로 나아가고 있다. 이처럼 이 소설은 마스크 이면의 진실이 드러나는 생의 아이러니를 지향한다. 영화적 유희의 뒤편에 사유의 곡진함을 내장하고 있다.

소설이 차이와 반복의 주위를 맴돈다라고 한 이는 질 들뢰즈이다. 반복과 차이의 고유한 역량이 무의식, 언어, 예술의 힘을 지닌 소설에서 잘 드러나고 있다는 말이다. 최임수의 소설도 여러 가지 형태의 모티프들이 반복을 보인다. 여성에 가해진 성폭력, 아버지 상실과 어머니 가출, 부양자 할머니의 존재와 고아 의식, 단독자의 고독한 삶 등과 같이 남성 지배와 가족사적 숙명이 거듭한다. 대개 서사의 추동을 위한 실마리의 역할이라 보아야겠으나 작가 의식의 기미로도 짐작되는 부분이 있다. 마리오 바르가사 요사는 글쓰기가 작가의 삶을 파먹고 사는 일이라고 했으니 최임수의 경우도 적지 않은 자전적 요소가 작품 속에 기입되어 있으리라 짐작하지만 가족 서사가 소설 쓰기의 근본이라는 점에서 경험적 요인과 무연한 일반적인 방법이라 생각한다. 「거울의 반역」은 가족 이야기를 근간으로 앞서 언급한 「쳐 죽여도 좋을」과 다른 맥락에서 욕망과 권력의 문제에 접근하고 있다. 1987년 유월 항쟁 당시 대학의 총학생회장으로 운동권 출신인 '장을태'가 서북청년단 출신의 기독교 가문의 여성과 결혼하면서 전향과 변신을 거듭하는 과정을 이야기한다. 방송사에 취직한 뒤에 어머니를 통하여 친일파 집안의 내력을 알고 나서 그는 노조 위원장을 그만두고 정계 진출에 성공하여 본래 지녔던 이념적 지향의 반대편에 서게 된다. 표제인 '거울의 반역'이라는 말처럼 가상의 자아를 따라 기존의 자아를 폐기하고 만다. 부정적 동일시라는 권력의 관계에서 이제 완벽하게 변신을 수행하면서 국회의원으로서 "친일 진상규명법"을 반대하는 데 이른다. 소설의 결말에서 왼쪽 얼굴에 난 점이 거울 속에서 오른쪽에 붙어 있는 사실을 자각하듯이 그에게 실재와 허구는 쉽게 자리를 바꾼다. 욕망이 초래하는 자기 이상의 나르시시즘이 작동하고 있을 뿐이다. 이처럼 이 소설은 욕망과 권력의 문제를 다루면서 우리 사회의 첨예한 주제인 친일파와 보수 기독교의 정치경제학을 전면으로 들추고 있어서 향후의 서사적 진전을 기대할 수 있게 한다.

「거울의 반역」에서 작가는 정치적인 것을 주제로 삼았다. 가족사를 중요한 변심의 심급으로 삼은 일은 서사를 다소 밋밋하게 하는 대목이다. 우파 기독교와 친일 세력의 연합이라는 주제는 보다 다층적이고 구체적인 접근이 가능하리라고 본다. 더불어「무늬와 색채」가 '정치적 올바름'이라는 주제를 들고 있음을 또한 주목하게 한다. 대다수 작품에서 최임수의 소설은 첫머리의 서술에서 개성적이고 매력적인 문체로 가독성을 이끌어내는데 이 텍스트도 마찬가지이다. 소설의 주인공은 패션 디자이너 A이며 Asexual 즉 무성애자를 의미하는 단어의 두문자를 별명으로 쓰고 있어 벌써 젠더 갈등의 문제를 다루고 있음을 알게 한다. 표제는 "무늬는 패브릭의 정체성을 수호하며 그 전제 위에 색채가 변주된다는 것"을 의미한다. 따라서 무성애자의 정체성을 지닌 A는 "패션의 외연을 확장하는데" 큰 도움을 줄 수 있어 다채로운 무늬와 색채를 지닌 퀴어 패션 집단을 형성하게 된다. 하지만 이러한 소수자 집단 내부에서조차 갈등과 대립이 발생하고 있음이 드러난다. 양성애자, 동성애자 등이 무성애자인 A의 무늬를 공격하는 형국이다. 그만큼 "인간에 대한 보편적인 감정"은 위협을 받는다. "소수자들에게 열려있는 공간"에서조차 색채를 강요하는 폭력에 직면하면서 A는 깊은 슬픔을 느끼게 된다. "다름을 인정하지 않는 공동체는 문명화가 안 된 미개한 집단"이라는 생각을 지닌 A의 외로운 "전쟁"이 계속될 것임을 결말은 예고하고 있다.

늦은 시작에도 불구하고 소설가 최임수는 유려하고 사유깊은 문체와 다채로운 서술을 통하여 작가로서의 위치를 보여주고 있다. 그가 제출한 아홉 편의 단편소설들은 각기 다른 관심과 지향을 지닌 인간상을 제시하고 있다. 가족 이야기에서 출발하여 남성지배와 폭력으로 인한 파국과 인간성의 훼손, 프로젝트에 매몰되는 지식, 음험한 권력의 음모와 왜곡된 욕망, 젠더 갈등과 퀴어 문화의 가능성 등에 이르는 스펙트럼을 보인다. 부채살을 펼치듯이 작가로서 서사적 모험을 감행한 결과라 할 수 있다. 소설가는 인물을 창조하면서 소설의 방법을 혁신하면서 자기의 삶을 확장하는 존재이다. 그는 경험과 독서를 자양분으로 삼으면서 새로운 인간상과 세계상을 보여준다. 자본주의 리얼리즘은 상식화한 긍정성에 저항하면서 부정성을 건져 올리는 과정에서 형성된다. 최임수의 소설이 지향하는 경향이 이와 같아서 중력의 비극을 섬세하고 견결하게 묘파하면서 존재의 숙명으로 방황하는 인생의 가능성을 궁구하리라 믿는다.

— 작가의 말 —

삼십 년 이상을 방송국 밥을 먹다 소설을 쓰게 될 줄은 몰랐다. 천구백팔십 년대 초, 유아기에 생긴 만성 질환으로 만기를 채 채우지도 못하고 6개월 일찍 군에서 쫓겨난(?) 나는 이듬해 대학 졸업반 복학을 앞두고 쫓기듯이 소설 한 편을 써서 중앙일보 신춘문예에 응모했다. 늦어도 12월 22일까지는 전보(지금은 휴대폰이나 E메일로 통보하니 격세지감이 인다)가 와야 당선된 줄 알았으므로 연말이 될 때까지 연락이 없었기에 낙선한 것으로 여겼다. 진실을 말하자면 그다 간절함이 없었다. 11월이면 어김없이 문청들이 앓던 신춘문예 병을 앓기는커녕 그저 시절이 내던지는 답답함을 해소할 길이 없어 원고지(그랬다. 당시엔 워드 프로세서라는 것도 없었다. 있다면 수동 타자기가 있었지만 등록금 걱정할 주제에 타자기는 언감생심)에게 화풀이나 하자는 심보였다. 광주를 피로 물들이고 정권을 탈취한 군부 파시스트들을 향해 글로써 감자나 실컷 먹이고 싶었을 것이다.

새해 정월 초하루, 놀 데가 없어 도서관에서 책이나 읽자고 생각한 나는 무연히 대학 캠퍼스를 어슬렁거리며 올라갔다. 가는 길에 마침 나를 알아본 친구가 대뜸 "너 신춘문에 됐더라"라고 귀띔했다. 나는 무슨 개 풀 뜯어 먹는 소린가 싶어 정말 풀 뜯어 먹은 개 눈깔로 친구를 바라보았다. "정말이야. 심사평에 네 이름이 났어." 그제서야 아, 최종심에는 올랐구나하고 짐작했다. 대학 도서관 정기 간행물실. 여러 신문들을 유리판에 끼워 열람할 수 있도록 해놓은 고마운 시설(우리 집은 신문 구독할 형편도 못 될뿐더러 신문은 밥이나 먹는 사람들의 여유 부림 정도로 여겼다).

심사는 최인훈 선생님과 강신재 선생님이 맡았는데 떠억 하니 두 명의 최종심에 내 이름이 올라 있었다. 다른 한 명은 송 아무개 작가인데 이름은 기억이 나지 않는다. 심사위원들의 심사평을 지금도 기억한다. '구성과 얼개는 소설 작품으로 성공하고 있으나 군데군데 표기가 틀린 곳이 흠이 되어…' 내 그럴 줄 알았다!

소설 쓰는 놈이 지가 무슨 천재라고 일필휘지 갈겨 놓고 퇴고도 하지 않고 우체국으로 달려갔으니. 그래도 내심 흐뭇했다. 누구처럼 유명 작가에게 사사한 적도 없고 문우가 있어 읽어봐 줄 인간도 없었다. 오로지 혼자 읽고 쓰고 고심해서 쓴 습작이 수준 미달은 모면했다는 뿌듯함이 가슴에 일렁거렸다.

캠퍼스에 최루가스가 일렁이고 한 달이 멀다 하고 휴학 공고

물이 붙던 시절, 마땅한 소일거리가 없어 시립 도서관(그것도 철거민을 위해 조성한 재건축 마을에 생색용으로 들어선 새 건물. 열람하는 책 뒤 도서 열람 카드는 늘 빈칸이었고 내 이름이 먼저 채워졌다)에서 마치 고시 공부하듯 책에 코를 박았다. 그것도 집에서 한 시간 버스를 타야 닿을 외딴 동네 도서관에서. 동네는 먹고살기 바쁜 사람들뿐인지 도서관에 얼씬거리는 사람이 없었다. 당시 나는 책이라도 읽지 않는다면 내 궁핍과 남루를 보상해 줄 길이 없을 것 같았다. 당시 읽었던 작가들의 면면이 떠오른다. 손창섭, 장용학, 황순원, 서기원. 김승옥, 이광수, 현진건, 나도향, 이효석, 김동리, 한승원, 이청준, 김원일 등등 나열하기도 버거운, 한국 문학사를 빛낸 작가들을 모두 섭렵했지 싶다. 그 가운데서도 손창섭 선생의 작품에 유난히 심지 불을 켠 기억이 있다. 최재서, 김현, 김윤식, 염무웅의 문학평론도 끈질기게 읽었다. 늦은 봄날 도서관 오픈 테이블에서 읽다 잠들면 어김없이 책갈피에는 내가 흘린 침이 얼룩으로 남았다. 외국 서적으로는 프랑크푸르트 학파의 명저들이 내 이성의 날을 벼려주었다. 아도르노, 마르쿠제, 에리히 프롬, 호르크하이머, 발터 벤야민, 하버마스의 실천 비판론은 2차 세계대전을 일으킨 파시즘을 척결하려는 정신사적, 문화적 운동임을 일깨워 주었다. 김승옥 선생이 말했듯이 '나는 가난했으므로 책을 읽었고 책을 읽었기에 내게 엄격했고 타인에게 관대하려고'애썼다. 다른 한편으로 황순원 선생이 한 말, '한

번 쓰기 위해 평생 칼을 갈 수도 있다' 등 뒤에는 항상 내려치기 위해 치켜든 죽비가 있다고 여긴다.

어쨌든 이러구러 문청은 느지막이 등단했고 이제 '첫' 작품집을 낸다. '첫' 또는 '처음'이란 단어는 늘 가슴 뛰게 하는 말이다. 남들은 늦었다고 말하지만 지금이 항상 가장 빠른 때임을 안다. 작품집을 꾸리는 동안에도 프랑크푸르트학파가 단죄의 칼을 휘두른 파시스트들이 나라를 만신창이로 만들었다. 한나 아렌트는 '무지는 용서할 수 있어도 무사유는 결코 용서해선 안된다'고 질타했듯이 무사유로 뭉쳐진 파시스트와 그의 추종자들의 몰지각한 목소리가 지금도 거리를 휘젓고 있다.

숏츠(shorts)로 대변되는, 서사가 증발되어 가는 요즘 세태에 소설은 무엇을 할 수 있을까. 김현 선생님의 '무쓸모의 쓸모'만을 입에 되뇌며 소설의 효용성을 떠올린다.

문학은 언어라는 사회적 약정 기호체계를 통해 구현된다. 언어는 매우 이성적인 도구여서 감성적 표현 수단인 음악과 미술, 무용보다 고등하다. 그래서 노벨 미술, 음악, 무용상은 없어도 문학상은 있지 않은가.

내 소설적 관점은 버릇처럼 뇌는 세 가지에 충실하고자 한다. 첫째, 새로울 것. 인간의 칠정인 희로애락애오욕에 관한 주제는 이미 셰익스피어 선생이 모두 말아 드셨다. 근대적 산물인 소설은 복잡다단한 현대 삶을 표현하기에는 새롭게 접근하지 않으면

클리셰(상투적)에 머무르고 만다. 하늘 아래 새로울 것이 없다던 포스트 모더니스트들을 비웃기 위해서라도 참신함은 늘 고민해야 할 테마다. 둘째, 재미있을 것. 장르문학이 선사하는 그런 재미만이 아니라 지적이면서도 놀라움을 던져주는 그런 재미, 인간 삶의 디테일에서 우러나오는 소소한 재미를 진부하지 않은 방식으로 쓰는 것. 셋째, 독자를 불편하게 할 것. 이 '불편함'은 고통과 엇비슷한 불편함이 아니다. 사유의 다른 이름이라고 해도 무방하다. 쉽게 소비되어버리는 소설이 아니라 저작하면 할수록 내 사유에 공명을 가해 마침내 더 높이 고양되게 하는 그런 불편함을 말한다. 한 편의 소설을 읽고 감동하게 되는 것은 그것이 주는 '새로운 인식 또는 각성'에 도달했을 때일 것이다.

첫 작품집을 내는 데 기꺼이 해설을 허락해 준 구모룡 문학평론가이자 전 해양대 교수에게 심심한 고마움을 전한다. 아울러 방송쟁이에서 벗어나 문인으로 거듭나게 해준 여러 문우들에게도 감사한 마음이다. 특히 책을 내준 도화 출판사의 박지연 대표와 편집인 김성달 작가에게도 사의를 표한다.

멀리서 무언의 성원을 보내준 가족들의 마음을 떠올리며

2025년 6월 어느 날에
최임수